本書係國家社會科學基金項目（17BZX070）階段性成果

濂溪風雅

王晚霞 編著

中國社會科學出版社

圖書在版編目（CIP）數據

濂溪風雅／王晚霞編著 . —北京：中國社會科學出版社，2020.8
ISBN 978 - 7 - 5203 - 7113 - 1

Ⅰ. ①濂… Ⅱ. ①王… Ⅲ. ①詩集—中國②詩集—韓國—古代③詩集—日本—古代 Ⅳ. ①I22②I312. 625③I313. 25

中國版本圖書館 CIP 數據核字（2020）第 164908 號

出 版 人	趙劍英	
責任編輯	宋燕鵬	
責任校對	沈 旭	
責任印製	李寡寡	

出 版	中國社會科學出版社	
社 址	北京鼓樓西大街甲 158 號	
郵 編	100720	
網 址	http://www. csspw. cn	
發 行 部	010 - 84083685	
門 市 部	010 - 84029450	
經 銷	新華書店及其他書店	

印 刷	北京明恒達印務有限公司	
裝 訂	廊坊市廣陽區廣增裝訂廠	
版 次	2020 年 8 月第 1 版	
印 次	2020 年 8 月第 1 次印刷	

開 本	710 × 1000 1/16	
印 張	24	
插 頁	2	
字 數	315 千字	
定 價	138. 00 元	

前　　言

　　詩集的編纂樣式，自古以來多種多樣，也都自成體系，各有所主。以理學詩歌流派為中心，圍繞理學家編纂的詩集，自宋元之際學者金履祥編《濂洛風雅》始，其围绕濂溪學、洛學、關學、閩學，選取周敦頤、邵雍、張載、二程、朱熹、張栻等 48 位理學家詩作 453 首。之後，清代張伯行選取周敦頤、二程等 17 位理學家詩作 922 首，重新編纂一部《濂洛風雅》。這兩部詩集，以理學家為主角，以濂溪學、洛學、關學、閩學的學派為軸心，主要以詩歌為體裁，内容上崇經尚古，或風雅垂教，或弘揚理學，或保存文獻，在古代選集編纂史上特色鮮明。因之產生的"以理學為精神底蘊、體現了濂洛理學詩派審美傾向和藝術風格的詩作稱為濂洛風雅"，其中周敦頤是首要人物，他的詩歌是濂洛風雅之初瀾，"宋代理學詩派有五祖一宗、二流三派"①，五祖指邵雍、周敦頤、張載、程顥、程頤，一宗為朱熹，五祖從時間上講邵雍最早，在理學道統上，影響更大的是周敦頤。

　　周敦頤（1017—1073），字茂叔，湖南永州道縣人，因道縣故居前一溪名為"濂溪"，而在老年定居江西九江後，亦稱九江故居前一溪為"濂溪"，表懷念故鄉之意，在其蜚聲儒林以後，世稱

---

　　① 王利民：《濂洛風雅的主潮及其餘波流衍》，《中國文化研究》2019 年第 1 期。

"濂溪先生"，周敦頤也因稱周濂溪，其著述主要有《太極圖說》《通書》及若干詩文。周敦頤生前及逝後的幾十年內聲名不著，到南宋逐漸引起學林注意，諡號"元"，後因稱周元公，從祀孔廟，封汝南伯，到元朝，被封為"道國公"，明清兩朝在繼承前代对周敦頤各種肯定與褒揚的基礎上，又有皇帝賜匾、題詩、注解濂溪著述、優恤後裔等多項尊崇禮遇。歷代朝廷對周敦頤的尊崇，引導儒林對濂溪之學風靡景從，宋代胡宏、朱熹、張栻在序、跋、題、記中反復闡發周敦頤思想學說的學術史價值是上繼孔孟，下啟二程，延續斷裂一千五百餘年之道統。周敦頤在朱熹認定的道統序列中位於孔孟之後的至高點，佔據宋學傳播生態位的頂端，具備了極高的傳播勢能與動能。其影響力的傳播途徑極為豐富，大致有三：第一，官方倡导。第二，實物傳播，有周子遺跡、全國多個地方的濂溪祠堂、濂溪書院、歷代刊修的濂溪學文獻等①。第三，社會傳播，諸儒論斷、科舉考試、世系遺芳、文人歌詠等②。因之，在歷史的長河中，逐漸產生以周濂溪為中心的大量詩歌。

已有的濂溪學文獻中所收濂溪學詩歌大致有三種，各有其不足。第一種是周濂溪本人詩歌，這部分主要是詩歌的真偽需要確定，否則以非周濂溪詩歌去研究周濂溪，必是緣木求魚，貽笑大方。第二種是周濂溪後裔詩歌，這部分詩歌比較分散，在《周元公世係遺芳集》和各類《周敦頤集》《濂溪志》中，研究時需一一翻檢，使用頗為不便。第三種是歷代文人歌詠，部分收錄在各類《周敦頤集》《濂溪志》中，而各刊本所收詩歌內容、數量多有雷同。尤為抱憾的是，有更多數量的濂溪學詩歌並不見於以上三種

---

① 詳細內容可參見王晚霞《歷代〈濂溪志〉編纂與濂溪學的傳播》，《船山學刊》2019 年第 5 期。

② 詳細內容可參見王晚霞《周敦頤思想歷代傳播結構》，《東方叢刊》2019 年第 2 期。

文獻中，而是散落在各個地方志、古人別集和域外，主要是韓國、日本和越南。因此，在進行濂溪學詩歌研究、理學詩歌研究時，首先面臨史料佔有這個難題，目前學界尚無一部濂溪學詩歌集。於是，為節約學者進行科學研究的成本，方便研究開展，多年前筆者遂欲做一部濂溪學詩歌集。

前幾年筆者在編纂《濂溪志八種彙編》① 和《濂溪志新編》② 的過程中，搜集到許多歷代濂溪學詩文。近十年中，筆者陸續多次赴美國康奈爾大學、中國台灣台北大學查詢周濂溪史料，不僅在湖南、江西、廣東、四川、湖北、江蘇、浙江、廣西、北京、重慶等歷代地方志，古人別集、總集中搜集到了大量濂溪學詩歌；同時搜尋到大量韓國、日本周敦頤的史料，其中也有諸多濂溪學詩歌。以上多年訪尋收穫，終匯於本書。

本書體例略仿金履祥和張伯行的做法，以人係詩，以濂溪詩歌為首，次以中國諸先生、韓國諸先生、日本諸先生、越南諸先生的詩歌分列其後，編為五卷，並仿《濂洛風雅》確定書名做《濂溪風雅》。另有幾個問題需要指出。

首先是周濂溪本人詩文數量的確定。周濂溪本有诗歌十卷，可惜多數已亡佚，其詩文數量從宋刻十三卷本始，內容多次異動，對此粟品孝教授有專文論之③，考證審慎，此不贅述，其中，已有濂溪學文獻曾收錄的詩歌中：胥從化本《宿崇聖》（或題《宿大林寺》）《天池》，周誥本《暮春即事》《觀易象》，《全宋文》所收《主靜銘》《謹動銘》，作者並非周濂溪，而是另有其人。奉新縣志

① 王晚霞校注：《濂溪志八種彙編》，湖南大學出版社 2013 年版。
② 王晚霞編著：《濂溪志新編》，中國社會科學出版社 2019 年版。
③ 粟品孝：《周敦頤詩文的匯集過程及若干考辨》，《宋史研究論叢》2018 年第 2 期。

所收《百丈寺三首》①，亦並非周濂溪作品。錢鍾書《宋詩紀事補正》所收《永嘉薛師董同兄笠從友劉仁愿同來》《懷古四首為知己魏卒元長賦兼呈王永叔宗丞戴少望》五首，經學者考證②，確非周濂溪作品，但《永嘉薛師董同兄笠從友劉仁愿同來》入宋刻本，筆者也認為作者是薛師董，故收錄，其餘詩文均為誤收，故本書棄錄。其餘周濂溪的石刻題名、信札並非韻文，本書亦略去。

其次是版本與校勘。吳大鎔編《道國元公濂溪周夫子志》十六卷，清康熙 24 年（1685）刊，共參考了兩個藏本，一個是美國华盛頓大学藏本，清晰美觀，原版影印，但內容不全；第二個是《中國歷史名人別傳錄——周濂溪先生實錄》③影印本，多處模糊，但內容全面，尤其是後面增補了新增的史料。古籍編纂的習慣與今不同，往往同標題、同作者會承前省略，本書則依照今人習慣，為這樣的詩文加上了作者和朝代。

第三是史料來源。本书史料全部来自笔者经年累月的不懈搜尋，文獻類型大致有六类，一是學界從宋至民國已有的濂溪學文獻；二是各相關地方歷代方志，主要包括濂溪故居和过化之地，以及后裔徙居之地等，在今天的行政區劃上覆盖湖南、江西、廣東、四川、湖北、浙江、江蘇、廣西、北京、重慶十个省市；三是古代諸儒別集與總集，主要是一些理学家的文集。四是韓國詩文集，均來自韓國大型叢書《韓國歷代文集》《韓國文集叢刊》。五是日本的大型叢書，主要是《續群書類從》《續續群書類從》《日本儒林叢書》。六是越南大型漢文文獻《越南漢文燕行文獻集

① 謝先模：《周敦頤佚詩三首》，《求索》1988 年第 4 期；奉新縣地方志編纂委員會編：《奉新縣誌》，南海出版公司 1991 年版。

② 潘猛補：《上望〈薛氏族譜〉的史料價值》，《圖書館研究與工作》2014 年第 1 期。

③ 俞冰，馬春梅主編：《中國歷史名人別傳錄——周濂溪先生實錄》，學苑出版社 2007 年版。

成》。

　　在古代已有濂溪學文獻的基礎上，廣羅眾本，對濂溪學詩歌去重補缺，對國內外史料輯佚補遺，並進行必要的考證、辨偽、校勘工作，瑣屑繁雜，永無窮盡之日，尤其越南部分，還有較大完善空間。相信本書所收詩歌僅為部分，瑕疵紕漏亦必難免，僅為研究方便，勉力為之耳，敬請學界同仁批評指正。謝謝！

王晚霞於湖南科技學院

2020 年 5 月 6 日

凡　例

一　輯錄原則

主題，必要與周敦頤密切相關；文體，一般為詩歌等韻文；時間，自宋至清末；地域，涵蓋中國、韓國、日本、越南。

二　體例續增

體例略仿元金履祥、清張伯行《濂洛風雅》以人係詩的做法，列卷之一《濂溪周先生》，是為體例續舊。增新者，以諸儒群體為單元，列卷之二《中國諸先生》，卷之三《韓國諸先生》，卷之四《日本諸先生》，卷之五《越南諸先生》。

三　輯佚與辨偽

對已有濂溪學文獻陸續增補的，和當代學者在各類成果中輯佚的周濂溪本人詩歌，經過考證辨偽，凡認定誤收者，一概不予收錄，確屬周濂溪詩歌，則錄入。中國、韓國、日本、越南相關濂溪學詩歌，均為廣羅眾本輯佚得之。

四　考證與校勘

一者，統一文字，如日文史料中的漢字一律改為中國通行繁體字。二者，統一異稱，如日文中的"大極圖"一律改為"太極圖"。三者，訂正訛誤，如一條史料在多個版本中出現而文字有差異，綜合校勘多個版本，考慮其內容完整、底本清晰、年代較早等因素，去重補缺，選擇最佳底本，並考校訛誤。四者，確定最佳底本，已有濂溪學文獻中以宋刻本為主校本，其他為參校本，凡宋刻本有的篇章則選宋刻本，其他刊本僅收其獨出篇章。五者，為行文簡潔，將底本中不影響原文閱讀的小字注釋均腳註於頁下。底本中個別模糊難辨字，皆以"□"代之。六者，凡底本中的通假字、簡體字、錯字、避諱字，皆依其舊。

五　刊本來源與信息

　　史料來源刊本大致有六類，一是學界已有濂溪學文獻；二是各相關地方歷代方志；三是古代諸儒別集與總集。這三類中，優選古人別集刻本，次選古人總集、叢書、類書刻本，再次選其影印本，最後選當代人編纂的總集、叢書、類書。為行文簡潔，各底本均簡稱之，注於篇末。第四類是韓國諸先生的詩文集，均來自兩套堪稱韓國四庫全書的大型叢書——《韓國歷代文集叢書》《韓國文集叢刊》，故僅在篇末注明各人文集名和卷次，鑒於韓國諸位先生的文集大多數命名為"某某先生文集"，為行文簡潔，一概簡稱為"某某集"。第五類是日本諸位先生的詩文集，凡來自日本大型儒學叢書——《續群書類從》《續續群書類從》《日本儒林叢書》者，篇末僅注明各人別集名，其他單行本文集版本信息單列。第六類是越南諸先生的詩文集，均來自復旦大學文史研究院、越南漢喃研究院合編的《越南漢文燕行文獻集成》，故僅在篇末註明各人文集名。

　　以上各來源底本詳細信息及簡稱，依類列如下，其中需要說明的是，以下凡四庫全書本，均為上海古籍出版社 1987 年版；四庫全書存目叢書本，均為齊魯書社 1997 年版；續修四庫全書本，均為上海古籍出版社 2002 年版。

1. 宋刻《元公周先生濂溪集》十三卷，中華古籍再造善本，據中國國家圖書館藏宋刻本影印，北京圖書館出版社 2003 年版。簡稱"宋刻本"。

2. 明周木編：《濂溪周元公全集》十三卷，附《歷代褒崇禮制》一卷，事實一卷，年表一卷，明弘治間刻本。簡稱"周木本"。

3. 明胥從化編：《濂溪志》十卷，明萬曆二十一年孟秋刻本。簡稱"胥從化本"。

4. 明李楨編：《濂溪志》九卷，明萬曆二十一年冬十月刻本。簡稱"李楨本"。

5. 明李嵊慈編：《濂溪周元公集》，明天啟四年刻本。日本國立公文圖書館藏本。簡稱"李嵊慈本"。

6. 明周與爵編：《宋濂溪周元公先生集》十卷，明萬曆甲寅刻本。美國哈佛大學燕京圖書館藏本。簡稱"周與爵本"。

7. 明周與爵編：《周元公世系遺芳集》五卷，明萬曆甲寅刻本。美國哈佛大學燕京圖書館藏本。因內容與上一條並不重復，故亦簡稱"周與爵本"。

8. 清鄧顯鶴編：《周子全書》，清道光二十七年刻本，湖南圖書館藏本。簡稱"鄧顯鶴本"。

9. 清吳大鎔編：《道國元公濂溪周夫子志》十六卷，清康熙二十四年刻本。美國華盛頓大學藏本，簡稱"吳大鎔本"。

10. 清吳大鎔編：《道國元公濂溪周夫子志》十六卷，清康熙二十四年刻本。出自俞冰，馬春梅編：《周濂溪先生實錄》影印本，學苑出版社 2007 年版。簡稱"吳大鎔本"。

11. 清周誥編：《濂溪志》，清道光己亥刻本，愛蓮堂藏板。美國哥倫比亞大學圖書館藏本。簡稱"周誥本"。

12. 清周誥編：《濂溪遺芳集》，清道光己亥刻本，愛蓮堂藏板。美國哥倫比亞大學圖書館藏本。簡稱"周誥本"。

13. 清周勳懋編：《重修西湖周元公祠志》，清道光二年稿本，出自《中國地方志叢書（489）》，成文出版社有限公司 1983 年影印本。簡稱"西湖公志"。

14. 清張元惠，黃如穀編：《道州志》，清嘉慶二十五年刻本，美國哈佛大學圖書館藏本。簡稱"嘉慶道州志"。

15. 清李鏡蓉修，許清源編：《道州志》，清光緒三年刻本，出自《中國地方志叢書》，成文出版社有限公司 1976 年影印本。簡稱"光緒道州志"。

16. 清姜承基修，常在等編：《永州府志》，清康熙三十三年刻本，出自《中國地方志集成·湖南府縣志輯（42）》，江蘇古籍出版社、上海書店、巴蜀書社 2002 年影印本。簡稱"康熙永州志"。

17. 明姚昺纂修：《永州府志》，明弘治間刻本，出自《天一閣藏明代方志選刊續編（64）》，上海書店 1990 年影印本。簡稱"弘治永州志"。

18. 清呂恩湛修，宗績辰編：《永州府志》，出自《中國地方志集成·湖南府縣志輯（43）》，江蘇古籍出版社，上海書店，巴蜀書社 2002 年影印本。簡稱"道光永州志"。

19. 明虞誠修，胡璉編：《永州府志》十二卷，明洪武間刻本，清末京師圖書館藏本，現藏於美國哈佛大學燕京圖書館。簡稱"洪武永州志"。

20. 清王元弼編：《零陵縣志》，出自故宮博物院編：《故宮珍本叢刊（第 155 冊）·湖南府州縣志（第 10 冊）》，海南出版社 2000 年影印本。簡稱"康熙零陵志"。

21. 清周鶴修，王纘纂：《永明縣志》，出自《故宮珍本叢刊（第 156 冊）·湖南府州縣志（第 11 冊）》，海南出版社 2001 年影印本。簡稱"康熙永明志"。

22. 清朱偓修，陳昭謀編：《郴州總志》四十二卷，首一卷末一卷，清嘉慶二十五年刻本，出自《中國地方志集成·湖南府縣志輯（第 21 冊）》，江蘇古籍出版社，上海書店，巴蜀書社 2002年影印本。簡稱"嘉慶郴州志"。

23. 清凌魚，黃文理修，清朱有斐，李宗纂：《桂陽縣志》，出自《中國地方志集成·湖南府縣志輯》，江蘇古籍出版社 2002 年影印本。簡稱"乾隆桂陽志"。

24. 清洪鍾，張煥修，清黃體德纂：《桂東縣志》，出自故宮博物院編：《故宮珍本叢刊（第 150 冊）·湖南府州縣志（第 5冊）》，海南出版社 2001 年影印本。簡稱"乾隆桂東志"。

25. 清陳玉祥等修，劉希關等纂：《祁陽縣志》，清同治九年刊本，出自《中國地方志叢書·華中地方第 310 號》，成文出版社有限公司 1975 年影印本。簡稱"同治祁陽志"。

26. 清魏瀛等修，鐘音鴻等纂：《贛州府志》，清同治十二年刊本，出自《中國地方志叢書》，成文出版社有限公司 1970 年影印本。簡稱"同治贛州志"。

27. 清宋錦，劉桐纂修，《合州志》，清乾隆十三年刻本，出自故宮博物院編：《故宮珍本叢刊（215）·四川府縣志（11）》，海南出版社 2000 年影印本。簡稱"乾隆合州志"。

28. 謝祖安修，蘇玉賢纂：《民國宜春縣志》，出自《中國地方志集成·湖南府縣志輯（34）》，江蘇古籍出版社，上海書店，巴蜀書社 1996 年影印本。簡稱"民國宜春志"。

29. 清黃鳴珂修，石景芬纂：《南安府志》，清同治七年刻本，出自《中國地方志叢書》，成文出版社有限公司 1975 年影印本。簡稱"同治南安志"。

30. 明馮曾修，明李汧纂：《九江府志》，明嘉靖九年刻本，出自《天一閣藏明代方志選刊（36）》，上海古籍書店 1982 年影印本。簡稱"嘉靖九江志"。

31. 清盛元鄧纂修：《南康府志》，清同治十一年刻本，出自《中國方志叢書》，成文出版社有限公司 1975 年影印本。簡稱"同治南康志"。

32. 清盧振先，管奏韺纂修：《雩都縣志》十四卷，清康熙四十七年刻本，出自《北京圖書館古籍珍本叢刊》，書目文獻出版社 1970 年影印本。簡稱"康熙雩都志"。

33. 清王維新，涂家杰修：《義寧州志》，清同治十二年刻本。簡稱"同治義寧志"。

34. 清李銘皖等修，馮桂芬等纂：《蘇州府志》，清光緒九年刻本，出自《中國地方志叢書》，成文出版社有限公司 1975 年影印本。簡稱"光緒蘇州志"。

35. 清錢紹文、孫光燮修，清朱炳元、何俊纂：《桂陽縣志》，出自《中國地方志集成·湖南府縣志輯》，江蘇古籍出版社 2002 年影印本。簡稱"同治桂陽志"。

36. 清達春布修，黃鳳樓纂，《九江府志》，清同治十三年刻本，九江府學文昌宮藏板，出自《中國地方志叢書（267）》，成文出版社有限公司 1975 年影印本。簡稱"同治九江志"。

37. 清楊鐼纂：《南安府志補正》，清光緒元年刻本，出自《中國地方志叢書》，成文出版社有限公司 1975 年影印本。簡稱"光緒南安志補"。

38. 鄭賢書等修，張森楷，李昌運纂：《民國新修合川縣志》，美國加利福尼亞大學圖書館藏本，1921 年刻本。簡稱"民國合川志"。

39. 清張耀曾修，清陳昌言纂：《寧州志》，清乾隆二年百尺樓刻本。簡稱"乾隆寧州志"。

40. 宋高斯得：《恥堂存稿》，四庫全書本。簡稱"恥堂稿"。

41. 宋羅從彥：《羅豫章集》，出自王雲五主編：《叢書集成初編》，商務印書館 1936 年排印本。簡稱"羅豫章集"。

42. 元金履祥編：《濂洛風雅》，出自王雲五主編：《叢書集成初編》，商務印書館 1939 年版。簡稱"濂洛風雅"。

43. 宋劉黻：《蒙川遺稿》，出自《叢書集成續編（132）》，新
文豐出版公司 1988 年排印本，簡稱“蒙川遺稿”。

44. 宋釋道璨：《無文印》，出自《宋集珍本叢刊》，線裝書局
2004 年版。簡稱“無文印”。

45. 宋董嗣杲：《廬山集》，四庫全書本。簡稱“廬山集”。

46. 宋朱繼芳：《靜佳龍尋稿・乙稿》，出自《汲古閣景宋鈔
南宋群賢六十家小集（42）》，汲古閣影印本。簡稱“靜佳龍稿”。

47. 宋賀鑄：《慶湖遺老詩集》，出自《宋集珍本叢刊》，線裝
書局 2004 年版，簡稱“慶湖遺老詩集”。

48. 宋魏了翁：《重校鶴山先生大全文集》，出自《宋集珍本
叢刊》，線裝書局 2004 年版，簡稱“鶴山集”。

49. 宋楊傑：《無為集》，四庫全書本。簡稱“無為集”。

50. 宋孔武仲：《清江三孔集》，四庫全書本。簡稱“清江三
孔集”。

51. 宋釋道潛：《參廖子詩集》，四庫全書本。簡稱“參廖子
集”。

52. 宋余觀復：《北窗詩稿》，宋陳思編，元陳世隆補：《兩宋
名賢小集》，美國國會圖書館藏清初湘潭黃氏觀嫁樓鈔本。簡稱
“北窗詩稿”。

53. 宋葉茵：《順適堂吟稿丁集》，汲古閣景宋鈔南宋群賢六十
家小集本。簡稱“順適堂稿”。

54. 宋錢聞詩：《廬山雜著》，出自《詩淵》不分卷，續修四
庫全書本。簡稱“廬山雜著”。

55. 宋陽枋：《字溪集》，四庫全書本。簡稱“字溪集”。

56. 宋趙抃：《趙清獻文公集》，北京圖書館古籍出版編輯組：
《北京圖書館古籍珍本叢刊》，書目文獻出版社 2000 年版。簡稱
“趙清獻集”。

57. 宋劉克莊：《後村集》，四庫全書本。簡稱“後村集”。

58. 宋陳淳:《北溪大全集》,四庫全書本。簡稱"北溪大全集"。

59. 元李道純:《中和集》,出自蕭天石編:《道藏精華第二集養生長壽秘訣集成續集之二》,自由出版社 1957 年版。簡稱"中和集"。

60. 清耿介:《敬恕堂文集紀年》,出自清代詩文集彙編編纂委員會編:《清代詩文集彙編》,國家清史編纂委員會文獻叢刊,上海古籍出版社 2010 年影印版。簡稱"敬恕堂文集"。

61. 元危素:《危學士全集》,清乾隆二十三年芳樹園刻本。簡稱"危學士集"。

62. 元侯克中:《艮齋詩集》,四庫全書本。簡稱"艮齋集"。

63. 元吳澄:《吳文正集》,四庫全書本。簡稱"吳文正集"。

64. 元劉因:《靜修先生文集》,四部叢刊集部,上海涵芬樓據元宗文堂朿本,商務印書館 1936 年影印本。簡稱"靜修集"。

65. 明吳文奎:《蓀堂集》,四庫全書存目叢書本,據北京圖書館藏萬曆三十二年吳可中刻本影印。簡稱"蓀堂集"。

66. 明孫應鼇:《學孔精舍詩鈔》,清光緒六年刻本。簡稱"學孔詩鈔"。

67. 明張元抃:《張陽和先生不二齋文選》,明萬曆年間刻本。簡稱"不二齋文選"。

68. 明孫原理編:《元音》,四庫全書本。簡稱"元音"。

69. 明胡居仁:《胡敬齋集》,出自王雲五主編:《叢書集成初編》,商務印書館 1935 年版。簡稱"胡敬齋集"。

70. 明吳與弼:《康齋集》,四庫全書本。簡稱"康齋集"。

71. 明楊廉:《楊文恪公文集》,續修四庫全書本,據山東省圖書館藏明刻本影印。簡稱"楊文恪集"。

72. 明費宏:《太保費文憲公摘稿》,續修四庫全書本,據南京圖書館藏明嘉靖三十四年吳遵之刻本影印。簡稱"費文憲稿"。

73. 明楊本仁：《少室山人集》，續修四庫全書本，據北京圖書館藏明嘉靖刻本影印。簡稱"少室山人集"。

74. 明李萬實：《崇質堂集》，清康熙四十年刻本。簡稱"崇質堂集"。

75. 明史謹：《獨醉亭集》，四庫全書本。簡稱"獨醉亭集"。

76. 明羅亨信：《覺非集》，四庫全書存目叢書本，據復旦大學圖書館藏清康熙羅哲刻本影印。簡稱"覺非集"。

77. 明黃克晦：《黃吾野先生詩集》，四庫全書存目叢書本，據復旦大學圖書館藏清乾隆二十五年黃隆恩刻本影印。簡稱"黃吾野集"。

78. 明錢子義：《種菊庵集》，四庫全書本。簡稱"種菊庵集"。

79. 明陳獻章：《陳白沙集》，四庫全書本，簡稱"陳白沙集"。

80. 明曹學佺：《蜀中廣記》，四庫全書本。簡稱"蜀中廣記"。

81. 明楊慎：《全蜀藝文志》，清嘉慶丁丑重鎸本，楊升菴先生原本，犍為張氏小書樓金粟山房藏板，美國哈佛大學圖書館藏本。簡稱"全蜀藝文志"。

82. 明王守仁：《王陽明全集》，中華圖書館 1924 年版。簡稱"王陽明集"。

83. 明薛應旗：《方山先生文錄》，四庫全書本。簡稱"方山文錄"。

84. 明羅洪先：《念菴羅先生集》，明嘉靖刻本。簡稱"念菴集"。

85. 清張英：《文端集》，出自王雲五主持：《四庫全書珍本二集》。簡稱"文端集"。

86. 明黃佐：《泰泉集》，四庫全書本。

87. 清易順鼎著，王颿校點：《琴志樓詩集》，上海古籍出版社

2004 年版。簡稱"琴志樓集"。

88. 清姚伭輯:《詩源初集》，清抱經樓刻本。簡稱"詩源初集"。

89. 清陳夢雷等編:《欽定古今圖書集成·明倫彙編·皇極典》第二百二十四卷《聖壽部·藝文一》，中華書局 1934 年影印本。簡稱"古今圖書集成"。

90. 清陳大章:《玉照亭詩抄》，清乾隆四年刻本。簡稱"玉照亭詩"。

91. 清歐大任:《歐虞部集·旅燕稿》，四庫禁毀書目本。簡稱"旅燕稿"。

92. 清桑調元:《弢甫詩集》，《弢甫五嶽集》，《弢甫續集》，《衡山集》，《恒山集》，四庫全書存目本，據吉林大學圖書館藏清乾隆刻本影印。簡稱"弢甫集""衡山集""恒山集""弢甫續集"。

93. 清吳嵩梁:《香蘇山館詩鈔》，清嘉慶年間刻本。簡稱"香蘇山詩"。

94. 清錢載:《籜石齋詩集》，續修四庫全書本，據清乾隆刻本影印。簡稱"籜石齋集"。

95. 清葉觀國:《綠筠書屋詩抄》，清乾隆五十七年刻本。簡稱"綠筠詩抄"。

96. 清張仁熙:《藕灣詩集》，清乾隆十六年年刻本。簡稱"藕灣詩集"。

97. 清潘耒:《遂初堂詩集》，清康熙年間增修本。簡稱"遂初堂集"。

98. 清唐英:《陶人心語》，清乾隆十五年年刻本。簡稱"陶人心語"。

99. 清宋至:《緯蕭草堂詩》，清康熙年間刻本。簡稱"緯蕭草堂詩"。

100. 清徐浩:《南州草堂詩文》，出自清代詩文集彙編編纂委員會編：《清代詩文集彙編 141》，國家清史編纂委員會文獻叢刊，上海古籍出版社 2010 年版。簡稱"南州草堂詩"。

101. 鄭翔，胡迎建：《廬山歷代詩詞全集》，上海古籍出版社 2012 年版。簡稱"廬山詩詞"。

102. 吳宗慈編：《廬山志》，1933 年鉛印本。簡稱"廬山志"。

103. 劉卓英等編：《詩淵》，據北京圖書館藏明稿本影印，書目文獻出版社 1993 年版。簡稱"詩淵"。

104. 曾棗莊，劉琳編：《全宋文》，上海辭書出版社 2006 年版。簡稱"全宋文"。

105. 北京大學古文獻研究所編：《全宋詩》，北京大學出版社 1992 年版。簡稱"全宋詩"。

106. 中山大學中國古文獻研究所編：《全粵詩》，嶺南美術出版社 2008—2013 年版。簡稱"全粵詩"。

107. 韓國文集編纂委員會編：《韓國歷代文集叢書》3600 冊影印本，景仁文化社 1999 年版。

108. 韓國財團法人民族文化推進會編：《韓國文集叢刊》350 冊影印本，景仁文化社 1990 年版。

109. 復旦大學文史研究院，越南漢喃研究院合編：《越南漢文燕行文獻集成》，復旦大學出版社 2010 年版。

110. （日）塙保己一，太田藤四郎編：《續群書類從》，續群書類從完成會 1972 年版。

111. 日本國書刊行會編纂：《續續群書類從》，續群書類從完成會 1978 年版。

112. （日）關儀一郎編：《日本儒林叢書》，鳳出版 1978 年版。

113. 日本京都史蹟會編：《林羅山詩集》，ぺりかん社 1979 年版。簡稱"林羅山詩"。

114. （日）室直清著，大地昌言纂，伊東貞校：《鳩巢文集》，日本慶應義塾大學圖書館藏本。簡稱"鳩巢文集"。

115. 日本古典學會編，（日）山崎嘉著：《山崎闇斎全集》，ぺりかん社 1978 年版。簡稱"山崎闇斎集"。

另，日本詩文集凡来自《續叢書類從》《續續叢書類從》者，因仔細標註較為繁瑣，故僅標註文集名，其文集在叢書中的具体信息另說明如下。

1. 萬里集九（1428—?）：《梅花無盡蔵》，《續群書類從》第十二輯下・文筆部・卷 338。

2. 橫川景三（1429—1493）：《百人一首》，《續群書類從》第十二輯上・文筆部・卷 320。

3. 月舟壽桂（1460—1533）：《幻雲詩藁〔新補〕》，《續群書類從》第十三輯上・文筆部・卷 342。

4. 東山崇忍：《冷泉集》，《續群書類從》第十三輯上・文筆部・卷 347。

5. 木下順庵（1621—1698）：《恭靖先生遺稿》，《續續群書類從》第十三・詩文部。

6. 一休宗純（1394—1481）：《續狂雲詩集》，《續群書類從》第十二輯下・文筆部・卷 333。

7. 景徐周麟（1440—1518）：《宜竹殘藁》，《續群書類從》第十二輯下・文筆部・卷 337。

8. 策彦周良（1501—1579）：《策彦和尚詩集》，《續群書類從》第十三輯下・文筆部・卷 352。

9. 春沢永恩（1511—1574）：《枯木稿》，《續群書類從》第十三輯下・文筆部・卷 351。

10. 西笑承兌（1548—1607）：《南陽稿》，《續群書類從》第十三輯下・文筆部・卷 357。

11. 藤原惺窩（1561—1619）：《惺窩先生文集》，《續續群書類從》第十三・詩文部・卷 2。

目　录

卷之三　韓國諸先生 ……………………………… （232）

序一　濂溪風雅：理學詩之正宗

陳慶元

　　數月前，晚霞說有一部書有出版，請序，我第一個反應不是這部書的書名叫什麼，而是"又出一部書了"。晚霞有時真的不好捉摸。她一會兒在康奈爾大學圖書館讀書，讀到"死去活來"（昏厥又醒過來），一會兒又到台北訪學，追隨王國良教授治文獻學，還帶個小孩在身邊。回來後即隨南京大學孫亦平先生從事博士後研究工作。我已經為她的《柳宗元研究論文集》（2014）、《林希逸文獻學研究》（2018）分別作過序，這部《濂溪風雅》算來已經是第三部了，難於捉摸的是，她說還有兩部書，一部是《濂溪志八種彙編》（2013），另一部是《濂溪志新編》（2019）。晚霞剛剛涉及學術時，也沒有什麼不可捉摸的，學校項目、省教育廳項目、省社科項目，按部就班，步趨與他人沒有兩樣。博士一畢業，忽然發力，馬上得到一個教育部項目（2016），她的同學，還有我，都隨之起舞；興奮期還沒過，次年國家項目評審結果公佈，她新報的項目赫然其中。接著，2018 年在南京大學又得到博士後一等資助項目，連續三年，三個大項目。晚霞開始不好捉摸了。晚霞英語原來並不怎麼樣，考博之前，對英語沒有太大的把握，三番五次去康奈爾看書之後，長進自不必說，《林希逸文獻學研究》一書，又是韓文文獻，又是日文文獻，不知她啥時弄會這兩國的文字？因為《林希逸文獻學研究》一書，關涉到韓、日對中國宋代理學的研究，引起韓、日學者的關注。還有一幅照片，晚霞身著正裝，雜在韓國、日本教授堆中開理學學術研討會。往後呢？往後晚霞的學術發展會越來越好，至於過程和細節，還是這句話：不可捉摸。

晚霞有感於至今為止沒有一部完整的周敦頤詩集，故有《濂溪風雅》之纂。理學家詩歌總集，前有元金履祥、後有清張伯行兩部《濂洛風雅》，《濂溪風雅》仿其體例而成書。張伯行編、左宗棠重編、楊浚續編的《正誼堂全書》計六十八種，周敦頤的《周濂溪先生全集》為第一種，張伯行的《濂洛風雅》列在第五十八種。《正誼堂全書》編纂，以宋"五君子"（周敦頤、張載、程顥、程頤、朱熹）為宗，闡揚濂洛關閩學說。《正誼堂全書》有《唐宋八大家文鈔》一種，張伯行云："推為大家，不特資作文之用，亦即窮理格物之功。"（楊浚《正誼堂全書跋》引，《正誼堂全書》卷首）選此書的動機，脫離不了"窮理格物"，但是張氏也不否認八大家之文可"資作文"。理學家其實相當看重作文，"文以載道"，好的文章才能載道，劣等文字怎麼能載道？文如此，詩亦如之，詩也是載道的工具。宋代還有一位著名的理學家邵雍，其《談詩吟》云："詩者人之志，非詩志莫傳。人和心盡見，天與意相連。論物生新句，評文起雅言。"（《伊川擊壤集》卷十八）大凡天、人、心、意、物、志所含的道，都可以用詩來表達。有意思的是，宋代最傑出的大詩家如梅聖俞、歐陽修、王安石、蘇軾、黃庭堅、李綱、陸游等，好像沒有什麼理學的名聲，絕對不能稱他們為理學家；而理學家中卻有一部分人頗有詩名，稱他們為詩人，絕對不成問題："理學如周元公、程明道、邵康節、呂東萊、朱文公，皆自成一家。"（曹學佺《宋詩選序》，《石倉三稿文部》卷二《序類》中），不僅是一般的詩人，而且是自成一家的詩人。因此，研究理學家詩便具有雙重的意義：一重是詩歌所表現的理學思想，既可與理學家的講義、語錄、文章相互印證發明，又可以對講義、語錄、文章的不足作補充發揮；另一重是，理學詩人如何成家，他們詩歌特質及其在宋詩中的地位如何。

明萬曆中閩人徐𤊽、謝肇淛、徐𤊽、曹學佺倡導重振閩中風雅。所謂風雅，就是詩歌的正宗地位；重振閩中風雅，就是重振閩中詩風、使閩中詩回歸於詩歌正宗。徐𤊽輯纂的詩歌總集《晉安風雅》，收錄明興以來閩中近於風雅的詩歌作品數千首，這些作品繼承《詩經》傳統，是詩歌的正宗，可以作為重振風雅的標幟。金履祥和張伯行對風雅的認識，亦當作如是觀，《濂洛風雅》，是理學詩的正宗；不唯是理學詩的正宗，也是詩歌的正宗。晚霞借《濂洛風雅》之名，為周敦頤詩纂輯《濂溪風雅》，強調周敦頤詩為理學詩之正宗，詩歌的正宗，名副其實，書名起得也好，古意猶存，雅致樸質。

晚霞編纂這部《濂溪風雅》有"三難"，因為克服了"三難"，所以有"三佳"。

一難是搜集文獻難。文獻難有三方面，首先是周敦頤詩搜集難。周敦頤原有詩十卷，已散佚，重輯難；其次是中國諸先生詩分散於各種別集、總集、方志，搜集難；其三是韓、日、越諸先生詩，這些詩大多藏於韓、日、美國圖書館的圖籍中，搜集難。過去十多年，我作《曹學佺全集》，搜集諸家集評、諸家酬倡，這兩部分最難，有時為查找幾條材料，背一個雙肩包，塞兩瓶礦泉水，東奔西突，廢寢忘食，白天跑圖書館，晚上整理搜集回來的資料，還得準備次日的功課，次日一早便去趕第一班車。晚霞比我做的更難，跑國內各大圖書館不說、跑周頤敦足履所到處不說，韓、日諸先生異域材料的搜集，其難度還要大得多。晚霞克服材料方面困難，因此此書無論是周敦頤之詩，還是中、韓、日、越諸先生詩的搜集甚為完備，這是此書佳處之一。

二難是辨偽校勘難。周敦頤詩散失，後世遂有輯佚者；有輯佚就可能存在辨別真偽的問題。晚霞搜集這些詩，自己又進行一番辨證，確認為偽作的，就剔除；也有他人認為是偽作，而晚霞辨證的結果非偽，則加以存錄，獨立判斷難。校勘難，難在於各種版本的比勘，版本越多，越難；但是，版本越多，校勘也就越精越細。本書徵引的書目，除了大叢書之外，多達一百二十多種。考訂校勘精審，這是此書佳處之二。

　　三難是體例編排之難。《濂溪風雅》雖然參考《濂洛風雅》的體例，但是韓國、日本、越南先生的編排，則是原書不可能有的，故為獨創。無論是中國先生、還是韓、日、越先生作品的編排，本書都是以類相從，因此編排時首先得把“類”分清楚，一位先生可能有多編作品，都得為些作品找到相應的“類”，再把它們歸納其中，費時費事，所以難。編排體例嚴謹、得當，便於閱讀使用，這是此書佳處之三。

　　我相當看好這部書，不是說它一點缺點也沒有。近二十年來的古籍整理工作，不少學者注意利用流散到海外的典籍，如果有好的版本，還會選用它們來做整理的底本，我自己完成的《曹學佺全集》、《歐安館詩集》、《崔世召集》都以海外所藏本作為底本。晚霞的《濂溪風雅》，由於周敦頤理學家的特殊身分，近千年來引起韓國、日本、越南的學者的興趣，歌詠亦相對多。如果一部《濂溪風雅》的輯纂，止於中國先生，似乎也說得過去。但是，有了韓國先生、日本先生、越南先生作品的加入，瞬間比單純搜集到中國先生作品的本子完備，大抵不會有留下太多的遺憾。《濂溪風雅》的出版，對我們的啟示是，古籍整理也需要有國際視野，以鄰為壑的時代已經過去。《濂溪風雅》做到這一步，這部書的流傳無可懷疑。

　　晚霞下一步，還有什麼書要出版，還有什麼項目要申報？似乎難於捉摸。晚霞陝西人，來讀碩士那會兒，帶著西北人的拙樸來到福建。在福建待了一段時間，在閩南成了家，似乎沾上閩南人愛拼能贏的邊。後來去了湖南，再回來，感覺她就是湖南妹子，倔強直前，啥事都難不倒她。博士後剛出站，所在單位評給她一個人才的稱號，她訴說需要多篇 C 刊，我不理她，其實也不用理她，她自然能夠弄得好好的，上次讀博後時不也同樣訴說過，不也是準時出站了嗎？就事論事，似乎也是可以捉摸的。

（作者係福建師範大學文學院教授，博士生导师）

庚子閏四月
於南臺華廬

序二　發揚濂溪學術　傳播濂溪遺芳

王國良

　　北宋周敦頤（西元 1017 年—1073 年），字茂叔，道州營道樓田堡（今湖南省道縣）人，原名實，避宋英宗舊諱改惇頤；到南宋，其名又犯光宗趙惇御諱，宋人又將他改名敦頤。周敦頤做了近三十年的地方官，地位並不顯赫。但是他的道德情操與生活習性不與世俗同流合污，具有自己的獨特風格。晚年在江西廬山創辦了濂溪書院，世人因稱"濂溪先生"。寧宗嘉定年間賜諡曰"元公"。他是北宋五子之一，儒家理學思想的開山鼻祖。身處儒、佛、道合流的形勢下，他對《老子》的"無極"、《易傳》的"太極"、《中庸》的"誠"以及五行陰陽學說等思想資料進行熔鑄改造，並為宋以後的道學家提供"無極"、"太極"等宇宙本體論之範疇和模式，確有"發端之功"。其後，經由程顥（1032—1085）、程頤（1033—1107）的"擴大"，朱熹（1130—1200）的"集大成"，就一定意義上說，都只是在周子原有的思想基礎上使道學理論更加完善化、系統化而已。

　　周敦頤自著文字並不豐富，南宋初便有將周氏著述單刻行世，或匯編以成全集者。周敦頤著述最早行世者應為《通書》單行本，之後則為《太極圖說》、《通書》合訂本。由於周敦頤著述篇幅較小，故隨後編刊周子著述，往往將其《太極圖說》、《通書》和詩文，以及諸儒對周子著作之相關闡述、周子家譜、年譜、傳錄、歷刻序文等文獻匯編一起而成專集。宋代周敦頤著述刊刻地多為周子生活地如江西或籍貫地道州，明代周敦頤著述刊刻仍以周氏籍貫地湖南永州、道州及周氏後裔聚居地如江蘇蘇州為多。因受學風的影響，清代周氏著述之刊刻反不及宋明二代為盛。

　　歷來傳世的濂溪學專集所收有關濂溪詩歌，大致而言有三個系統，各有其特長，亦有其不足。第一種是周子本人之詩歌。這部分主要是詩歌的真偽需要確定，否則以非周子作品去研究周子，必然造成混亂，治絲益棼。第二種是周子後裔之詩歌。這部分比較零散，見錄於明萬曆周與爵編刻《周元公世系遺芳集》和各類《周敦頤集》、《濂溪志》中，研究時需要一一翻檢，頗為不便。第三種是歷代文人之歌詠。基本上彙集在各種《周敦頤集》、《濂溪志》中；此外，還有更多數量的濂溪學詩歌，則是散落在總集、別集、地方志，以及域外（主要是韓國、日本與越南）漢文總集、別集之內。因此，在進行濂溪學詩歌研究，首先就面臨史料佔有的難題。

　　有感於目前學界尚無一部完整齊全的濂溪學詩歌集，王晚霞博士為節省學者搜集史料的時間，且方便大家共同開展研究，多年來盼望能動手做一部理想中的濂溪學詩歌集。前幾年晚霞博士在編纂《濂溪志八種彙編》和《濂溪志新編》過程中，已陸續搜集到不少歷代濂溪學詩文。近十年，又陸續多次遠赴美國康奈爾大學、中國台灣台北大學等處查詢蒐羅周敦頤史料。她不僅在古今文人之別集、總集，以及湖南、江西、廣東、四川、湖北、江蘇、浙江 、廣西 、北京、重慶等歷代地方志中，搜集到了大量濂溪學相關詩歌；同時搜尋到不少韓國、日本、越南的周敦頤史料，其中也包含有諸多濂溪學詩歌。經過多年訪尋蒐羅，最終匯於本集——《濂溪風雅》。

　　本書體例大略仿宋、元之際的學者金履祥（1232—1303）和清朝理學家張伯行（1651—1725）編輯《濂洛風雅》的做法，以人繫詩，先以濂溪詩歌韻文為首，再將中國、韓國、日本、越南諸家的詩歌分列其後，編為五卷；並模仿兩家《濂洛風雅》之體例，將所蒐集到的詩歌韻文，大致按照記、贊、辭、銘、頌、說、賦、詩、詞及祭文予以編排，並將書名取做《濂溪風雅》。本主題範文內的資料蒐集，初步看起來應該不太困難，但經過仔細斟酌，始知實非易事。首先是周敦頤本人詩文數量的確定；其次是版本與校勘；再來是史料來源的開發。三方面都需要小心謹慎，抽絲剝繭，並且全力以赴。同時，對於近代學者同行的研究成果，也需要盡量吸收參考，方得保準無訛無漏。

　　在歷代濂溪學文獻的基礎上，王晚霞博士廣羅眾本，對濂溪學詩歌韻文進行去重補缺，並進行必要的考證、辨偽、校勘工作，其瑣屑繁雜程度，不難想像；其用心專注的精神，尤應予特別表揚。不過，本書所收僅為濂溪學詩歌韻文部分，希望日後也能夠收錄非韻文部分，成為名符其實的《周濂溪學文獻大全》，除了發揚濂溪學術之外，尤能沾溉海內外學界而無窮，豈不偉哉，豈不美哉！

（作者係中國台灣台北大學中文系名譽教授）

二〇二〇年四月謹識於臺北大學人文學院 7F13 室

卷之一　濂溪周先生

愛蓮說
宋　周濂溪

水陸草木之花，可愛者甚蕃。晉陶淵明獨愛菊，自李唐來，世人盛愛牡丹。予獨愛蓮之出淤泥而不染，濯清漣而不妖。中通外直，不蔓不枝，香遠益清，亭亭淨植，可遠觀不可褻玩焉。予謂菊，花之隱逸者也；牡丹，花之富貴者也；蓮，花之君子者也。噫！菊之愛，陶後鮮有聞；蓮之愛，同予者何人？牡丹之愛，宜乎眾矣。

春陵周惇實撰，四明沈希顏書，太原王博篆額，嘉祐八年五月十五日，江東錢拓上石。（宋刻本）

養心亭說
宋　周濂溪

孟子曰："養心莫善於寡欲。其為人也寡欲，雖有不存焉者，寡矣；其為人也多欲，雖有存焉者，寡矣。"予謂養心不止於寡而存耳，蓋寡焉以至於無，無則誠立明通。誠立，賢也；明通，聖也。是聖賢非性生，必養心而至之。養心之善，有大焉如此，存乎其人而已。張子宗範有行有文，其居，背山而面水。山之麓，

構亭甚清淨。予偶至而愛之，因題曰"養心"。既謝，且求說，故書以勉。（宋刻本）

拙　賦
宋　周濂溪

或謂予曰："人謂子拙。"予曰："巧，竊所恥也，且患丗多巧也。"喜而賦之："巧者言，拙者默；巧者勞，拙者逸；巧者賊，拙者德；巧者凶，拙者吉。嗚呼！天下拙，刑政徹。上安下順，風清弊絕。"

碧落石汝礪書篆。（宋刻本）

告先師文
宋　周濂溪

敢昭告于先師兗國公顏子：爰以遷修廟學成，恭修釋菜于先聖至聖文宣王。惟子睿性通微，實幾於聖。明誠道確，夫子稱賢。謹以禮幣藻齋，式陳明獻，從祀配神。尚饗！（宋刻本）

邵州新遷學釋菜祝文
宋　周濂溪

維治平五年歲次戊申正月甲戌朔三日丙子，朝奉郎尚書駕部員外郎通判永州軍州，兼管內勸農事，權發遣邵州軍州事，上騎都尉賜緋魚袋周惇頤敢昭告于先聖至聖文宣王：

惟夫子道德高厚，教化無窮，實與天地參而四時同，上自國都，下及州縣，通立廟貌，州守縣令，春秋釋奠。雖天子之尊，入廟肅躬行禮，其重誠與天地參焉。儒衣冠、學道業者，列室於廟中，朝夕目瞻睟容，心慕至德，日蘊月積，幾于顏氏之子者有之，得其位，施其道，澤及生民者代有之，然則夫子之宮可忽歟？而邵置於惡地，招于牙門，左獄右庾，穢喧歷年，惇頤攝守州符，嘗拜堂下，惕汗流背，起而議遷，得地東南，高明協卜，用舊增新，不日成就。彩章冕服，儼坐有序，諸生既集率僚告成，謹以禮幣藻齊，式陳明薦。以兗國公顏子配，尚饗。_{（宋刻本）}

書　堂
宋　周濂溪

元子溪曰瀼，詩傳到于今。此俗良易化，不欺顧相欽。
盧山我久愛，買田山之陰。田間有流水，清沚出山心。
山心無塵土①，白石磷磷沈。潺湲来数里，到此澄澄深。
有龍不可測，岸竹寒森森。書堂構其上，隱几看雲岑。
倚梧或欹枕，風月盈中襟。或吟或冥默，或酒或鳴琴。
數十黃卷軸，賢聖談無音。牕前即疇囿，囿外桑麻林。
千蔬可卒歲，絹布足衣衾。飽暖大富貴，康寧無價金。
吾樂盖易足，名溪朝暮侵。元子與周子，相邀風月尋。_{（宋刻本）}

劍　門②
宋　周濂溪

劍立溪峯信險深，吾皇大道正天心。
百年外戶都無閉，空有關名點貢琛。_{（宋刻本）}

---

① “土”：底本作“上”，今據文意及周木本改。
② 底本此處注云：“出劉禹卿集，劍門銘詩集。”

春　晚
宋　周濂溪

烏落柴門掩夕暉，昏鴉數點傍林飛。
吟餘小立闌干外，遙見樵漁一路歸。（周木本）

牧　童
宋　周濂溪

東風放牧出長坡，誰識阿童樂趣多。
歸路轉鞭牛背上，笛聲吹老太平歌。（周木本）

和前韻
宋　周濂溪

雲樹巖泉景盡奇，登臨深恨訪尋遲。
長棲未得於何記，猶有君能雅和詩。（宋刻本）

題浩然閣
宋　周濂溪

劉侯戴武弁，政則心吾儒。士茂先興學，子賢勤讀書。
猷為莫不善，才力蓋有餘。西北方求帥，浩然寧久居。（宋刻本）

思歸舊隱
宋　周濂溪

靜思歸舊隱，日出半山明。醉榻雲籠潤，唫窓瀑瀉清。

閑方為達士，忙只是勞生。朝市誰頭白，車輪未曉鳴。（宋刻本）

夜雨書憁
宋　周濂溪

秋風掃盡熱，半夜雨淋漓。遠屋是芭蕉，一枕萬響圍。
恰似釣魚船，蓬底睡覺時。舊隱濂溪上，思歸復思歸。
釣魚船好睡，寵辱不相隨。肯為爵祿重，白髮猶羈縻。①（宋刻本）

石塘橋晚釣②
宋　周濂溪

舊隱溪濂上③，思歸復思歸。釣魚船好睡，寵辱不相隨。
肯為爵祿重，白髮猶羈縻。（周木本）

書舂陵門扉
宋　周濂溪

有風還自掩，無事晝常關。開闔從方便，乾坤在此間。

《南軒先生語錄》中一條，或於舂陵舊門扉上得一詩云云，先生
詠之曰"此濂溪詩也"。（宋刻本）

----

　　①　本篇宋刻本後六句與《石塘橋晚釣》基本相同，周木本、胥從化本、李嵊慈
本、李楨本、吳大鎔本、周誥本前六句作《夜雨書窗》，後六句皆作《石塘橋晚釣》，
可參校。
　　②　底本此處注云："舊無此五字，而此詩又連上共作一首，今從《遺芳集》改
正。"
　　③　本句胥從化本作："濂溪溪上釣"。宋刻本此處注云："《遺芳集》作'濂溪溪
上釣'。"可參校。

書仙臺觀壁

宋　周濂溪

先生在合陽沿外臺檄，按，臨赤水縣簿書與將士郎赤水令費琦游龍多唱和八首。

到官處處須尋勝，惟此合陽無勝尋。
赤水有山仙甚古[①]，躋攀聊足到官心。（宋刻本）

同石守遊山

宋　周濂溪

朝市誰知世外遊，杉松影裏入吟幽。
爭名逐利千繩縛，度水登山萬事休。
野鳥不驚如得伴，白雲無語似相留。
傍人莫笑凭欄久，為戀林居作退謀。（宋刻本）

按部至春州

宋　周濂溪

按部廣東經數郡，若言嵐瘴更無春。
度山煙鎖埋清晝，為國天終護吉人。
萬里詔音頒降下，一方恩惠盡均勻。
丈夫才略逢時展，倉廩皆無亞富民。（宋刻本）

---

① 底本此處注云："晉馮蓋羅上昇處。"

喜同費長官遊

宋　周濂溪

尋山尋水侶尤難，愛利愛名心少閑。
此亦有君吾甚樂，不辭高遠共躋攀。（宋刻本）

江上別石郎中

宋　周濂溪

葉落蟬声古渡頭，渡頭人擁欲行舟。
別離情似長江水，遠亦随公日夜流。（宋刻本）

題惠州羅浮山

宋　周濂溪

紅塵白日無閑人，況有魚緋繫此身。
□①上羅浮閑送目，浩然心意復吾真。（宋刻本）

題寇順之道院壁

宋　周濂溪

一日復一日，一杯復一杯。青山無限好，俗客不曾來。
徃事已如此，朱顏安在哉。寄語地上客，歷亂竟誰催。（宋刻本）

---

① 　底本此處注云："闕。"

任所寄鄉關故舊

宋 周濂溪

老子生来骨性寒，宦情不改舊儒酸。
停盃厭飲香醪味，舉筋常餐淡菜盤。
事冗不知筋力倦，官清贏得夢魂安。
故人欲問吾何况，為道舂陵只一般。（胥從化本）

憶江西提刑何仲容

宋 周濂溪

蘭自香為友，松何枯向春。榮来天澤重，歿去綉衣新。
畫作百年夢，終歸一窖塵。痛心雙淚下，無復見賢人。（宋刻本）

游山上一道觀三佛寺

宋 周濂溪

琳宮金刹接峯巒，一徑潛通竹樹寒。
是處塵勞皆可息，時清終未忍辭官。（宋刻本）

萬安香城寺別虔守趙公

宋 周濂溪

公暇頻陪塵外遊，朝天仍得送行舟。
軒車更共入山脚，旌斾且從留渡頭。
精舍泉聲清瀧瀧，髙林雲色淡悠悠

談終道奧愁言去，明日瞻思上郡楼。（宋刻本）

按部至潮州題大顛堂壁

宋　周濂溪

退之自謂如夫子，《原道》深排釋老非。
不識大顛何似者，數書珍重更留衣。（宋刻本）

題酆都觀三首刻石觀中

宋　周濂溪

仙都觀

山盤江上虬龍活，殿倚雲中洞府深。
欽想真風杳何在，偃松喬柏共蕭森。

讀英真君丹訣

始觀丹訣信希夷，蓋得陰陽造化機。
子自母生能致主，精神合後更知微。

宿山房

久厭塵坌樂静元，俸微猶乏買山錢。
徘徊真境不能去，且寄雲房一榻眠。（宋刻本）

贈虞部員外郎譚公昉致仕

宋　周濂溪

清時望郎貴，白首故鄉歸。有子紆藍綬，將孫着綵衣。

松喬新道院，鶴老舊漁磯。知止自高德，寧為遁者肥。（宋刻本）

治平乙巳暮春十四日同宋復古遊山巔至大林寺書四十字

宋　周濂溪

三月山方暖，林花互照明。路盤層頂上，人在半空行。
水色雲含白，禽聲谷應清。天風拂巾袂，縹緲覺身輕。（宋刻本）

行縣至雩都，邀餘杭錢建侯拓四明沈幾聖希顏同游羅巖

宋　周濂溪

聞有山巖即去尋，亦躋雲外入松陰。
雖然未是洞中境，且異人間名利心。（宋刻本）

天　池

宋　周濂溪

清和天氣年能幾，短葛輕紗近水涯。
風似相知偏到袖，魚如通信不驚槎。
笑凭賃山色傾新甕，醉傍汀陰數落花。
嘯傲不妨明月上，一行歸路起棲鴉。（蜀中廣記）

守性箴
宋　周濂溪

人之守性，實為防城。仁義理智，周張四營。
心為謀帥，直氣為兵。耳為金鼓，目作旗旌。
堅剛勇銳，動不缺傾，邪誘攻之，端守靜待。
彼衰我鼓，自當散潰。寇攘之來，有時而至。
築陣浚濠，怵惕戶備。邪之所攻，旦夕動作。
或乘其間，則崩厥角。善克御之，乃明而誠。
性誠既固，身因以寧。和氣悠揚，煒燁嘉名。
聊書諸紳，內制外情。（全宋文）

守中箴
宋　周濂溪

我或高剛，或謂我傲。則非所長，取禍之道。
我或卑柔，或謂我懦。不簡語言，則得侮嫚。
傲不可作，懦不可由。非和非同，非剛非柔。
中以為之，無為身羞。（全宋文）

冠鰲亭
宋　周濂溪

紫霄峰上讀書臺，深鑲雲中久不開。
為愛此山真酷似，冠鰲他日我重來。（全蜀藝文志）

題蓮花洞

宋 周濂溪

潺湲來數里，到此始澄清。有龍不可測，岸水寒森森。
吾樂蓋易足，名濂朝暮箴。① （同治九江志）

題清芬閣

宋 周濂溪

風雅久淪落，哇淫肆自陳。波蘭嗟已靡，汗漫□無津。
紛葩混仙蕊，誰可識清真。先生李鄭輩，□態非擬倫。
後生不識事，愈非句愈珍。至今桐廬水，相與流清新。
蟬聯十一世，奕葉扶陽春。十年問御史，邂逅章江濱。
自慙無所有，衰歡徒欣欣。樽酒發狂笑，微言入典墳。
稍稍窺緒餘，每每露經綸。因知相有術，源委本清淳。 （詩淵）

觀巴岳木蓮

宋 周濂溪

仙姿元是華巔栽，不向東林沼上開。
嫩蕊曉隨梅雨放，清香時傍竹風來。
枝懸縞帶垂金彈，瓣落蒼苔墜玉杯。
若使耶溪少年見，定拋蘭槳到嵒隈。 （蜀中廣記）

---

① 宋刻本中，本篇為詩作《書堂》中分散的四句，個別字偶有差異，詳見上文，可參校。

聖壽無疆頌并序

宋　周濂溪①

　　臣聞大德，必得其位，必得其祿，必得其名，必得其壽。今皇天以是全美，眷于我有宋，恭惟光堯壽聖，憲天體道，性仁誠德，經武緯文。紹業興統，明謨盛烈，太上皇帝，道運無積，功成不居，蕩蕩巍巍，與天同造，耆齡延長，振古未有。皇帝即位之二十四年，申命有司討論典禮。十二月二日加奉上尊號冊寶。越明年元日，率羣臣詣德壽宮，上壽肆推慶澤，用大賚于家邦，於戲盛矣哉！臣幸際亨嘉，身同鼓舞，宜有歸報之辭，殫厥形容之美，勒諸名嶽，震耀無窮，謹拜手稽首，而作是頌，曰：

　　　　聖皇丕承，駿命誕膺。紹開中興，六龍御天。
　　　　握符總權，三十六年。尺土一民，涵和養醇。
　　　　如海如春，神器宅中。付以至公，退養淵沖。
　　　　揖遜寥寥，惟我熙朝。視古陶姚，功隆德兼。
　　　　帝心日嚴，養以色占。龍樓燕閒，問安既還。
　　　　喜見天顏，顯號重都。玉鏤金塗，三騰嵩呼。
　　　　王春履端，慶典隆寬。聳爾聽觀，晨光初霞。
　　　　清蹕翠華，肅無敢譁。簫韶九成，合奏在庭。
　　　　千宮列星，皇帝奉觴。以介鴻麗，來崇來降。
　　　　雨露恩深，曠儀自今。萬國謳吟，小臣何知。
　　　　敢無祝辭，百拜申之。願聖人壽，八千歲周。
　　　　爲春爲秋，願聖人壽。垂佑至尊，廓清乾坤。

―――――――――

　　①　本篇《光緒道州志》也有收錄，篇首註曰："此係今博士周承宗往九江謁墓，得之《江州志》中，故錄于此。"並在段首有"廬山草茅臣周敦頤譔《拜書序》曰"句，可參校。

願聖人壽，至尊躬迎。玩意神京，南斗之傍。

五老昂昂，祥烟壽光。作頌維何，蒼崖可磨。

書刊嵯峨，聖壽日躋。茲峰與齊，億萬年兮。[①]（古今圖書集成）

對雪寄吳延之[②]

宋 周濂溪

存目。（宋刻本）

---

① 《光緒道州志》所收本篇末有"淳熙十四年秋八月，刊石五老峯"句。可參校。

② 本篇出自宋刻本蒲宗孟詩作：《乙巳歲除日收周茂叔虞曹武昌惠書，知已赴官零陵，丙午正月內成十詩奉寄》，內容佚。

卷之二　中國諸先生

記　贊　辭　銘　頌　說　賦

宋道國公濂溪先生惇頤像贊
宋　傅伯成

見識純粹，踐行篤實。學問既高，議論益卓。
明堂之質，瑚璉之器。道學所關，揭示來世。（西湖公志）

像　贊
宋　朱　熹

道喪千載，聖遠言堙。不有先覺，孰開我人？
書不盡言，圖不盡意。風月無邊，庭草交翠。”（宋刻本）

像　贊
宋　張　栻

於惟先生，絕學是繼。窮原太極，示我來世。（宋刻本）

像 記
宋 宋 濂

金華宋濂曰："濂溪周子，顏玉潔，額以下漸廣，至顴而微收。朕頤下豐腴，修目末微聳。鬚疎朗微長，頰上稍有髯。三山帽後有帶，紫衣褒袖，緣以皂白，內服緣如之，裳無緣，烏赤色。袖手而立，清明高遠，不可測其端倪。"（吳大鎔本）

像 贊
明 李嶸慈

嗚呼！此無極翁之翁也哉！踐形肖貌，豈在區區！滿天風月，一帙圖書。蓮香撲鼻，草色盈裾，噫！當此之時，動直而靜虛。依希乎，無極翁也與！舂陵拙吏後學李嶸慈譜。（李嶸慈本）

像 贊
清 桑日昇

仁樂山，知樂水，先生兼之。山水具體，身不繫乎一州，心能包乎萬里。有點之狂，而不必乎鼓瑟風雩；有顏之樂，而不必乎簞瓢巷止。人曰潔靜精微是之謂《易》，予曰潔靜精微是謂周子。（吳大鎔本）

濂溪詞并序
宋 黃庭堅

舂陵周茂叔，人品甚高，胷中灑落，如光風霽月。好讀書，雅意林壑，初不為人窘束世故，權輿仕籍，不卑小官，職思其憂。論法常欲與民決訟，得情而不喜。其為小吏，在江、湖郡縣，蓋十五年，所至輒可傳。任司理參軍，轉運司以權利變具獄，茂叔爭之不能得，投告身欲去，使者歉手聽之。趙公閱道，號稱好賢，人有惡茂叔者，趙公以使者臨之甚威，茂叔處之超然，其後酒悟曰："周茂叔，天下士也。"薦之於朝，論之于士大夫，終其身。其為使者，進退官吏，得罪者自以為不冤。中歲乞身老於溢城，有水發源于蓮花峯下，潔清紺寒，下合于溢江。茂叔濯纓而樂之，築屋於其上，用其平生所安樂，媲水而成，名曰濂溪。與之遊者曰，溪名未足以對茂叔之美。雖然，茂叔短於取名而惠於求志，薄於徼福而厚於得民，菲於奉身而燕及煢嫠，陋於希世而尚友千古。聞茂叔之餘風，猶足以律貪，則此溪之水配茂叔以永久，所得多矣。茂叔諱惇實，避厚陵，奉朝請名改惇頤。二子壽、燾皆好學，承家求予作濂溪詩，思詠潛德。茂叔雖仕宦三十年，而平生之志終在丘壑，故余詩詞不及世故，猶髣髴其音塵。

　　溪毛秀兮水清，可飯羹兮濯纓，不漁民利兮又何有於名。弦琴兮觴酒，瀉溪聲兮延五老以為壽。蟬蛻塵埃兮玉雪自清，聽潺湲兮鑒澄明。激貪兮敦薄，非青蘋白鷗兮誰與同樂。津有舟兮蕩有蓮，勝日兮與客就閑。人聞拏音兮不知何處散髮，醉髙荷為蓋兮，倚芙蓉以當妓。霜清水寒兮舟有平沙，八方同宇兮雲月為家。懷連城兮佩明月，魚鳥親人兮野老同社而爭席，白雲蒙頭兮與南山為伍，非夫人攘臂兮誰予敢侮。（宋刻本）

遊濂溪辭并序

宋　鄒　勇

　　道州城西十五里，有村曰濂溪保，蓋周茂叔先生之居也。先生宦遊過九江，愛廬阜不能歸，故以"濂溪"榜書堂，示不忘本。山谷，一世洽聞者也，而曰有水發源於廬阜蓮花峯下，茂叔樂之，用其平生所安樂，媲水而成名曰"濂"。而近世士夫又謂本名"廉溪"，先生子求詩於山谷，避其叔父諱，遂加以水，且曰"廉"與"濂"，義殊而音睽，不應媲水以明其廉。其說具載《九江學宮先生祠堂記》。以夐觀之，俱失也。夐縻粟道州，考濂溪頗詳。因暇日遊焉，訪先生之遺跡，且悼世人之惑也，敢述以辭。

度莒川之脩梁兮，遡其瀕而走西。路平原之瀰洃兮，容飛蓋而並馳。行將半於一舍兮，折而涉于荒陂。漸林開而阜斷兮，隱約聞乎犬雞。亟引鞭而前望兮，萃或瓦而或茨。逢翁問之奚所兮，翁告余以濂溪。閱民氏而皆周兮，本其系而為誰。伊茂叔之故家兮，自鼻祖而占兹。後昆出於丘墟兮，逢披淪於布衣。詠先生之所服兮，已乎莫之知也。從先生其已遠兮，曷慰乎我之思也。雲山矗而崇崇兮，豈絕塵之姿乎？泉石激而泠泠兮，抑弦誦之遺乎？百卉秀而不枯兮，豈道德之輝乎？少長羣而不囂兮，抑媺俗之未衰乎，彷徨乎奚忍徊而去之。迫日暮兮，既去而猶遲遲。幸頹垣與敗級兮，存故基而未夷。環可耕者數畞兮，昔帶經之所治。森一丘之梧檟兮，乃夙昔之所規。蓋求其他而不得兮，尚瞩此而庶幾。悲先生之蚤歲兮，逢彼百罹。奉親學於渭陽兮，仕謀歸而願違。故溢江之所築兮，志此溪於門楣。何山谷之不審兮，指蓮峯而實之。病後之人迷益遠兮，曰廉與濂義殊而音睽。妄取濂而增水兮，由媚客而請詩。嘻！其本之不覿兮，宜所言之皆非。吾聞南公之語此兮，云權輿於唐之時。元結之刺道兮，事率愛奇。以瀧渻與渮汸兮，貫七泉而為題。道之人祖結之故智兮，溪得名之是依。曰義殊而非類兮，爾奚瀧渻之不疑。曰音睽而無取兮，道與直亦參差而不齊。故濂者以德而媲水兮，遠矣昔人之所貽。先生之桑梓兮，他寓而是思。何以療世之惑兮，寄鍼砭於此辭。（宋刻本）

祠堂銘
宋 黃維之

紹凞初元冬十一月丙辰，黃維之祇謁濂溪先生之祠堂。始堂之成，朱熹為之記而無其銘，於是銘之。銘曰：

濂溪之水，清且漪兮。先生之德，不磷不緇。康廬之峯，秀而峙兮。先生之道，無成無虧。先生之存兮，學者之師。無極而太極兮，洩天之機。死不可作兮，吾誰與歸！敬瞻其容而思其人兮，亦足以發吾道心之微。（宋刻本）

濂溪祠堂銘
宋　臧辛伯

太極混成，萬象包括。《通書》簡明，言行有法。
貫天地人，獨見昭徹。成己成物，大巧若拙。
學窮本原，文字抑末。吏隱州縣，一意全活。
瘴煙可入，民冤難達。天生範模，伊洛講切。
胡不假年，禮樂諸葛。嗚呼濂溪，道無生滅。
条前倚衡，光風霽月。（胥從化本）

先生墓誌銘
宋　潘興嗣

吾友周茂叔，諱惇頤，其先營道人，曾祖諱從遠，祖諱智彊，皆不仕。考諱輔成，任賀州桂嶺縣令，贈諫議大夫。君幼孤，依舅氏龍圖閣學士鄭向。以君有遠器，愛之如子。龍圖公名子皆用“惇”字，因以“惇”名君。景祐中，奏補試將作監主簿，授洪州分寧縣簿。君博學行己，遇事剛果，有古人風，眾口交稱之。部使者以君為有才，奏舉南安軍司理參軍。轉運使王逵以苛刻蒞下，吏無敢可否，君與之辨獄事，不為屈，因置手版歸，取誥勑納之，投劾而去。逵為之改容，復薦之。移郴令，改桂陽令，皆有治績。用薦者遷大理寺丞，知洪州南昌縣。其為治精密嚴恕，務盡道理，民至今思之。

改太子中舍，簽判合州，覃恩改虞部員外郎，通判永州。今上即位，恩改駕部。趙公抃入參大政，奏君為廣南東路轉運判官，稱其職，遷虞部郎中提點本路刑獄。君盡心職事，務在矜恕。雖瘴癘僻遠，無所憚勞，竟以此得疾。懇請郡符知南康軍。未幾，分司南京。趙公抃復奏起君，而君疾已篤。熙寧六年六月七日卒於九江郡之私第。享年五十七，君篤氣義，以名節自處。郴守李初平最知君，既薦之，又賙其所不給。初平卒，子尚幼，君護其喪以歸，葬之。士大夫聞君之風，識與不識皆指君曰"是能葬舉主者"。君奉養至廉，所得俸祿分給宗族，其餘以待賓客。不知者以為好名，君處之裕如也。在南昌時，得疾暴卒，更一日一夜始甦，視其家，服御之物止一敝篋，錢不滿數百。人莫不歎服，此予之親見也，嘗過潯陽，愛廬山，因築室溪上，名之曰濂溪書堂。每從容為予言："可仕可止，古人無所必。束髮為學，將有以設施可澤於斯人者，必不得已，止未晚也。此濂溪者，異時與子相從於其上，歌詠先王之道，足矣。"此君之志也。尤善談名理，深于易學，作《太極圖》《易說》《易通》數十篇，詩十卷，今藏于家。母鄭氏，封仙居縣太君，娶陸氏，職方郎中參之女。再娶蒲氏，太常丞師道之女，子二人，曰壽，曰燾，皆補太廟齋郎。以其年十一月二十一日窆於德化縣德化鄉清泉社母大人之墓左，從遺命也。壽等能次列其狀來請銘，乃泣而為之銘，銘曰：

　　　人之不然，我獨然之。義貫于中，貴於自期。

　　　讝讝日甚，風俗之偷。乃如伊人，吾復何求。

　　　志因在我，壽則有命。道之不行，斯謂之病。（宋刻本）

先生墓碣銘①

宋 蒲宗孟

　　始予有女弟，明爽端淑，欲求配而未之得。嘉祐己亥，泛蜀江，道合陽，與周君語三日三夜。退而嘆曰："世有斯人歟！眞吾妹之敵也。"明年，以吾妹歸之。周君世爲營道人，始名（光宗御諱）實，避英宗藩邸名改（光宗御諱）頤。曾祖從遠，祖智强，皆不仕。父輔成，賀州桂嶺縣令，累贈諫議大夫。母鄭氏，仙居縣太君。君少孤，養於舅家，鄭舅爲龍圖閣學士，以恩補君試將作監主簿，自其窮時，慨然欲有所施，以見於世。故仕而必行其志，爲政必有能名。初從吏部調洪州分寧主簿。未幾，南安獄上屢覆。轉運使薦君爲南安軍司理參軍，移郴州郴縣令，又爲桂陽令。分寧有獄不決，君至一訊立辨。邑人驚詫曰："老吏不如也。"南安囚，法不當死，轉運使欲深治之。君爭不勝，投其司理參軍告身以去。曰："如此尚可仕乎！殺人以媚人，吾不爲也。"轉運使感悟，囚卒得不死。自桂陽，用薦者言，改大理寺丞。知洪之南昌。南昌人見君來，咸曰："是能辨分寧獄者，吾屬得所訴矣。"君益思以奇自名，屠姦翦弊，如快刀健斧，落手無留。富家大姓，黠胥惡少，惴惴懷恐，不獨以得罪於君爲憂，而又以汙善政爲恥也。江之南九十餘邑，如君比者無一二。改太子中舍，簽書合州判官事，轉殿中丞，賜五品服。一郡之事，不經君手，吏不敢決；苟下之，民不肯從。蜀之賢人君子莫不喜稱之。今資政殿學士趙公爲使者，小人陰中君。趙公惑，比去尚疑君有過。嘉祐中，轉國子博士，通判虔州。趙公來守虔，熟試君所爲，執君手曰："幾失君矣！今日迺知周茂叔也。"英宗登極，遷尚書虞部員外郎。虔大火，焚其州，改通判永州，轉比部員外郎。今上卽

----

① 底本此處注云："大字晦菴刪本，小字蒲《碣》全文。"今均排爲大字，個別小字置括號內。

位，遷駕部員外郎。熙寧元年，擢授廣南東路轉運判官。三年，轉虞部郎中，提點本路刑獄。君以朝廷躐等見用，奮發感厲，不憚出入之勤，瘴毒之侵，雖荒崖絶島，人跡所不至處，皆緩視徐按，務以洗冤澤物爲己任。施設注措未及盡其所爲，而君已病矣，病且劇，念其母未葬，求南康以歸。葬已，君曰："强疾而來者，爲葬耳，今猶欲以病汙麾綬耶！"病且劇（三字元在上，晦菴移於此），上南康印，分司南京。趙公再尹成都，聞君之去，拜章乞起君。朝命及門，疾已革。熙寧六年六月七日卒，卒年五十七。

嗟乎茂叔，命止斯乎！先時以書抵宗孟曰："上方興起數百年，無有難能之事，將圖太平天下，微才小智苟有所長者，莫不皆獲自盡。吾獨不能補助萬分①，又不得竊須臾之生，以見堯爵禮樂之盛，今死矣，命也！"其語如此。嗚呼！可哀也已！初娶陸氏，縉雲縣君；再娶吾妹，德清縣君。二子壽、燾，皆太廟齋郎。君自少信古喜義，以名節自高。李初平守郴，與君相好，不以部中吏待君。初平卒，子幼，不克葬。君曰："吾事也。"徃來其家，終始經紀之。雖至貧，不計貲，恤其宗族朋友。分司而歸，妻子饘粥不給，君曠然不以爲意也。生平襟懷飄灑有高趣，常以仙翁隱者自許。尤樂佳山水，遇適意處，終日徜徉其間。酷愛廬阜，買田其旁，築室以居，號曰濂溪書堂。乘興結客，與高僧道人，跨松蘿，躡雲嶺，放肆於山巔水涯，彈琴吟詩，經月不返。及其以病還家，猶籃輿而徃，登覽志②倦。語其友曰："今日出處無累，正可與公等爲逍遥社，但媿以病來耳。"君之卒，四月十六日，二甥求吾銘。將以其年十一月二十一日葬君於江州德化縣德化鄉清泉社。吾嘗謂茂叔爲貧而仕，仕而有所爲，亦大槩略見於人，人亦頗知之。然至其孤風遠操，寓懷於塵埃之外，當有高棲遐遁之意，則世人未必盡知之也。於其死，吾深悲焉！故想像君之平生，而寫其所好，以寄之銘云。來求銘

① 據何子舉《先生墓室記》，"分"后當有"一"字。
② "志"：當作"忘"。

（三字續添），銘曰：

　　廬山之月兮暮而明，溢浦之風兮朝而清。翁飄飄兮何所，琴悄寂兮無聲！杳乎欲訴而奚問，浩乎欲忘而難平！山巔水涯兮，生既不得以自足，死而葬乎其間兮，又安知其不爲清風白月，往來乎深林幽谷，皎皎而泠泠也！形骸兮歸此，適所願兮，攸安攸寧！

（宋刻本）

邵州周元公祠銘

明　廖道南

荊楚之墟，翼軫所躔。祝融截嶪，九疑蜿蜒。

粵稽諸古，神聖誕育。炎皇先物，虞帝南狩。

靈氣顯景，結為禎祥。日昭壁緯，斗煥奎章。

惟茲郡土，理宗封越。錫以嘉名，岳瀆有奭。

自周元公，產自舂陵。月巖鳴鐸，濂溪濯纓。

來攝於茲，肇創學制。尋孔顏樂，首崇祀事。

太極有圖，理趣淵源。羲畫姬爻，得象忘言。

發揮精蘊，天人心學。上承洙泗，下啟關洛。

五峯有記，考亭用光。宣公嗣音，妙道益彰。

肆我皇祖，加意黌校。鴻謨鉅典，揭厥綱要。

迨我皇上，銳情經術。睿藻天葩，昭哉敬一。

睠茲湘楚，曠世相逢。涵濡帝澤，鼓舞靈風。

龍飛大狩，經營伊始。輪奐有輝，丹艧其美。

新廟奕奕，聖謨洋洋。俎豆禮樂，絃誦文章。

凡我同人，采藻思樂。緬思大道，紹彼先覺。（周譜本）

濂溪說

宋 朱 熹

　　熹舊記先生行實，采用黃太史詩序中語，若以“濂”之為字，為出於先生所自製，以名廬阜之溪者。其後累年，乃得何君所記，然後知濂溪云者，實先生故里之本號，而非一時媲合之強名也。欲加是正，則其傳已久，懼反以異詞致惑，故特附何君語於遺事中，以著其實。後又得張敬夫所刻先生墨帖後記、先生家譜，載濂溪隱居在營道縣營樂鄉石塘橋西。而春陵胡良輔為敬夫言，濂，實溪之舊名，父老相傳。先生晚居廬阜，因名其溪，以示不忘其本之意。近邵武鄒旉官春陵，歸為熹言，嘗親訪先生之舊廬，所見聞與何、張之記皆合，但云其地在州西南十五里許。蓋濂溪之源委，自為上下保，而先生居其地，又別自號為樓田。至字之為字，疑其出於唐刺史元結《七泉》之遺俗也，旉嘗有文辯說甚詳。其論制字之所從，則熹蓋嘗為九江林使君黃中言之，與旉說合。方將并附其說於書後，以證黃序之失，而婺源宰三山張侯，適將鋟板焉，因書以遺之，庶幾有補于諸本之闕。若此書所以發明聖學之傳，而學者不可以不讀之意，則熹前論之已詳矣，因不復重出云。淳熙己亥正月。（宋刻本）

希濂說

宋 傅伯崧

　　伯崧年未弱冠，誦濂溪先生《愛蓮說》，未嘗不起其敬，以謂“出淤泥而不染，濯清漣而不妖，中通外直，不蔓不枝”，真花之君子也。薄宦蹭蹬，歲在庚午，季秋之月，適叨邵陵之麾，偶睹郡治東偏，壁間留字，乃前守潘君熹貽書廬陵楊公求記之語，始知治平中先生因倅永來攝事，政尚精密嚴恕，潘竊希之，遂作希濂堂，楊實為之記，伯崧於是又得先生治政之要。倥侗顓蒙之人，乃亦濫吹于此。承宣之始，深有開發，益欽慕焉。繼問其堂，則今瑞粟，而希濂之名泯矣。壁題既以攝事不載，微楊公一記，則未易可考。嗟乎！先賢業履，不為時俗所尚也如是。一日，造郡圃東一隅，見敗屋數椽，廢沼一區，人指以為先生愛蓮之地。遐思先生當時獨羨之意，詠想先生同予何人之語，欣玩移晷，有意增葺，卻以“希濂”名揭之，庶幾賢者遺風復有作矣。臨蒞之際，則精密嚴恕之為貴；閒暇之時，則香清淨植之為貴，不猶愈於蘇州燕寢之樂乎！伯崧何人，敢以蕪類之辭為希濂說，附于諸賢法言之末云。（宋刻本）

聚樂堂說
宋 何士先

濂溪先生發孟氏不傳之祕，以淑諸人。始自伊洛，卒遍天下。厥今九江以南，暨五嶺之陬，先生足跡所至，皆立祠奉之惟謹。四方學者，凡有得于先生之緒餘，往往為正人端士。噫嘻，亦盛矣！吾鄉乃其正宗，薰陶漸漬，視他邦宜過之，而反不及焉，何哉？豈吾東家丘未尊信於魯人而傳之者眇耶？夫道不遠人，匹夫匹婦之愚可以與知。日用飲食，斯須違之不可，獨以先生所至而存，所去而亡，而學者必曰得於先生云者，蓋其師承源流之所自焉爾。惟人各尊其所自，於是相與尸而祝之，以報休德之亡窮。不然，捧土立木，為叢祠水濱竹間，若野甿然，焉攸用。吾曹既知所以事先生之禮，抑思所以尊先生之實，春秋饋奠，盍簪於此。目先生之晬容，心先生之奧學，必求《太極》《通書》所喻者何旨，必求簞瓢飯疏，所樂者何事。切切偲偲，開誨琢磨。所見益明，所得益豐。以善其身，以風其鄉，人莫不皆為仁義中正之歸，夫然後知斯堂之不虛設。先生之言曰：“道義有諸身，則貴且尊。”人生而豢，長無師友則愚。是道義由師友有之，而得貴且尊。其義不亦重乎，其聚不亦樂乎！今為斯堂，所以事先生，具為朋儕講貫之地，士先請用先生遺訓，榜之曰“聚樂”，諸君皆曰“然”，因屬士先為之說。（宋刻本）

景濂精舍銘

明　鄧廷煒

巍巍月巖，默契精妙。渾渾太極，靜入微奧。
樂佳山水，徜徉懷抱。滴露點易，圖書是考。
紫溪之陽，密邇營道。公曾遊斯，景濂始肇。
世易時殊，鞠為茂草。賴茲賢侯，煥新舊島。
有臺有亭，有魚有鳥。江碧花紅，山青石皓。
桃芳李華，風光月好。成人既育，小子克造。（道光永州志）

濂溪書屋銘

明　唐文鳳

　　濂溪書屋者，周啟宗氏修讀之所也。屋在廬山之下，昔宋周茂叔家於舂陵而老於廬阜，因取故里之號以名其川水為濂溪。其水發源於蓮花峰下，潔清紺寒，下合於溢江，而築書堂於其上。今其遺址去九江郡治之南十里，久荒蕪不治。至淳熙丙申，郡守潘慈明、通守呂勝己復作堂其處，仍揭以舊名，而祠以祀之。太史黃魯直嘗為之序云：“茂叔人品甚高，胸中灑落，如光風霽月。”酷愛濂溪，退居乞身而老于是。二程每從遊而問道焉，明道曰：“吾再見周茂叔吟風弄月而歸，得吾與點也之意。”伊川曰：“吾再見周茂叔論道，遂厭科舉之習。”此周子之道，得二程子傳之而益振。後又得張子、朱子紹之，其道大明於天下後世，至今餘風遺韻，沾溉未泯，則斯道之所寄有在矣。今啟宗為其緒胤，構書屋而揭書堂之舊名，俾其子孫知有其祖，景行而不忘也歟？予既為記之矣，而啟宗復徵予以言，遂為敍而銘之。銘曰：
　　道喪千載，孔孟失傳。五星聚奎，篤生大賢。

周子起矣，程子紹焉。大道復明，如日行天。
繼以張朱，人文昭宣。德貫今古，學開後先。
峩峩廬阜，峰濯青蓮。舂陵水名，移于茲川。
湯湯其流，涓涓其泉。濂溪是扁，棟宇飛騫。
山川如昨，人世幾遷。聞孫踵武，後四百年。
廼建書屋，經史精研。道探其微，理鈎其玄。
遺編青簡，舊物青氈。繩繩弗泯，惟爾勉旃。
我作銘詩，篆刻華璇。有嚴對越，終日乾乾。（梧岡集）

月巖圖說
明王　會

　　右月巖在故里西八里許，有山巍聳，中為巖洞，東西兩門可通往來。望之若城闕，當洞之中而虛，其頂自東望之，如月上弦，西而望之，如月下弦，就中望之，則又如月之望。隨行進退，盈虧異狀。俗以其形象月，故呼為月巖。好事者奇之，以為太極呈象，若河之圖，洛之書。會謂：“先生之道，未必因月巖而得，但此山不生於他，而生於先生之故里，則謂之太極洞也亦宜。”因磨崖刻之曰“太極洞”云。洞高可四五十丈，寬可容數千人，中有濂溪書堂，盛夏無暑，奇石峭壁如走猊相逐，如伏犀俯顧，如龜蹣跚，如鳳翔翔，如龍蛇蜿蜒，而石液凝注，望之如滴。西壁有竇，石筍矗立，如入定僧在龕。又一竇深黑不可入，蜚鳥之音，行人之聲經其中，如奏笙簧，誠天造奇觀也。（胥從化本）

濂溪故里圖說
明王　會

　　右濂溪故里，在州西十五里營樂鄉，有山曰安定，上有砦，鄉人所築以避寇氛者，俗呼為安心砦。其麓，周氏家焉，左龍山，右豸嶺，岡壠丘阜，拱楫環合。世傳有五墩遶宅，若五星然，世以為鄉人所夷，今僅存其一。濂溪先生實生扵此山之西。石壁上有古刻"道山"二大字，下有石竇，深廣不可窮。有泉溢竇而出者，濂溪也。清冷瑩徹，如飛霜噴玉，大旱不涸，積雨不溢，莫知其來之所自。知州方進刻其上曰"聖脉"，故人呼為聖脉泉。泉之上為有本亭，迤東為風月亭，沿流而東為濯纓亭，又東為故居，家廟在焉，先生子孫居之。又東為大富橋，先生幼釣遊其上，濯纓而樂之，卽其地也。（胥從化本）

濂溪書院圖說
明 王 會

右濂溪書院，在州學西，以祀先生者也。紹興己卯，知州事向子恣始祀先生于學之稽古閣。淳熙已未，郡博士鄒夷遷于敷教堂。壬戌，知州事趙汝誼重建，并塑二程先生像。嘉之間遷今所，元至正間，判官吳肯、山長區誠、戴世荣、郡士蔣通復先後脩葺。國初脩建之詳無考。弘治、正德間，知州方瓊、知府曹來旬，相継脩理，其制後為正堂，像設如舊，前為拜廳，歲以傾圮。嘉靖壬寅，御史姚虞檄視州事，通判金椿重建，嗣孫翰博繡麟捐貲增成之，費縮未僃。甲辰春，會為增餙，庶幾苟美，前有石墀，高丈餘，舊廣不盈数武。翰博君伐石增砌，廣平周正，視舊改觀。又前為御碑亭，卽理宗所賜書院額。外為儀門。嘉靖辛卯，災。甲辰夏復建，為楼三間，扁曰"光霽樓"，翰博及嗣子庠生道實相成之，會無劳焉。又外為欞星門，舊用木，正德庚午，湖大參鐘舜臣以石易之。門臨通衢，左右二坊，曰"光風""霽月"。弘治壬子，僉憲戚昂建其右，翰博居之，是為文獻世家之門。前為仰濂樓，俯瞰濂水，後有太極亭、愛蓮亭，有山曰太極峯，岡巒耸揍，石蹬盤紆，城郭山林之勝也。（胥從化本）

書巖霽月圖說①

文肇圖書，理探月窟。成象成形，為圻為谷。
治東三里，湘江之湄。石壁聳立，磊落瑰奇。
山骨青蓮，雲根相接。整若瑤函，端如玉牒。
軭折似劃，麟次不淆。千軸萬卷，書架書巢。
蒲異涵蒲，珍聞森實。外見方策，中會麗歌。
四時可玩，霽月最宜。譽先必照，鑒物無私。
萬象空明，纖塵滅沒。墙影層層，江聲淴淴。
爰訪蓬閣，爰探石經。積成重壘，罅透瓏玲。
秉燭夜遊，昔人所慣。似此光明，蠅頭可辨。
天啟苞符，不立文字。請悟月巖，當知其義。
義所粹精，燭此夜蟾。炯然內覺，曠若發緘。（同治祁陽志）

吟風弄月臺賦

明　蕭子鵬

緊斯理之汋穆兮，賦我自天。維斯道之顯晦兮，啟我孰先？粵宣父之繼聖兮，有顧其賢。微濂溪之默契兮，殆泯厥傳。慨餘緒之不續兮，千五百年。信授受之不偶兮，維時適然。彼道有川，秀連衡嶽。文運斯南，雄公有作。涵德美以自潤兮，純也無駁。發精秘以示人兮，博也斯約。匪光風霽月之迴潔兮，曷擬襟度之灑落。司理是州，厥蘊孰覺。匪太中之卓識兮，將二子其焉托。顧兩程之速肖兮，真有得夫孔顏之所樂。欣吟風弄月以式歸兮，興有溢乎廖廓。溯厥源兮洙泗，振洪波兮濂洛。道有擴於前聖，教

---

① 本篇姓名脫。

允淑於來學。茲按故治遺址，既蕪搜餘蹟以存誌，考格言而示謨，載墨厥土，載崇厥廬。嗚呼！江山如故，風月不渝。秉至理兮孰與覺，舍先哲兮吾誰徒。覬枕肱而飲水，試浴沂而風雩。揆茲趣之各適，盖異世而同符。光風霽月，湛乎大虛。吟風弄月，樂其與俱。本体斯具，無外虧也。隨處而充，行以舒也。以清以和，一氣嘘也。以明以澈，纖翳祛也。儕造物以共遊，藐勢利而不拘。困與萬物而俱寂，達與萬物而咸蘇。庶乎特立以無我，不知真樂之在吾。卓有賢守，聿懷至德，想過化以存神，冀漸民而有澤，顧小子以式遊。獲登臺而再謁，論誠立以明通。斯靜虛而動直，維俗無陋，維賢是則，安知斯土而非賢域，會有景仰於風流，不意心領而默識。（胥從化本）

重修濂溪書院三君頌

明 胡 直

　　方余尋元公楼田舊址，屬州大夫羅君祠之。退伏念今肉食君子繽繽多便文自營，有能覈簿牒、嚴期約、不瘝事者，十不一二矣。有能急隱瘝、剔蠹羨、不瘝民者，百不一二矣。有能崇學術、篤風教、不瘝士者，千不一二矣。余雖云然，疇克如余指，迺不知州大夫果遂營廟宇一區，既覯行永郡理官崔君來攝，慨然作新，會領巡撫趙公檄乃復大構，語具余所撰家廟碑中。二君又置近田若干畝，畀公家孫博士君道世守供祀，崔君又刻公集。郡齋中，皆出余畫外，先是永明邑令何君，念永明去道州故里最邇，已請廢寺，崇構仰濂書院，配用二程先生，存國故以興邦人，意勉勉殷矣。趙公已自為文載碑，余故不詳著。趙公又檄何君，更脩道州城內舊廟，亦大壯固，咸別有述。要此三君者，非篤意風教，有味乎元公學術者，其烏能成世求之千不一二，而環百里中遽有其三，可不謂幸事快覿哉！博士君以書抵余曰："崔君名惟植，字應德，太平人。羅君名丰，字汝南，家銅仁，其先高安人。何君名守拙，字子工，簡州人。三君者，于風教固殷，其不蠲事與民，莫不稱良云。"余既謝病治農，不與聞激揚事，乃為作頌。頌曰：

道國甫甫，春陵顒顒。月岩濂水，樓田之宮。

五星奠隩，左豸右龍。綰結九疑，羽翼祝融。

是曰嶽降，篤生元公。遜遡精一，近嗣中庸。

炳幾握要，無欲為功。施之公溥，中實明通。

至理溢焉，奚必外窮。三綱九法，以敘以從。

既殊寂滅，亦異玄同。闢天開地，如夜斯曈。

啟程夫子，如日斯中。公鷺帝右，故里攸空。

後幾百祀，化為荊蓬。狐豕儽儽，麋鹿攸叢。

肉食者鄙，疇哉是崇。顯顯三君，眂焉惕衷。

趙公既唱，三君同風。五峯之柏，三澨之松。

是斷是度，是作是封。荒忽薈蔚，會朝穹隆。

枚枚寢廟，神罔時恫。皇皇講堂，趨者雍容。

春祀秋嘗，子孫樅樅。士者之來，廼繹廼宗。

斯文之起，繇繫繇隆。匪自三君，疇哉是功。

外無蠲政，內為道忡。倬倬礚礚，頌辭匪豐。（胥從化本）

養心亭賦①

清　朱虎臣

煙樹蒼茫，江天晴敞。繞郭千家，孤亭十丈。

學士買山，風流遺響。佳日春秋，片雲還往。

赤水之涯，青霄直上。地以人傳，居同業廣。

斷碣摩挲，奇文欣賞。伊古可懷，不思則罔。

聿觀厥心，克慎其養。爰稽宋哲，偶託高岑。

----

① 底本此處注云："以養心莫善於寡欲為韻。"

匪躭泉石，匪慕山林。自然雲構，善也風臨。
興來不淺，情往而深。凜乎三畏，勵乃四箴。
窮性天理，惜分寸陰。光明品槩，瀟灑胸襟。
晴窗讀晝，幽鳥聯吟。斯人落落，其德愔愔。
百年一瞬，千古寸心。溯厥淵源，資先礱錯。
周子濂溪，統開伊洛。世外昂頭，塵中立腳。
萬念全消，紛華不著。好士公餘，英才磊落。
過訪江皋，靜觀邱壑。舒嘯登高，振衣凌閣。
題以養心，事非外鑠。自誠而明，由博反約。
精一之傳，孔顏所樂。冰雪聰明，煙雲領略。
花放水流，鳶飛魚躍。以悠以游，無適無莫。
放眼乾坤，屏懷聞見。嗜慾難攻，天人不戰。
得主有常，沈幾觀變。毋敢馳驅，無然畔援。
神動天隨，坐忘情見。野竹編籬，閒花滿院。
黃葉澹秋，碧潭澄練。隨意弄琴，有時掩卷。
感而遂通，居之無倦。新自銘盤，舊曾鑄硯。
不動利名，豈移貧賤。儒雅是師，鄉里稱善。
維亭歷久，勝蹟何如。感懷興廢，搔首踟躕。
芳踪孰嗣，蓁莽誰鋤。草留砌隙，蓮出泥淤。
沙橫落雁，城接釣魚。銅梁聳翠，石鏡涵虛。
明月皎皎，清風徐徐。懷開物表，遊記情初。
千秋卓爾，四顧愁予。賢哉處士，杳矣簽書。
大道終古，空山一廬。超然塵網，剩此幽居。
學真養到，境與心殊。伊人宛在，尚友相於。
用是勝遊，共追風雅。亦步亦趨，中藏中寫。
或枕東山，或吟白社。修禊及春，納涼當夏。
浴乎風乎，童也冠也。有客題糕，挈朋傾斝。
證石自如，聽松聊且。臥雪山中，尋梅林下。

佳興可乘，真樂不假。去悵隙駒，喧無車馬。

塵想俱空，俗情莫惹。公溥明通，存亡操舍。

善良可遷，過或未寡。問會心人，孰忘機者。

至若精思，非徒遠矚。經草太元，奇探前躅。

放鶴山青，狎鷗水綠。雅足移人，數難更僕。

況夫亭臺，聚此巴蜀。吏隱莫攀，歲寒堪錄。

小魯凌虛，聚仙拔俗。澄鑑高撐，碧雲層矗。

思洛想涪，騁懷娛目。何如養心，有以窒慾。

樂在其中，居慎其獨。三月不違，七日來復。

亭雖圮頹，碑可捫讀。化過神存，靈鐘秀毓。

三生業參，一瓣香祝。隨遇而安，反己自足。

坦然無爭，淡然無欲。（民國合川志）

恭賦重建先元公祠

清周　悭

清波門外錢家灣，我祖濂溪祠歸然。

至今百年頹且廢，無復銅雀片瓦全。

所存故址橫十九，直弓四十馬難旋。

吁嗟乎！先儒神樹無依所，寄於社廟奈如何。

乙亥暮春經斯地，觸目傷心碑摩抄。

我告秀水沈遯谷，遯谷先生[1]修疏請郡咨部磨。

規度基址先築堤，門前再填數丈坡。

兩邊欄街立牌樓，中間磨磚雕門窩。

前有五間并門牆，中殿饗食奏雲和。

後殿啟聖兩面廳，前恭崇聖後賓過。

---

① "遯谷先生"：此四字爲衍文，當删。

聚集羣孫秋鄉試，告於本支募張羅。

濂溪非我一家祖，罟待讀書再揣摩。

嗚呼！先賢之祠尚如此，不若僧人容易多。（西湖公志）

詩 詞

遊仙台觀①
宋费琦

先生舊隱寄煙岑，丹竈仙臺暫訪尋②。

自歎不如雞犬幸，偶霑靈藥換凡心。（宋刻本）

喜同濂溪遊③
宋费琦

平生癖愛林泉處，名利縈人未許閑。

不是儒流霽風采，登山遊騎恐難攀。④（宋刻本）

遊道觀三佛寺⑤
宋费琦

巖扉相望路紆盤，杉桂風高夏亦寒。

---

① 底本此詩附於周子詩《書仙臺觀壁》後，無標題，此標題為編者加。

② 底本此處注云：“觀有馮蓋羅爐竈在。”

③ 底本此詩附於周子詩《喜同費長官遊》後，無標題，此標題為編者加。

④ 底本此處注云：“君沿外臺牒請臨，按本邑簿書。”

⑤ 底本此詩附於周子詩《遊山上一道觀三佛寺》後，無標題，此標題為編者加。

遊遍陡忘名宦意，恨無生計可休官。（宋刻本）

呈謝簽判殿丞寵示遊山之什
宋費　琦

夫君落筆盡珠璣，不比相如意思遲①。
從此合陽湏紙貴，夜來新有愛山詩。（宋刻本）

題濯纓亭
宋趙　扚

靜處高齋畫杜門，溪亭來往間開樽。
釣臺逸老心非傲，浮石仙人跡尚存。
對岸烟林雙佛寺，隔灘風笛一漁村。
濯纓豈獨酬吾志，清有滄浪示子孫。（全宋詩）

題茂叔濂溪書堂
宋趙　扚

吾聞上下泉，終與江海會。高哉盧阜間，出處濂溪沠。
清深遠城市，潔净去塵壒。豪髮難遁形，鬼神縮妖怪。
對臨開軒窻，勝絕甚圖繪。固無風波虞，但覺耳目快。
琴樽日左右，一堂不為泰。經史日枕籍，一室不為隘。
有蓴足以羹，有魚足以膾。飲啜其樂眞，静正於俗邁。
主人心淵然，澄澈一內外。本源孕清德，遊泳吐嘉話。
何當結良朋，講習取諸《兌》。（宋刻本）

---

①　底本此處注云："君只於肩輿往還，遂成三章，其俊敏如此。"

萬安香城寺別濂溪①

宋趙　抃

顧我入趨嶢闕去，煩君出餞贛江頭。
更逢蕭寺千山好，不惜蘭船一日留。
清極到來無俗語，道通何處有離憂。
分携豈用驚南北，水闊風高萬木秋。

別本云："清獻自虔州赴召，舟至造口，同遊香林寺，石刻可
考。《大成集》以為萬安香城，非也。"（宋刻本）

次韻周茂叔國博見贈

宋趙　抃

蜀川一見無多日，瀟水重來復後時。
古柏根深寒不變，老桐音淡世難知。
觀游邂逅須同樂，離合參差益再思。
籬有黃花樽有酒，大家尋賞莫遲疑。（宋刻本）

寄永州通判茂叔虞部

宋趙　抃

君去濂溪湖外行，倅藩仍喜便鄉程。
九疑南向參空碧，二水秋臨徹底清。
詩筆不閑眞吏隱，訟庭無事洽民情。
霜鴻只到衡陽轉，遠緒憑誰數寄聲。（宋刻本）

---

① 底本本詩附於濂溪《萬安香城寺別虔守趙公》後，無標題，此標題為編者加。

同周敦頤國博遊馬祖山

宋　趙　抃

曉出東江向近郊，舍車乘棹復登高。
虎頭城裏人煙闊，馬祖巖前氣象豪。
下指正聲調玉軫，放懷雄辯起雲濤。
聯鑣歸去尤清樂，數里松風聳骨毛。（宋刻本）

次韻周茂叔重陽節近見菊

宋　趙　抃

為僚初自喜，邀客亦逢嘉。把酒須同樂，分襟莫預嗟。
未成登畫舸，好共戴黃花。試向東籬看，秋業映曉霞。（宋刻本）

次韻周茂叔不赴重九飲會見寄

宋　趙　抃

嫩菊浮香酒潑醅，命儔歡飲鬱孤臺。
如何此會翻為恨，為欠車公一到來。

九日年豐獄訟稀，望君同醉樂無涯。
樽前慰我區區意，只得登高一首詩。（宋刻本）

和虔守任滿周敦頤香林寺餞別

宋　趙　抃

顧我入趨堯闕去，煩公出餞贛江頭。

爲逢肅寺千山好，不惜蘭船一日㽞。

清極坐來無俗論，道通何處有離憂。

分携豈用驚南北，水闊風高萬里秋。（趙清獻集）

和周茂叔席上酬孟翱太博

宋　傅　耆

古人務樂善，見士卽推轂。今也多忌才，對面遠吳蜀。

顧予嘗喜學，幽室未偶燭。幸會才翹翹，深慚識碌碌。

升堂聽高論，惟愁日景促。經義許叩擊，詩章容往復。

荷公引重語，珷玞變良玉。一違几席來，羲娥變昏旭。

遠聞落帽節，賓朋相追逐。剩摘籬下黃，痛飲盃中醁。

清談已忘倦，佳篇又相朂。畢力爲徒弟，強勉攀高躅。

異時公行道，其勢不可獨。首願策疲蹇，助公施蘊蓄。

舒張太平策，散作蒼生福。此志答此惠，庶幾不忝辱。（宋刻本）

周茂叔送到近詩數篇因和渠閭裴二公招隱詩

宋　傅　耆

三賢趨向一家同，不欲塵埃作苟容。

明逸招歸豹林谷，樂天邀入香爐峯。（宋刻本）

賀周茂叔弄璋

宋　呂　陶

仁厚陰功素所施，熊羆佳夢此何遲。

藍田寶璞眞希世，丹穴儠雛亦爲時。

善慶源流歸顯報，崇高堂構襲初基。

他年若許林泉老，卻看兒孫振羽儀。（宋刻本）

送周茂叔殿丞序并詩
宋呂　陶

　　君子能信道，不能必信於人，能自知，不能必知於人。得乎中不奪於外，環視天下，而輕重在己。死生貴賤，否泰休戚，未嘗少遷，其思索以戾，其趣尚故能也。人之分睽於義利、取舍、好惡、交攻競騖而莫知合於至當，故不能也。予嘗持是說以觀世俗情偽，而憫君子之所不能，反而求諸傳記。至仲尼稱伯夷、柳下惠，荀卿氏推尊子弓、楊子雲珍君平、畏仲元，而乃知君子之道雖晦必明，雖屈必伸。蓋聖人之待天下，必推之以至公而教存焉。然則道人之善而有警於世，非佞也，公天下而為言也。

　　春陵周茂叔志清而材醇，行敏而學博。讀《易》《春秋》探其原，其文簡潔有制，其政撫而不柔。與人交，平居若泛愛，及其判忠諫、拯憂患，雖賁育之力莫兊其勇。瀋之深，流必長；趨之端，適必遠。廣而充之，斯民有望焉。然而常自誦曰："俯仰不怍，用舍惟道，行將遯去山林，以全吾思。其信道篤而自知明歟？或知之，或不知之，其君子之所不能歟？以君子之所不能，於君子何損益焉？惟知者，可與言其然，惟不知者，亦可與辯其不然，亦庶乎道人之善，而不為佞歟？今年夏六月官滿南歸，士大夫皆文以送，陶既序又繼以詩。

　　髙帆颺漢水，六月南風溫。下流乘漲怒，一日千里奔。
　　湍威雷霆擊，石勢龍虎蹲。漂搖波濤際，渺漫天地昏。
　　君心浩溟渤，坐笑眾水煩。外任安濟德，中養澄靜源。
　　青雲路三峽，寄傲開琴樽。白日滿平楚，放懷清夢魂。
　　夷險既一致，卷舒惟義存。未易泛滄浪，時平斯道尊。（宋刻本）

題濂溪

宋 潘興嗣

鱗鱗負郭田，漸次郊原口。其中得清曠，貴結林泉友。
一溪東南來，瀲灩翠波走。清響動靈粹，寒光生戶牖。
峩峩雙劍峯，隱隱插牛斗。踈雲互明晦，嵐翠相妍醜。
恍疑坐中客，即是關門叟。為歌紫芝曲，更擊秦人缶。
窅然忘得喪，形骸與天偶。君懷康濟術，休光動林藪。
得非仁智樂，夙分已天有。斲鼻固未免，安能混真守。
歸來治三徑，浩歌同五柳。皎皎谷中士，願言與君壽。
殷勤復懇惻，雜佩貽瓊玖。日暮車馬徒，橋橫莫回首。（宋刻本）

贈茂叔太博

宋 潘興嗣

心似冰輪浸玉淵，節如金井冽寒泉。
每懷顏子能晞聖，猶笑梅真祇隱仙。
仕儻遇時寧枉道，貧而能樂豈非賢。
區區世路求難得，試往滄浪問釣船。（宋刻本）

和茂叔憶濂溪

宋 潘興嗣

憶濂溪，高鴻冥冥遯者肥，玉流來遠不知源，源重巘翠深遮圍。
試將一酌當美酒，似有冷然仙馭飛。
素琴携來謾橫膝，無絃之樂音至微。
胡為劍佩光陸離，低心俛首隨轉機。

伊尹不忘畎畝樂，寧非斯人之與歸。（宋刻本）

益帥趙閱道以詩寄周茂叔程公闢相率同和
宋　潘興嗣

道交衷契少人行，況是雲霄自有程。
目極一涯天共遠，心期千里月同明。
春歸錦里豪華地，秋入浯溪冷淡情。
山水高深無恨意，為公分付玉徽聲。（宋刻本）

乙巳歲除日收周茂叔虞曹武昌惠書，
知已赴官零陵，丙午正月內成十詩奉寄
宋　蒲宗孟

歲除三十日，收得武昌書。一紙方寄遠①，數篇來起予②。
瀟湘流水濶，巫峽暮雲踈。不得相從去，春風正月初。

想到零陵日，高歌足解顏。鄉閭接營道，風物近廬山。
萬石今興廢，三亭誰徃還。不知虔與永，二郡孰安閑。

三月春才過，君當始到官。朱袍爛紅日，白髮未盈冠。
喜靜心長在，耽詩性最懽。應從下車始，便起作題端。

始被南康責，誰知睿澤寬。還為半刺史，不失古虞官。
別乘今誰厚，朱幡舊最懽。遙憐春色好，並蓋縱遊鞍③。

---

① 底本此處注云："十二月中嘗附書入永州。"
② 底本此處注云："武昌遞中得新詩一軸。"
③ 底本此處注云："茂叔書言與永守陳郎中有舊。"

地與江淮近，鄉人慰久睽。重看斑竹淚，還聽鷓鴣啼。
湘水晴波遠，蒼梧霽色低。不知春日靜，何似在濂溪。

二子君家寶，知渠神骨清。初生俱嶷嶷，學語便鏗鏗。
鳳老雛方秀，珠圓蚌轉明。吾甥真宅相，可得不翹英。

山水平生好，嘗來說退居。無家歸紱冕，有子侍藍輿。
溢浦方營業，濂溪旋結廬。零陵官俸剩，應得更添書①。

八郡湖南使，稜稜盡有名。刑臺本鄉舊②，漕府忝門生③。
吾戚饒風力，伊人最直清。預知相見日，傾蓋便投誠。

宗邑祅災併，無如舊歲多④。凶霖浸宮闕，湧水注江河⑤。
鬼盛天為疫⑥，陰強雪薦瘥⑦。知君憂國甚，搔首只吟哦⑧。

詩社久零落，所傳毛鄭餘。先生守章句，後輩老虫魚。
大義誰窺覦，微言尚闊踈。煩君來就索，但恨未成書。（宋刻本）

---

① 底本此處注云："茂叔濂溪有書堂。"
② 底本此處注云："提刑程公鄉丈人也。"
③ 底本此處注云："運使薛丈嘗出門下。"
④ 底本此處注云："乙巳歲。"
⑤ 底本此處注云："秋大雨。"
⑥ 底本此處注云："夏大疫。"
⑦ 底本此處注云："冬大雪。"
⑧ 底本此處注云："茂叔寄示詩中有《對雪寄吳延之》之作）。"

贈周茂叔

宋　何平仲

及物仁心稱物情，更將和氣助春榮。
智深《大易》知幽賾，樂本《咸池》得正聲。
竹箭生来元有節，冰壺此外更無清。
幾年天下聞名久，今日逢君眼倍明。（宋刻本）

題茂叔《拙賦》

宋　何平仲

偽者勞其心，關機有時闢。誠者任其眞，安知拙為拙。
捨偽以存誠，何須俟詞說。（宋刻本）

聞茂叔中年有嗣以詩賀之

宋　何平仲

慶門崇構已多時，五百年方是此期。
樹長瓊枝生較晚，珠根驪頷得來遲。
桓溫貴骨天然別，韋相傳經道不衰。
衡岳惟高湘水闊，共知長與福為基。（宋刻本）

濂溪隱齋

宋　任大中

溪遠門流出翠岑，主人廉不讓溪深。

若教變作崇朝雨，天下貪夫洗却心。（宋刻本）

寄廣東運判周茂叔
宋　任大中

凍雲滿愁目，黯黯塞遙空。久客江湖外，殘年雨雪中。
醉鄉無伴入，吟社與誰同。莫訝音塵闊，天南絕去鴻。（宋刻本）

再題虞部周茂叔濂溪
宋　任大中

公廉如古人，祿利十鐘踈。照髮一簪墨，樂歸溪上居。
羣峯插雲秀，滿眼如畫圖。一甕酒自足，數畝稻有餘。
夜月搖吟筆，朝廚摘野蔬。渴飲溪中水，饑不食溪魚。
大溪深一丈，松筠自不枯。公心保如此，眞為廉丈夫。
廉名似溪流，萬古流不休。我重夷齊隱，日月光山邱。
夷齊魂若在，暢然隨公遊。（宋刻本）

送周茂叔赴合州僉判
宋　任大中

一帆風雪別南昌，路出涪陵莫恨長。
綠水泛蓮天與秀，蜀中何處不聞香。（宋刻本）

江上懷永陵倅周茂叔虞部
宋　任大中

監州永陵去，遠目立江干。煙浪三湘闊，風帆八月寒。

不聞求進路，只見話休官。種竹濂溪上，歸因作釣竿。（宋刻本）

送永陵倅周茂叔還居濂溪
宋 任大中

君去何人最淚流，老翁身獨寄南州。
隨君不及秋來鴈，直到瀟湘水盡頭。（宋刻本）

送茂叔通判虞部赴零陵
宋 程師孟

移官遠過耒陽西，好景重重合盡題。
永水自然勝戀水，浯溪應不讓濂溪。
沙頭候吏瞻旗腳，境上鄉人待馬蹄。
曾是忠賢流落處，至今蘭芷尚萋萋。（宋刻本）

愛蓮詩
宋 朱　熹

聞道移根玉井傍，開花十丈是尋常。
月明露冷無人見，獨為先生引興長。（周木本）

齋居感興詩①
宋 朱　熹

昆侖大無外，旁礴下深廣。陰陽無停機，寒暑互來往。

---

① 底本此處注云："二十首之二。"

羲皇古神聖，妙契一俯仰。不待窺馬圖，人文已宣朗。
渾然一理貫，昭晰非象罔。珍重無極翁，為我重指掌。

吾觀陰陽化，升降八紘中。前瞻既無始，後際那有終。
至理諒斯存，萬世與今同。誰言混沌死，幻語驚盲聾。

勉齋黃氏謂首篇橫說，次篇縱說，故並錄之。(宋刻本)

山北紀行二首
宋 朱　熹

予以辛丑閏三月二十七日罷南康郡，四月六日拜濂溪先生書堂遺像，子澄請為諸人說《太極圖》義，先生之曾孫正卿、彥卿，玄孫濤為設食于光風霽月之亭。

北度石塘橋，西訪濂溪宅。喬木無遺株，虛堂唯四壁。
竦瞻德容睟，跪薦寒流碧。幸矣有斯人，渾淪再開闢。

平生勞仰止，今日登此堂。願以圖象意，質之巾几傍。
先生寂無言，賤子涕泗滂。神聽儻不遺，惠我思無疆。(宋刻本)

和元翁
宋 釋道潛

高論每逢賢友生，還如講武得奇兵。
了無鄙吝胸中物，尚有風流世外情。
破海玉蟾初未躍，灑空珠露已先傾。
回橈轉柁行三鼓，始見波瀾百頃明。(參廖子集)

次韻元翁見寄
宋 釋道潛

十載離羣歎渺茫，良辰無地可相羊。
何時卻入蓮花社，軟語重焚柏子香。
藹藹春風搖几席，紛紛啼鳥滿林塘。
慾憑海燕傳消息，徑入君家舊屋樑。（參廖子集）

周茂叔郎中濂溪
宋 釋道潛

蓮花峯下水，東出其流長。十里漱石齒，鏘然韻珩璜。
坡陁瀶野岸，炯炯浮明光。衣冠有曠士，眷此宜徜徉。
乞身不待老，結屋棲其旁。高風慕箕潁，不羨尚書郎。
松菊手自插，葱葱蔚連岡。了無川澤營，庶以廉自方。
禽魚出埤塹，詎識矰繳防。雲山侑几席，風月非迎將。
萬事委空洞，頹然寄壺觴。詩書蕘屋壁，教子心獨強。
翹翹雙鳳雛，炳炳具文章。婆娑刷勁翮，雲漢期翱翔。
高名與溪水，千載同湯湯。（參廖子集）

酬周元翁推官見贈
宋 釋道潛

南來濟濟多俊良，聲聞逸發推周郎。
詞場較藝一戰捷，筆陣獨掃千人強。
炯然眉目行且貴，驥足萬里看騰驤。
吟詩作賦不媚俗，期與往者同芬芳。

斷璋殘壁忽我贈，把玩溢目驚輝光。
自嗟行李久蕭瑟，安得置之雲錦囊。
又聞跨馬欲過我，此意想君非渺茫。
山中草木最宜夏，雨餘一一含幽香。
雛鶯乳燕學飛舞，葉底啞咤調圓吭。
闌干笋蕨雖也老，璀錯梅杏猶可嘗。
陰崖碧洞不受暑，谷風習習吹衣涼。
提携為子掃盤石，譚笑共坐莓苔蒼。
宣毫越楮須盛載，吟取佳句還巾箱。（參廖子集）

同周元翁著作范明遠秘校西湖夜泛各賦一首
宋 釋道潛

薄雲疎雨作還休，白帝撩人巧變秋。
天地此身均逆旅，江湖幾度共離憂。
暮聲斷續鐘連磬，夜氣浮沉浦與洲。
圓嶠方壺吾未羨，敢煩騷客為宣搜。（參廖子集）

零陵通判廳事後作堂，予以康功名之，仍賦鄙句
宋 胡 寅

政拙催科永陵守，實賴賢僚相可否。
邦人復嗣海沂歌，倉廩雖空閭里有。
功成歸去朝日邊，吏闊虛堂得晝眠。
後囿好花初着土，前簷新竹已參天。
貔貅未飽軍須急，赤子如魚釜中泣。
若知王業在農桑，國勢何勞憂岌岌。
酒闌四壁讀前碑，吏隱猶勝五馬隨。

千古濂溪周別駕，一篇清獻錦江詩①。（宋刻本）

題濂溪書院
宋　孔平仲

廬阜秀千峯，濂溪清一掬。先生性簡淡，住在溪之曲。
深穿雲霧占幽境，就薱茅茨結空屋。
堂中堆積古圖書，門外回環老松竹。
四時風物俱可愛，嵐彩波光相映綠。
先生於此已優遊，洗去機心滌塵目。
樵夫野叟日相侵，皓鶴哀猿夜同宿。
方今世路進者多，百萬紛紛爭轉轂。
矯其言行鬻聲名，勞以機關希爵祿。
由來物役無窮已，計較愈多彌不足。
何如瀟灑靜中閑，脫去簪紳臥林麓。
先生此趣殊高遠，不以尋常論榮辱。
奈何才大時所須，猶曳緋衣佐方牧。
鸞章鳳羽出為瑞，未得冥冥逐鴻鵠。
先生何時歸去來，古人去就尤宜速。
須憐溪上久寂寥，蒼煙白露空喬木。（宋刻本）

濂溪謁周虞部
宋　李大臨

簷前翠靄逼廬山，門掩寒流盡日閑。
我亦忘機淡榮利，喜君高躅到松關。（宋刻本）

---

① 　底本此處注云："此詩年表以為五峯胡宏所作。"

再題濂溪書堂①

宋　度　正

千載斯文儻可求，暮春春服共行遊。
向人魚鳥都和樂，滿眼溪山只麽幽。

嘉泰二年三月二十有四日，正與趙琥伯玉、冉木震甫來謁先生
之祠，索米作粥，采溪毛具柸羹，從容移日，伯玉仍載郡醞與俱。
蜀人度正書。（宋刻本）

留題九江濂溪書堂

宋　度　正

維暮之春萬象都，望花尋柳過溪居。
一源流水元清潔，幾片浮雲自卷舒。
獨對高山吟景行，細看芳草訂遺書。
可憐魚鳥渾無意，相向欣欣揔自如。（宋刻本）

送周子上赴宜春守

宋　胡　銓

憶昔昌黎伯，直諫氣凜然。又聞贊皇公，直道薄雲天。
堂堂兩宗工，蓋世勳無前。朅來著此邦，仰山同不騫。
公今又繼徃，相望三百年。風流雖已矣，遺迹儼弗愆。
邦風雜未純，雕俗還未鐫。要須痛一洗，興旽作其賢。

---

① 底本標題作“再題”，“濂溪書堂”四字和作者名為編者加。

束吏縛猛虎，愛民烹小鮮。課為天下最，名壓座中先。

鳳尾催歸詔，看看下細斿。踐槐知不晚，聞早促曹驣。（民國宜春志）

茂叔先生濂溪詩呈次元仁弟

宋　蘇　軾

世俗眩名實，至人疑有無。怒移水中蟹，愛及屋上烏。

坐令此溪水，名與先生俱。先生本全德，廉退乃一隅。

因拋彭澤米，偶似西山夫。遂即世所知，以為溪之呼。

先生豈我輩，造物乃其徒。應同柳州柳，聊使愚溪愚。（宋刻本）

濂溪詩

宋　張舜民

洗耳襄裳本緒餘，何須外物表廉隅。

碧梧脩竹藏丹鳳，空谷生芻老白駒。

水為不爭方作瀩，溪因我有始名浯。

北人要識濂溪景，請問江州借地圖①。（宋刻本）

濂溪詩

宋　王　庶

先生帝王師，韞匵求善價。連城既不售，抱恨歸長夜。

音容忽已遠，遺芳鄙蘭麝。至今西洛賢，猶識唐虞化。

俾之坐廟堂，小或齊諸霸。奈何與世違，揶揄困嘲罵。

嗟予晚聞道，味如倒食蔗。逢時多艱難，戎夷變華夏。

歸來廬山邊，弛擔休征駕。尋幽經隱居，修竹樊田舍。

---

① “圖”：宋刻本無，今據周木本補。

傳家惟稚子，感涕淚交下。濁醪再三傾，薄用菁茅藉。（宋刻本）

濂溪識行
宋　魏嗣孫

分得廬山水一溪，濂名萬古合昭垂。
光風霽月依然在，肯與人間較盛衰。（宋刻本）

永嘉薛师董同兄笭从友刘仁愿同来
宋　薛师董①

縛屋匡廬老不歸，晨雲夜月手能揮。
兩山夾植春風布，一水涓回鼓瑟希。
翠柏偶成庭下蔭，游禽何有夕陽暉。
洗空天地銷餘滴，獨怪門前多魯衣。（宋刻本）

----

① 關於本詩作者，學界有不同看法，在此稍作考辨。錢鍾書《宋詩紀事補正》（遼寧人民出版社 2003 年版）中認為是周敦頤，鄧顯鶴本標註此詩作者為薛師董，潘猛补先生在《上望〈薛氏族谱〉的史料价值》（《图书馆研究与工作》2014 年第 1 期）一文中，也認為是薛師董，筆者所編《濂溪志新編》中曾認為是"明孟春"。依次考辨如下，第一，宋刻《元公周先生濂溪集》十三卷本中收有本詩，其中並未列入卷六《周敦頤遺詩》中，而是列入卷七《附錄雜詩》中，可見本詩作者並非周敦頤。第二，本詩在宋刻本詳細內容中標題後小字雙行標註有"丙寅孟春"，并未署名作者，但在宋刻本目錄中明确標註作者为"薛師董"。丙寅孟春只是該文的寫作時間，並非作者。據此可基本認為本篇作者即為薛師董。另有一點需要指出，本篇在宋刻本目錄中標題作"同前"，前面一首是魏嗣孫的《濂溪識行》，依宋刻本標題承前省略的習慣，則本篇標題在宋刻本目錄中默認的是"濂溪識行"。

營道斎詩并序

宋 何弃仲[①]

春陵郭縣曰營道，三十里而近有村落曰濂溪，周氏家焉。族眾而業儒，有子曰敦頤，字茂叔，遠宦南歸，弛肩廬阜。力不能返故居，乃結屋臨流，寓濂溪之名，志鄉關在目中也。脩水江夏公敬慕之，每稱獎其子壽、燾。燾即次元，亦為坡公所知。坡有《故茂叔濂溪詩》，唯多其廉退，脩水亦止述其廉平，莫詳僑寓之意，殆子弟不能達先志之罪也。夫脩水相去甫數舍，坡其同時人，皆失本意，文字傳誤，吁可歎已。余與先生同邑人也，爰託宿於兹，且有墳隴留人。比創山房取吾邑名，吾齋因話前事，賦詩曉兒曹。

儒行篇中有至論，書齋鄉縣兩存存。
南音楚國鐘儀操，仁術函人孟氏言。
近信每隨流水到，舊廬凝望度雲屯。
里非勝母泉君子，循取佳名覷聖門。(宋刻本)

謁濂溪先生祠堂[②]

宋 王 溉

有宋淳熙，歲承火羊，月臨水鼠，陽生後之三日，郡太守王溉同貳車趙希勉、周梓欽謁濂溪先生祠堂。陪禮者幕官呂蟻、唐紹彭、朱光祖、邑令尹黃灝廣、文應振、郡庠諸生六十有二人。行禮記事，王溉賦詩二章，以紀其事云。

---

① 底本此處注云："道州本作何弃。"
② 底本標題脫，此標題為編者加。

鄒魯宮牆世莫踰，先生深造類平居。
功名歲晚雲歸岫，德業川增水到渠。
潔靜精微窮太極，明通公溥見遺書。
要知今古存清致，一派濂溪玉不如。

發明正學乆無聞，千載寥寥獨見君。
喜有人能洪①此道，定知天未喪斯文。
永陽遺俗堪垂則，溢浦流風又策勳。
我率諸生拜祠下，要令今古播清芬。（宋刻本）

題祠堂
宋 王子脩

先生粹德妙難名，霽月光風狀未成。
獨有溪流環舊隱，道源一派至今清。（宋刻本）

題祠堂
宋 周　剛②

兩楹夢奠幾千年，軻死荀楊不得傳。
《大學》《中庸》幾墜地，光風霽月忽開天。
百王道統新吾宋，一代儒宗首此賢。
身後斯文猶未喪，韋編有《易》付伊川。（宋刻本）

---

① "洪"：周木本作"弘"，可參校。
② 標題脫，此據周木本補。

題濂溪

宋 薛　袚

自秦已降非無術，由孟而來得此儒。
開物於寅誰返拙，先天有極僅傳圖。
故盧仍在光風裏，茂草能看生意無。
末學詠歌溪上去，可應侯子獨搝趨。（宋刻本）

題濂溪[①]

宋 幸元龍

萬頃寒波浸碧天，蕭蕭茅屋冷爐煙。
可怜薄俗趨時好，不為先生整舊椽。（宋刻本）

題濂溪

宋 林　煥

我來濂溪拜夫子，馬蹄深入一尺雪。
長嗟豈惟溪泉濂，化得草木皆清潔。
夫子德行萬古師，坡云廉退乃一隅。
有室既樂賦以拙，有溪何減名之愚。
水性本清撓則濁，人心本善失則惡。
安得此泉变作天下雨，飲者猶如夢之覺。（宋刻本）

---

① 底本標題脫，此為編者加。

題濂溪祠

宋 鮑　昭

　　昭家世括蒼，誦先生之文，覩先生之像舊矣，獨欲拜謁祠下而未能。開禧丙寅試吏治邑，滿秩而歸，道由九江，望祠宇咫尺，輒持香一瓣，躬造先生之堂而致敬焉。若夫心之所傳，誠有出於言意之表者，先生必有以鑒之。端拜之餘，謹書古詩以寫崇慕之意云。嘉定己巳九月二十日承學鮑昭書。

盤古得希夷，妙用彌宇宙。微言莫能祕，末派自穿溜。
世方尊兩耳，出入快馳驟。頰舌以騰說，鳴蟬咽風脰。
豈無後來英，出力徒自救。章分而句析，傳習轉訛謬。
先生道德尊，一洗當世陋。使人意已釋，醯鷄發其覆。
古聖不傳處，卓然獨神授。百世不磨滅，正聲日諧奏。
低頭①愧微官，西望祠已舊。平生夢不到，肅然歛襟袖。
昔傳簡冊餘，精微未容究。登堂覩遺像，三理得心扣。
豈不思古人，淺末敢編就。敬持一瓣香，百拜更三嗅。（宋刻本）

濂溪六咏

宋 周以雅②

此心安樂莫非廉，媲水成名亦偶然。
溢浦舂陵隨地在，不應太史失其傳。③

---

　　① “低頭”，底本模糊難辨，今據周木本補。

　　② 本詩胥從化本僅存前兩首，李禎本僅存第四、第五首。周木本、李禎本作者題為“潘之定”，可參校。

　　③ 底本此處注云：“黃太史稱先生以其所樂者，媲水成名曰‘濂溪’，而先儒以為先生家舂陵之濂溪，其居九江亦曰‘濂溪’，示不忘也，然太史與先生同時，豈真不知濂溪者？學者當味其言。”

先生雅愛水中蓮，尤愛蓮花峯下泉。
此水此蓮誰會得，一窻生意草芊芊。①

家住城南數畝宮，杖藜來往此堂中。
吟風弄月人何處，極目閑雲數去鴻。②

當年太極揭為圖，萬有皆生於一無。
動靜互根誰是主，試於靜處下工夫。③

濯纓潭上小相羊，手把《通書》四十章。
除卻誠通與誠復，更無一事可商量。④

參也竟以魯得之，拙堂存舊未為非。
光風霽月新題扁，別作斯亭互發揮。⑤（宋刻本）

敬拜濂溪先生祠下⑥
宋　文仲璉

跡踐心親四十年，口吟手舞亦欣然。
眼明當日清溪上，身到平生霽月邊。
天實有言誰啟祕，道從無極獨開先。
持循不許秋毫失，期契堂中覿面傳。（宋刻本）

---

①　底本此處注云：“濂溪發源於廬阜蓮花峯下。”
②　底本此處注云：“詢之士人云：先生居城南，往來此溪上，傍溪皆周氏之田。”
③　底本此處注云：“圖意。”
④　底本此處注云：“書與圖發明。”
⑤　底本此處注云：“書院舊有拙堂，今更扁曰光風霽月，信美矣，然‘拙’之一字，先生受用處不可廢也，書以識之。”
⑥　底本此處注云：“嘉定七年九月十三日。”

敬題濂溪先生書堂二首
宋 柴中行

有生同宇宙，所欠好江山。因自舂陵至，留居廬阜間。
斯文傳墜緒，太極妙循環。希聖誠何事，懷哉伊與顏①。

出城三四里，矯首愜遐觀。頓覺市聲絕，從忻天宇寬。
康山書几淨，溢浦硯泓寒。一誦《愛蓮說》，塵埃百不干。（宋刻本）

魏鶴山督師領客溪堂分韵詩并序
宋 魏了翁

端平三年春三月戊午朔，天子有詔，俾臣了翁以同書樞院奏事。
既上還山之請，乃休沐日丁丑，與賓佐謁濂溪先生祠。賓主凡二十
有四，謂是不可無紀也，遂以明道先生雲淡風輕之詩分韻有賦而詩，
有二言、四言，同一韻者則二客賦之，了翁得“雲”字。

書生不知分，奉詔行三軍。赤手張空拳，幸脫貔虎羣。
四海蓮華峯，濂溪漲清芬。擬求一勺水，浣我三斗塵。
翠歛明夕霏，晴雲盪朝雰。重上夫子堂，謦欬如有聞。
池蓮已濯濯，庭草長欣欣。重惟夫子書，千古拔昏罱。
善惡萌於幾，陰陽互而分。一落俗儒喙，譊譊齒牙齗。
流傳豈不廣，世道滋放紛。書生屢乞骸，歸耕故山雲。

---

① 底本此處注云：“志伊尹之志，學顏子之學，先生教人親切之語也，後學宜盡
心焉。”

願言與同志，相期任斯文。^①（宋刻本）

題同濂閣
宋 高斯得

霽月光風灑落人，與君同調故憐君。
不須歎息知音少，後世豈無楊子雲。（恥堂稿）

池荷就衰有感
宋 高斯得

雙池萬荷花，姣好欺子都。秋風一披拂，槁悴如三閭。
子有君子操，昔人所嘆譽。奈何不自奮，俛仰悲榮枯。
荷花不能言，請以意對吾。兩間草木蕃，萬象粲以舒。
一從鶗鴂鳴，荃蕙首見疏。況我值末運，忽忽良辰徂。
相隨就衰叔，容色何能愉。抗手謝荷花，子誠志士模。
嬰肶悼季世，箕干感淪胥。舂陵大中正，所品良非虛。（恥堂稿）

觀書有感
宋 羅從彥

靜處觀心塵不染，閒中稽古意尤深。
周誠程敬應麤會，奧理休從此外尋。（羅豫章集）

---

① 底本此處注云："分韻二十四詩，督府一時名勝之所賦也，惟鶴山一篇為濂溪作。附錄此編外，餘則自有集云。"

題濂溪書院

宋 董嗣杲

遠徑溪流水自圓，光風霽月渺無邊。
窗前生意休除草，堂上清風獨愛蓮。
萬古共知歸有極，一塵不染見先天。
未知涵味其中者，誰是元翁得正傳。（廬山集）

草

宋 劉黻

周濂溪先生窗前草不除去，云與自家意思一般，故予作草詩。

萬卉爭獻奇，小草亦足貴。四時春不斷，可識天地意。
稊子謹勿鋤，葉葉含元氣。人皆訝姑息，姑息特細事。
秪恐生道滅，形色鼎中沸。（蒙川遺稿）

周程三先生書院

宋 劉黻

千載斯文冷，先生以道鳴。山川師友趣，日月弟兄情。
門靜一松在，源深雙浦橫。兒童遊里巷，猶喜說周程。（蒙川遺稿）

和何明府愛蓮詩

宋 劉黻

濂溪題品非輕許，祇愛亭亭臭味同。

日晚色歸霞照裏，夜涼香在月明中。
獨慚冬葉留寒翠，卻咲春花學醉紅。
天付清姿當淨植，曾聞結社有陶公。（蒙川遺稿）

和恕齋濂溪書院二首
宋 釋道璨

滿目青山滿面風，誰云太極在圖中。
晦翁去後僧來少，苔滿空堂曉日融。

洙泗淵源水一溪，蘚花綠徧考亭碑。
白雲散盡青山出，一卷《通書》未寫時。（無文印）

白　警
宋 羅從彥

性地栽培恐易蕪，是非理欲謹於初。
孔顏樂地非難造，好讀誠明靜定書。（羅豫章集）

濂　溪
宋 楊　傑

山為羌仙傳舊姓，溪因廉士得新名。
願持一勺去南海，直使貪泉千古清。（無為集）

濂　溪
宋 曾　極

逍遙社裏周夫子，《太極圖》成畫掩關。

欲驗個中真動靜，終朝臨水對廬山。（濂洛風雅）

月　巖

宋　白玉蟾

素娥飛下碧霄間，別館嵌空萬仞寒。
不是高懸青玉玦，直疑斜捧爛銀盤。
雲根撲朔兔相似，灌木參差桂一般。
說與長風休送上，千秋留與往來看。（全粵詩）

月　巖

宋　趙崇鉘

玉丹仙蛻馭飛翰，便做琉璃世界看。
大地山河渾忘卻，漫依桂樹舞青鸞。（鷗渚微吟）

題月巖

宋　趙必璩

千年老桂影婆娑，一半銀蟾挂碧蘿。
大抵人間天上事，團圓時少缺時多。（全粵詩）

愛蓮堂

宋　錢聞詩

懿哉周濂溪，昔檻星江符。四時花卉多，獨以蓮自娛。
公見太極初，學業周孔徒。如何心清淨，愛與釋氏俱。
理是吾即爾，理非爾異吾。理與愛適同，被釋我自儒。
只疑牡丹時，貴客笑我愚。又恐菊花開，隱士斥我迂。

彼此一是非，能問莊生無。坐看萬朵紅，翠蓋爭相扶。
晚涼微雨來，亂落明月珠。（廬山雜著）

遊濂泉

宋　趙必瑑

　　星巖高哉不知其幾千丈兮，下有儒宮上接青雲梯。綠凹鑿破冰泉洌，泉以濂名宗濂溪。濂翁去今凡幾載，一脈流通無窒礙。光風霽月此山中，景物因人成勝槩。亭翼翼，水泠泠，一清不著點子塵。眼前色色俱呈露，何必解蘭縛塵纓。君不見孤山六一泉，硯洲包公井。君子之澤深且長，清風千古霜凜凜。我欲采薇隱此山，祇恐林慚澗惄鎖松關。我欲祠下筆一詞，又恐寒泉痛洗凝之詩。解襟坐石濯清泠，一歃寒冰和露飲。雪我酒腸霜詩脾，此身疑在神仙境。倩君為問玉皇借玉鞭，鞭起睡龍騎上天。持此一瓢濂翁泉，一雨炎荒洗蠻煙。（全粵詩）

太極圖

宋　朱繼芳

　　動靜無端畫一圈，分明擘破又渾全。
日光漏得先天意，鑽入書窻箇箇圓。（靜佳龍稿）

濂溪祠

宋　劉克莊

　　本朝至熙寧間事使多而法稍密矣，先生於是時奉使嶺外，能使遺民嘗奉之至今，此後學之所當師法也。《詩》不云乎："誰謂華高，企其齊而。"（後村集）

濂溪祠
宋 劉克莊

　　某踐先生之官，居先生之宇，晨出夕入，如將見之。君命有嚴，歸奏使事，徘徊祠下，猶不忍去。（後村集）

蔡偉叔講《通書》
宋 劉克莊

蔣君易學高無助，蔡子重來講杏壇。
絳帳先生移席聽，青衿學士堵牆觀。
舉揚霽月光風易，箋注先天太極難。
穩坐虎皮揮麈尾，豈知春雨客氈寒。（後村集）

題祠堂
宋 王子修

先生粹德妙難名，霽月光風狀未成。
獨有溪流環舊隱，道源一派至今清。（鄧顯鶴本）

光風霽月
宋 葉 茵

濂溪有此天，天外得此景。景中一衰翁，融入吟哦境。（順適堂稿）

東湖荷花
宋 釋文珦

酣紅膩綠三千頃，總是波神變化成。
出自淤泥元不染，問於玉井舊知名。
暑天勝似涼天好，葉氣過於花氣清。
何事濂溪偏愛此，為他枝蔓不曾生。（詩淵）

沁園春・用周潛夫韻
宋 洪諮夔

秋氣悲哉，薄寒中人，皇皇何之。更黃花吹雨，蒼苔滑屐，欄空鬭鴨，床老支筇。靜裏蛩音，明邊眉睫，蹴踏星河天脫韉。清談久，頓兩忘妍醜，嫫姆西施。

濂溪家住江湄。愛出水芙蓉清絕姿。好光風霽月，一團和氣，尸居龍見，神動天隨。著察工夫，誠存體段，個裏語言文字非。君家事，莫空將太極，散打圖碑。（平齋詞）

寄題潯陽周氏濂溪草堂
宋 賀 鑄

周，本江華人，名敦頤，字茂叔，仕至尚書郎，累使嶺表。中年投節，退居湓城之南溪上，因名濂溪以自況。二子：壽，字元翁，燾，字次元，相踵第進士。丙子五月，余檥舟漢陽，始與元翁相際，求余賦此詩。

濂溪之水清，未足濯公纓。平生抱苦節，成就此溪名。

長歔置符傳，孤雲歸思輕。溪頭四壁居，溪下百畝耕。
量汲奉晨盥，課樵共夕烹。希逢杖履遊，但聽弦歌聲。
為客剪三迢，傳家通一經。雙珠交照乘，合璧倍連城。
褐被有餘樂，問縑無隱情。桂林兩枝秀，借爾俗眼荣。
昔仰名父子，今推難弟兄。不應文範裔，遽謂公慙卿。
如襲帶礪封，毋為權利傾。地實寢丘比，有力安得并。
勒詩高岸石，敢告後代生。（慶湖遺老詩集）

謁九江周元公祠嗣性善度先生韻
宋 陽 枋

圣賢隨遇即成都，仰止宗師謁故居。
面挹光風江渚遠，心涵霽月海天舒。
圖由自得前無畫，道未嘗亡今有書。
共立斜陽歸去晚，當年與點意何如。（字溪集）

隆興書堂自警三十五首・周翁圖太極
宋 陳 淳

周翁圖太極，張子銘訂頑。吾門禮義宗，毋離几席間。（北溪大全集）

四月癸巳發潯陽館過濂谿飯于杏谿憩清虛庵宿太平宮
宋 魏了翁

多少濂谿生並時，兩程夫子詠而歸。
須知宇宙何曾隱，魚自川游鳥自飛。

又過前谿訪梵宮，人言此與老莊同。
是同是異誰知得，擬問山前無極翁。（鶴山集）

周　邵

元　劉　因

百年周與邵，積學欲何期？徑路寬平處，襟懷洒落時。
風流無盡藏，光景有餘師。辜負靈臺境，圖書重一披。（靜修集）

感興（其一）

元　侯克中

駸駸讀盡世間書，勘破先天《太極圖》。
千載愛蓮周茂叔，一生觀物邵堯夫。
屈信相感心無累，敬義兼行德不孤。
莫買扁舟作歸計，市廛初不異江湖。（艮齋集）

動　靜

元　侯克中

昭然動靜兩相因，枯木寒灰恐失真。
《太極圖》中觀二氣，渾天儀上看三辰。
神龍尚且隨潛見，尺蠖安能免屈伸。
地坼水冰寒正爾，九原無處不陽春。（艮齋集）

濂溪周子

元　侯克中

教弛經殘失所宗，先生一起破羣蒙。
圖書往聖前賢後，人物光風霽月中。

道妙無窮庭草綠，心香不斷渚蓮紅。

千年伊洛淵源盛，總是濂溪一脈功。（艮齋集）

濂溪愛蓮
元 陸景龍

窻前既云不除草，溪上胡為獨愛蓮。

君子高風還宛似，先生雅趣自悠然。

神交淨色遠香外，秋在光風霽月邊。

萬物生生皆太極，始知一畫自先天。（元音）

過元公濂溪故宅
元 危 素

聖遠已千載，繼述良獨難。維公出南紀，大道窮榛菅。

濟世仰莘摯，齋心師巷顏。已知實至要，浩浩義理端。

故宅儼在斯，素月照溪湍。濯濯菡萏枝，英英秋露漙。

恭聞華蓋歹，講學留溪灣。墜緒久無托，令我心愽愽。（危學士集）

題曹農卿雙頭蓮圖（其一）
元 吳 澄

花中君子濂溪獨，分作河南二鄂華。

天為有兒雙秀發，送將此瑞至公家。（吳文正集）

題愛蓮亭二首
元 吳　澄

小亭倒影蘸清漣，萬斛香風一沼蓮。
千載有人同此愛，試於花外契真傳。

看花妙悟出天然，有藕有荷方有蓮。
認出箇中端的意，生生不盡億千年。（吳文正集）

詠真樂（其一）
元 李道純

不立文書教外傳，人人分上本來圓。
玄風細細清三境，慧月娟娟印百川。
兜率三關皆假喻，天龍一指匪真詮。
威音那畔通消息，不是濂溪太極圈。（中和集）

謁濂溪墓
明 楊本仁

墓在山相對，祠荒路不平。大江看逝色，古木有韜精。
地下月長霽，人間草自生。秋風一繫馬，若為絕塵纓。（少室山人集）

謁濂溪墓
明 陸　深

元公祠墓碧溪深，故里新阡一巡陰。
世有圖書傳正學，天將風月寄徽音。

山中佳氣為晴雨，草際浮光無古今。
江漢自隨廬嶽抱，高山兼起望洋心。（胥從化本）

過濂溪祠墓
明　繆昌時

蓮花峰下愛吾廬，便擬濂溪早卜居。
州郡剖冤驚老吏，生徒講《易》著《通書》。
春秋俎豆堂猶饗，風雨松楸墓不墟。
憑弔時過車馬客，可知嗣續近何如。（廬山詩詞）

式濂溪先生墓
明　李萬實

玉瘞山輝悵望中，千季宰木尚光風。
道傍高塚纍纍者，空臥麒麟枳棘叢。（崇質堂集）

謁濂溪周先生墓
明　黃克晦

朝發潯江頭，下馬栗山趾。山中兩高墳，元公母與子。
松柏風蕭蕭，清泉流彌彌。山川如授圖，萬象森在几。
白雲上下飛，精爽自相以。采采溪中蘋，伊懷難具理。
願充守墳人，歲蕆墓門杞。（黃吾野集）

過周濂溪先生墓下

明　吳文奎

高岡抱綠疇，棹楔表松楸。古木屯蒼蘙，深溪帶碧流。
圖書開秘密，統緒接商周。遙望孔林在，椒漿共酹酬。（蓀堂集）

謁濂溪先生祠墓三首

明　羅洪先

匡廬開曉霽，懷古見芳襟。溪水清堪溯，林風靜自吟。
山如蓮乍發，庭與草俱深。此日生芻奠，還同執贄心。

外物等銖塵，方知貴在身。一坏誰不共，四海此常親。
地似依防墓，鄉猶近楚鄰。築場來已晚，願作掃除人。

軻死誰為繼，廖廖千載悲。寧知無極語，始應聚奎期。
兩矣道方啟，歸歟樂在茲。初平還我輩，聽語恨非時。（念菴集）

謁濂溪墓次羅念庵韻

明　孫應鰲

地切名儒墓，瞻依洽素襟。水蘋成獨薦，風葉自相吟。
廬阜高何極，潯江信幾深。卜居鄰有道，灑掃亦吾心。（學孔詩鈔）

咏周子

明　余鳴鳳

天未喪斯文，歸歟大儒出。大道續其傳，昭如月與日。

尼山未盡蘊，太極發之筆。非云紙墨間，本統知所率。
吾師吾師乎，功寧獨著述。（吳大鎔本）

謁元公

明 曾 鼎

太極天開景運隆，寒灰吹燄照蒼穹。
宅臨綠水青山外，人在光風霽月中。
滿渚蓮香飄院落，侵堦草色映簾櫳。
溪流遠響通閩洛，千載斯文賴啓蒙。（胥從化本）

謁元公

明 薛 綱

提學年年造學宮，登祠長得拜元公。
許多翠草紅蓮趣，都在光風霽月中。
太極一圖垂世教，道源千載共天窮。
吾人得寓儒流者，敢忘開先覺後功。（胥從化本）

謁元公

明 韓 陽

欲知先哲用工夫，都在《通書》《太極圖》。
道學源流宗孔孟，師儒傳授賴程朱。
庭存芳草新生意，像設光風舊範模。
天相斯文如復起，摳趨便擬作門徒。（胥從化本）

謁元公

明　沈　鍾

此州故以道為名，天降斯文乃誕生。
百里山環鐘間氣，五星奎聚肇文明。
挽回有宋追三代，合配宣尼奠兩楹。
志學伊顏真妙語，迂踈頗解繫真情。（胥從化本）

謁元公

明　沈　慶

觀風來謁廟，獨上愛蓮亭。池潔荷逾綠，庭幽草自青。
道傳由默契，圖著寓流形。千載斯文幸，披雲睹景星。（胥從化本）

憶元公

明　周　緒

荊楚何人獨擅名，舂陵周子應時生。
淵源道學由心得，灑落襟懷共月明。
庭草翠深涵几席，池蓮香遠襲軒楹。
斯文仰德頻伸敬，一酹椒漿萬古情。（胥從化本）

憶元公

明　周　冕

度越諸賢擅大名，五星奎聚應期生。
遺容百世起瞻仰，絕學千年賴闡明。
元宋褒封崇上爵，孔顏從祀侑東楹。

圖書包括天人蘊，誰謂言詞不盡情。① (胥從化本)

謁元公
明 姚 昺

衣冠整肅謁元公，儼接光風霽月中。
庭草尚鋪當日綠，池蓮不改舊時紅。
斯文脉續無先覺，《太極圖》傳有大功。
聖代只今隆祀典，春秋血食永無窮。(胥從化本)

仰元公
明 方 瓊②

聞道窗前草不除，滿腔生意有誰如。
獨扵羲《易》將心會，卻把秦灰著力噓。
千載無人識誠字，吾生何幸見《通書》。
元豐③不有先生作，安得真儒啓後儒。(胥從化本)

仰周子四首
明 郝 林

異學東周後，儒宗大宋初。人間有風月，天下愛圖書。
薄宦甘從拙，虛襟得自舒。無邊生意好，庭草未教鋤。

---

① 本篇周誥本多處不同，標題作"拜先子"，内容為："度越諸賢擅大名，五星奎聚應斯生。道山百世勤瞻仰，聖緒千年賴闡明。宋代綍綸崇上爵，孔庭俎豆侑陳楹。圖書括盡天人蘊，好向遺編理性情。"可參校。

② 本篇作者，《光緒道州志》題為"方域"，可參校。

③ "元豐"：《光緒道州志》作"天禧"，當從。

圣脉泉犹在，千秋見道心。乾坤留月霽[①]，伊洛溯源深。
玩易知通復，披圖範古今。濯纓亭畔路，何日愜幽尋。

冉冉香生處，芙蕖入愛深。江山環道國，俎豆重儒林。
月下憑誰弄，風前每自吟。不湏攀豸嶺，顏樂已勘尋。

聖域開三楚，於焉五百春。祠依濂水立，書向道山陳。[②]
博士崇經術，光風仰後人。遺編欣更輯，大雅見扶輪。（周諎本）

謁元公

明　邵　寶

一脉濂溪水，中涵太極天。契符三聖後，道冠四儒前。
庭謁初除草，峯尋幾問蓮。略諳光霽在，有筆未能傳。（胥從化本）

謁元公

明　丁致祥

天將啓文運，于彼五季衰。元公兹挺生，允矣間世奇。
妙契羲畫前，作圖闡微辭。萬有天地間，範圍靡或遺。
上續千聖傳，下為百世師。蒙牖刪述餘，疇能分醇疵。
春陵故桑梓，祠廟江之涯。意思自庭草，風韻亦蓮池。
載拜瞻儀容，光霽相見之。食報永來葉，端與斯文期。（胥從化本）

---

① 吳大鎔本此前三句作："濂水乘遺像，千秋仰道林，乾坤留夜照。"可參校。
② 吳大鎔本此前四句作："吾道開三楚，于今五百春。祠荒兵燹後，書阨劫灰頻。"可參校。

謁元公

明 馮 錤

孔孟寥寥世竊名，蒼天特意起先生。
開來繼徃承當重，極本窮源演畫明。
百秀山川歸氣脉，千年祠宇肅門楹。
我來喜得瞻遺像，願學光風霽月情。（弘治永州志）

謁元公

明 顧 福

濂溪祠下頌元豐，景仰先生百世風。
古徃今來名不泯，天荒地老道無窮。
庭前草色仍交翠，池上蓮花自落紅。
《太極》《通書》涵至埋①，闡明先聖未言功。（弘治永州志）

謁元公

明 喻 端

五星燦爛歌奎日，天啟斯文覺後生。
一世文章傳萬世，倡明道學際文明。
百年祀事脩常典，千古祠堂絢綠楹。
徃古來今人景仰，幾回回首不勝情。（弘治永州志）

---

① "埋"：疑爲"理"。

謁元公
明 周 紳

魯庭刪述喜文亨，煨燼嬴秦太不情。
有宋若無周子出，古今道學賴誰明。（弘治永州志）

謁元公
明 李 敷

先生號濂溪，溪在先生前。上源接洙泗，下流及伊川。
藹藹不除草，亭亭净植蓮。圖書意不盡，風月永無邊。（胥從化本）

謁元公
明 李 敷

地以濂溪重，名為聖脉泉。上流承泗水，下澤會伊川。
春滿庭前草，秋開雨後蓮。濯纓歸去後，風月自無邊。（周譜本）

謁元公
明 曹来旬

天地道常在，聖賢間世生。儀皇開秘密，鄒魯緝光明。
秦火灰煙散，漢儒補綴成。千年迷正派，一旦起孤撑。
玉色金聲雅，光風霽月清。不由師指授，自得理微精。
《太極圖》無古，《易通》書有程。人心天理復，邪說異端平。
志向孔顏樂，功高伊傳名。群英資表率，萬古啟愚盲。
王國褒封重，雲孫爵賞榮。仰瞻空有日，登拜鎮關情。（胥從化本）

濂溪祠

明 曹来旬

濂溪之水称原泉，濂溪之學天地先。
百家眾說如溝澮，雨溢時涸徒涓涓。
洙泗源流惟一貫，濂溪氣脉為真傳。
著圖立言開後學，明白簡易尤渾然。
學焉自歎未得要，長年如醉如夜眠。
邇來幸飲溪中水，洗滌腸胃知前愆。
徘徊山頭日已暮，欲去未去尤盤旋。
摳衣更上幽亭望，霽月光風在目前。(胥從化本)

元公祠

明 錢 源

元公祠宇接吾門，一瓣心香日夜焚。
霽月光風趣無限，吾生願得二平分。(胥從化本)

濂溪祠

明 孟 春

我愛濂溪水，祠前晝夜流。散分泉下眼，聚向海東頭。
潦盡天光發，煙消日色浮。箇中含至理，會得始無憂。(胥從化本)

謁周夫子

明 孟 春

六籍言湮道失傳，先生聞道性諸天。
圖開《太極》追前聖，教闡《通書》啓後賢。
庭草近窗春有色，池蓮入咏思無邊。
自從伊洛相承後，文運亨嘉不計年。（胥從化本）

謁周元公

明 趙 宏

昨日尋芳書院坡，無邊風月景如何？
牕前尚有不除草，依舊年來生意多。（胥從化本）

謁元公祠

明 熊 昱

菊天冒雨謁華祠，官斾飛雲集碧墀。
堂構营濱崇廟貌，道傳伊洛遠宗師。
池蓮屋後青猶在，庭草窗前翠未移。
不是先生心自得，何由千載緒歌斯。（胥從化本）

謁元公祠

明 羅 倫

病中一敝篋，身後幾登堂。為語爭名者，謀生孰短長。（吳大鎔本）

謁元公祠
明　吳庭舉

三千里外想儀刑，此日衣冠進廟庭。
軻道日孤餘寸綫，聖言天遠袍遺經。
光風霽月悠悠境，芳草池蓮色色馨。
夜入先生尋樂處，闌干十二夢魂清。（胥從化本）

和謁元公祠
明　方　瓊

一代元公萬代刑，二程親炙得趨庭。
降生不是承天意，穎悟安能契聖經。
風月當時無限趣，圖書千古有餘馨。
濂溪溪上徘徊久，真見源流徹底清。（胥從化本）

謁周元公
明　陳　塏

鄒魯微言後，濂溪正脉存。江山仍廟貌，風月自乾坤。
強作門牆拜，幾為利欲惛。盤銘有《拙賦》，此意夙能敦。（胥從化本）

周元公祠
明　張　詡

　　在濂泉書院，前瞰藥洲。公嘗為廣南轉運判官，後人思之，立書院以祀之。臨水有亭，扁曰光霽，後又改為愛蓮云。

斯文喪千年，蕪沒一真路。至人起舂陵，默契自天與。
開我以圖書，淵源有宗祖。下啟朱程門，上步周孔武。
卓哉性命微，秦漢所未悟。我來拜祠下，光霽透雙戶。
碧草映紅蕖，依然天水趣。（全粵詩）

謁濂溪祠
明 王 縝

自從洙泗分支遠，便到濂溪接泒流。
欲向眼前尋樂處，直扵山頂看源頭。
一川風月誰當管，四面庭除草自幽。
今日瓣香祠下拜，斯文天地共悠悠。（胥從化本）

謁濂溪祠
明 王汝賓

濂溪去後圖書在，天啟斯文續正傳。
溪水有靈還泣墨，山峯如待獨名蓮。
古祠自奠郊原外，精爽猶存草色前。
千古人來禋瘞玉，徘徊溪上月光圓。（胥從化本）

謁濂溪祠
明 顏 鯨

先生崛起千年後，我後先生五百年。
風月人間幾光霽，溪流漾碧涵虛妍。
春庭瑤草滿前綠，玉淵金井生瑞蓮。
分明天地有至教，仁體流行無間然。

萬物本來俻扵我，聖學玄微誰的傳。

人心靜厲妙元化，太空孤月澄百川。

有無之間是真覺，鏡臺郛郭猶塵詮。

春陵先生包羲氏，作聖一要開先天。

浮生已踰五十載，意緒忽忽真堪憐。

偶過祠下荐明藻，愧汗種種流如泉。

不觀斷臂面壁者，異氏苦行何獨堅。

身亦儒冠號男子，靈臺久曠甘拘纏。

從今一洗欲根净，廓宇澄明希昔賢。（胥從化本）

謁元公祠

明 廖朝高

遺象森森孔廟同，我來瞻拜每從容。

蓮開池畔自生意，圖闡先天妙化工。

無欲一言呈秘訣，吉凶兩路啓朦朧。

先生指點千年後，都在光風霽月中。（李楨本）

二賢祠詩

明 李時勉

雙旌相繼出湖濱，千里桑麻化雨新。

遺廟尚存今日祀，青山曾見古時人。

空林門掩蒼苔合，啼鳥煙深綠樹春。

幾度繫舟星渚上，欲從祠下薦溪蘋。（同治南康志）

謁元公二首
明 陳鳳梧

平生寤寐元公宅，今日瞻依願始償。
千古圖書開鍵鑰，兩楹俎豆近宮牆。
春風庭草悠悠綠，秋月池蓮淡淡香。
一勺濂溪溪上水，敢將蘋藻薦芬芳。

愛蓮池下濯塵纓，端拜儀形啓後生。
霽月光風平日夢，高山流水此時情。
心傳正印還三古，口授遺書有二程。
侑食一堂真不偶，東南從此際文明。（胥從化本）

懷元公四首
明 盧仲佃

一去濂溪五百年，先生此日在先天。
若從底冊尋形影，終是粃糠洗不乾。

四十年來夢道州，瀟湘深處一相求。
眼中尋見周濂叔，窓草池蓮萬古悠。

草在空庭蓮在池，風清月白兩相知。
眼前都是尋常事，看得清時真仲尼。

蓮未生時風未吟，草無青色月無陰。
此中自有周夫子，分付吾人仔細尋。（胥從化本）

謁周元公祠

明 錢達道

溪上宮墻異代畱，每因風月憶前脩。
千年絕學開河洛，萬古斯文接魯鄒。
草色尚餘庭下綠，蓮香如向座中浮。
于今始遂龍門願，不是當年紙上求。（李槇本）

謁周元公祠次錢五卿韻

明 呂繼梗

霽月光風此尚畱，聖泉深處事潛脩。
誰云一派傳种穆，直是千年接魯鄒。
太極岩前春草碧，五星亭畔紫烟浮。
登堂若睹先生面，好把圖書仔細求。（李槇本）

詠周元公祠

明 高　啟

邈哉宋周子，襟懷迥無塵。精微闡太極，默契心自純。
遠摹羲皇畫，示我羲皇人。道既倡東南，闇然韜吾真。
祠毀罹兵燹，祀廢遘時屯。臨風一俯仰，恍惚如陽春。（光緒蘇州志）

題郭詡濂溪圖

明 王守仁

郭生作濂谿像，其類與否吾何從辨之？使無手中一圈，蓋不知其為誰矣。筆畫老健超然，自不妨為名筆。

郭生揮寫最超群，夢想形容恐未真。
霽月光風千古在，當時黃九解傳神。（王陽明集）

和學憲沈公韻
明　曾　仁

獨步元豐大有名，圖書著述見平生。
千年正學絕還續，一代斯文晦復明。
霽月光風遺廟貌，池蓮亭草映軒楹。
我來官此名賢地，一瓣心香無限情。（胥從化本）

謁濂溪先生祠
明　邵　寶

數椽幽倚此溪東，曾坐當年太極翁。
風月未分光霽外，水雲長在靜虛中。
情留棠樹連郊綠，興寄蓮花別渚紅。
盥罷滄浪成薄薦，廣庭春艸雨濛濛。（乾隆寧州志）

謁周元公祠詩
明　歐陽德

茂叔春遊地，交交谷鳥音。絕勝雲外景，誰識洞中心。
草際生風細，蓮池浸月深。徘徊宵不寐，祠屋萬松陰。（同治贛州志）

謁元公祠二首
明 唐顯悅

大道本現前，無極非強名。靜悟庭前草，都從無處生。

百卉亦娛人，蓮花獨見賞。霽月與光風，千載發逸想。（吳大鎔本）

謁濂溪先生祠
明 羅洪先

舂陵開曉霽，懷古見芳襟。溪水清堪遡，林風靜自吟。
山如蓮乍發，庭與草俱深。此日生芻奠，還同執贄心。（周譜本）

謁故里祠四首
明 管大勛

舂陵千載毓真儒，一派清溪接泗洙。
誰道炎荒無聖脉，九疑山畔有皇虞。

儒先宅里道山阿，碧嶂重重淑氣多。
池上玉蓮香不斷，庭前青翠故交加。

蕭蕭祠堂排兩山，五星羅列繞田間。
邀尋風月依然在，更有何人樂孔顏。

采蘋溪上薦元公，頃刻如從光霽中。
無欲一言真秘訣，慚予偏為利名籠。（胥從化本）

廬溪謁周濂溪祠

明　陳天資

庭草青青照昔年，圖書千載發幽傳。
幾回獨上萍江望，風定光生月滿川。（全粵詩）

咏濂溪圖學二首

明　王守仁

一竅誰將混沌開，千年樸子道州来。
湏知太極原無極，始信心非明鏡臺。

始信心非明鏡臺，須知明鏡亦塵埃。
人人有個圓圈在，莫向蒲團坐死灰。（胥從化本）

謁濂溪先生祠四首

明　張元忭

夢中幾度憶光風，此地趨庭拜玉容。
生意古今猶一瞬，滿前芳草自青葱。

龍見星聯道在天，陳圖畫掛欲無言。
宣尼微論千言絕，會把真詮覺後賢。

萬象森羅總大圜，弄丸胸次往來間。
靜中細認東君面，太極先天只一般。

心能無欲澄然靜，學到知幾自入神。
大道不須身外覓，更將己事讓何人。（不二齋文選）

九日謁濂溪先生祠

明　邢大忠

不為登高翫物情，前賢仰止欲經營。
三間堂屋中仍處，一畫先天舊現成。
草色入秋生意斂，溪聲向夜夢魂清。
只今識得真光霽，處處蓮花照水明。（乾隆寧州志）

謁濂溪祠次陽明韻

明　孫應鰲

溢溪對眼照還真，綠草離離映葛巾。
共爾後遊尋聖軌，哉予先覺是天民。
滿庭風月應無盡，千古心知合有神。
泣路昔曾悲白首，采芳今得薦青蘋。（廬山志）

謁濂溪先生故里祠

明　張勉學

溪上懸明月，年年草色深。山川鄒魯脉，俎豆歲時心。
水潔纓誰濯，亭虛風自唫。拜瞻猶未已，瀟灑襲塵襟。（胥從化本）

謁濂溪、白沙二先生祠
明　龐　嵩

粵秀山南麓，名賢兩廟開。太極披圖蘊，《通書》啟聖胎。
三才兼兩立，一要藉深培。誰復渾淪秘，漁歌紫水隈。
蒲茵穿釣席，碧玉育英才。道東原有屬，狂簡豈無裁。
哲人嗟並遠，瞻仰思悠哉。心靈今古共，筌蹄祇群猜。
欲洗從前障，依歸斗與台。（全粵詩）

過萍鄉謁濂溪祠二首
明　王守仁

木偶相沿恐未真，清輝亦復凜衣襟。
簿書曾屑乘田吏，俎豆猶存畏壘民。
碧水蒼山俱過化，光風霽月自傳神。
千年私淑心喪後，下拜春祠薦渚蘋。

曾向圖書識面真，半生常自愧儒襟。
斯文厽矣無先覺，聖世今應有逸民。
一自支離乖學術，競將雕刻費精神。
瞻依多少高山意，水漫蓮池長綠蘋。（胥從化本）

謁南安道源堂
明　黃仲昭

乾坤有此三夫子，邂逅於斯豈偶然。
數卷圖書探道妙，一襟風月悟心傳。
斯文統緒承先聖，理窟淵源啟後賢。
我欲摳衣挹溫厲，德容無計起重泉。（光緒南安志補）

謁南安道源堂再用前韻

明　黃仲昭

聖學湮沈世幾遷，先生推闡復昭然。
羲前至理探無極，軻後斯文賴有傳。
星聚奎躔開道化，天將文教付名賢。
千年墜緒思重續，掘井何人已及泉。（光緒南安志補）

登廬山謁濂溪周先生墓

明　王　縝

自從洙泗分支遠，便到濂溪接派流。
欲問眼前尋樂處，直於山頂看源頭。
一川風月誰能領，四面庭除草自幽。
今日瓣香祠下拜，斯文天壤共悠悠。（廬山詩詞）

謁濂溪、晦庵二先生祠二首

明　吳與弼

孔孟微言幾欲絕，先生千載續真傳。
偶經靈宇增新感，遺緒寥寥苦簡編。

平生慨慕古人深，道味先生更所欽。
長恨無緣趨末席，靈祠一拜儼如臨。（康齋集）

濂溪書院
明 俞振才

二程道統續溟濛，洙泗源流此大通。
河洛圖書元未盡，江山風月本無窮。
日華庭院草還翠，雲影池塘蓮尚紅。
昨夜九疑峯上望，文光萬丈燭層空。（弘治永州志）

濂溪書院
明 陳　銓

世違孔孟復鴻濛，千載斯文得再通。
妙在無言因賦拙，理純默契本心窮。
陰陽氣化分男女，水火根源辨黑紅。
庭草池边皆是趣，一襟風月八窗空。（弘治永州志）

濂溪書院
明 林　華

鐸音寐寐道濛濛，默契玄微正脉通。
《太極》一圖圖不盡，《通書》萬理理無窮。
源分洙泗波尤綠，文啟程朱日正紅。
霽月光風天地老，芳名萬古直摩空。（弘治永州志）

濂溪書院
明　王　備

百家騁異說，聖道汨其真。運極理必反，光嶽生斯人。
手探闔闢樞，示我動靜根。絕緒既有授，再見宣人文。
二賢燁華萼，中州儀鳳麟。遂聞濂洛派，遠接洙泗津。
大哉作聖功，疊疊光後塵。我昔披圖書，玩讀忘苦辛。
微言既可會，弱質慚弗振。況經講道邦，仰止希先民。
其如覿光霽，衆草閑庭春。晨興策我馬，遲暮膏吾輪。
逸軌尚可駕，敢云替斯勤。（嘉靖九江志）

謁濂溪書院
明　顧　璘

道喪餘千載，天南得異人。玄圖開太極，絕學指迷津。
庭草長交翠，池蓮不斷春。詠歌風月下，瀟灑挹公神。（胥從化本）

謁濂溪書院
明　尹　襄

濯纓臨瀟水，憑軾過濂溪。溪流清且駛，逶迤學宮西。
元公遺迹在，上有御書題。登堂薦蘋藻，石路匪難躋。
表表圖書訓，至精諒在茲。聖域未云遠，微言乃堦梯。
惠我後來者，慇懃過手携。平生瓣香念，焉辭道里睽。
哲人久不作，古路紛蒺藜。安能起風月，開彼俗學迷。（胥從化本）

謁濂溪先生書院祠

明 李　發

憶昔當時夢裡真，采芳茲幸薦青蘋。

古今上下三千載，濂洛關閩四五人。

有道乾坤仍不老，無邊風月自常新。

我來欲叩圖書秘，直探真儒默契因。（胥從化本）

修江八景—濂溪書院

明 龔　暹

時雨窗前草，微風水上蓮。靜中觀太極，天地共悠然。（乾隆寧州志）

修江八景—濂溪書院

明 陳　玞

堂堂危構大江東，世遠人亡道不窮。

赤子三朝歌善政，斯文千載仰宗工。

清霜久裹池荷綠，烈日難消瓦礫紅。

運轉太平新棟宇，英材依舊把光風。（乾隆寧州志）

釋菜濂溪書院貽王僉憲景昭

明 邵　寶

一脈濂溪萬古天，江州名自道州傳。

有神真與泉俱活，無象還留月自圓。

將濟晚舟猶滯在，未成春服已悠然。

東風作報新消息，許我重栽玉井蓮。（容春堂前集）

月　巖
明　黃廷聘

幾度來遊不厭頻，洞天深處迥無塵。
泠泠瀑濺銀河水，片片花飛玉洞春。
自是六時懸萬象，盡教千載御雙輪。
青青又遍元公草，披拂東風見道真。（李楨本）

月　巖
明　黃應元

並馬悠悠破紫烟，千峰如隊綴唫鞭。
崖前斷碣紛相向，石上殘棋故宛然。
不是有光凝片月，那徯無始會先天。
苔花藉處頻搔首，釃酒臨風憶昔賢。（李楨本）

月　巖
明　唐　瑤

萬山深處路逶遲，三洞空明接翠微。
大塊向人呈至巧，先天于此見真幾。
玄猿引類窺賓燕，石乳懸崖散酒卮。
一笑歸來寬眼界，兩巖端合豎降旗。（胥從化本）

月　巖
明　周子恭

自我觀月巖，不居先天後。想昔濂溪子，因之見道妙。

陰陽象弦晦，太極法中竅。鑄為光霽顏，不除窓草茂。
龜龍啟圖書，人文開先兆。允矣上聖功，天與非人授。（胥從化本）

月巖二首
明姚昺

豪傑天生不等閑，濂溪生近月巖山。
分明識破先天理，盡数圖歸太極間。[①]

斯文氣脉久湮沉，幸有先生契道深。
又得月巖來感觸，遂成千載不傳心。（胥從化本）

月　巖
明徐瑚

怪得周程老不閑，月巖千古是名山。
乾坤擘破陰陽判，一點真元在此間。（胥從化本）

月　巖
明蔣忠

一竅通天月出初，陰陽動靜兩模糊。
元公契得於中理，寫作先天《太極圖》。（胥從化本）

---

① 此四句吳大鎔本、周誥本《濂溪遺芳集》單獨成篇，作者題為“方瓊”，可參校。胥從化本是完整的八句，作兩首詩，未題作者，依據該本刊印習慣，本篇作者應為承前承略，即姚昺。

月　巖
明　康正宗

太極包涵日，陰陽欲判初。洞天含晦朔，巖月見盈虛。
易畫聊因馬，忘筌為得魚。明通渾自悟，端不在圖書。_{（胥從化本）}

月　巖
明　管大勛

兩儀至理洩先天，巖寶中虛太極懸。
伊洛未承元有象，洪濛初啓總無傳。
分明劃出陰陽體，漫擬斜看上下弦。
欲向元公問消息，光風亭在草芊芊。_{（胥從化本）}

月　巖
明　許　魁

春陵有山曰月巖，石壁嶙嶙怪且巉。
月巖之山空闢戶，月巖之月光虺函。
月到巖中瞬息過，以巖為月日夜咸。
一局圓空在山巔，二竅虛明透側邊。
巖間月色光映地，巖頭月影晝生天。
光映地兮天作月，影在天兮月亦狀。
自有天地與月陳，豈意山中月色新。
谷裏盈虛分上下，于中一望皎無塵。
橫穿一徑通月窟，高懸素虺無時歇。
雲煙浚鑠蒼崖壁，不揜金波增崒屼。

靈巖垂象不由人，豈為陰陽始露眞。

奇巧天工渾是古，呼巖號月應系因。

濂溪悟道在心頭，太極何曾向此求。

只覺虛明無一物，恍似先生主靜修。

巖雖靈妙屬山岍，不因發秘始名傳。

奧理豈從形跡究，漫將就裏覓先天。

澤國名巖此最幽，寒光素影四時秋。

詩趣歌情添多少，好把騷人紀勝遊。（吳大鎔本）

月　巖
明　許　魁

洞口當年是舊遊，誰云太極此中求。

虛明一竅渾無物，果似先生霽月不。（周語本）

月　巖
明　閻　煌

誰將渾沌透山巓，月影髙懸此洞天。

本是乾坤畾象異，豈因太極露形圓。

兩弦上下猶班見，一竅虛明豈聖傳。

千古清光常皎潔，滿岩芳草自芊芊。（吳大鎔本）

月　巖
明　邢應文

峭壁何年鑿，中虛一竅通。虧盈呈月象，仰止見天工。

石乳垂陰洞，嵐光散曉饮。為尋千古迹，岩草自芃芃。（胥從化本）

月　巖
明　謝　眖

月巖之月何太奇，洞門雙闢白雲垂。
巔虛乍見渾幾望，磴轉廻看倏已虧。
疑是靈魂蹲怰石，實多僊桂鬱寒枝。
塵襟到此都忘卻，猶有光風似舊時。（李槙本）

月　巖
明　陳獻章

闇闇月墜地，忽在天中央。墜地人不覺，中天照四方。（陳白沙集）

遊月巖
明　戴嘉猷

石門穿出小山城，怰底乾坤獨擅名。
鶴鸛一聲山谷應，管簫遞奏路人驚。
氣分溫爽壺天別，光透虧盈太極明。
愁絕濂溪鳴道後，巖中光景鎖雲深。（胥從化本）

遊月巖
明　閃應鷭

中天太極邃還見，兩竅陰陽空復明。
天造地設此奇境，月形弦望誰擬評。
理窟百年淑後學，道源千載仰前英。

洞府山靈欲招隱，雲軿風蹬趨去程。（胥從化本）

遊月巖

明　祝先鑑

羣岫如雲湧，捧將月一輪。五星遙拱列，萬象自瀰淪。
陟降分弦望，盈虛悟道眞。徘徊光霽邈，誰為指迷津。（吳大鎔本）

遊月巖

明　顏　鯨

混淪一竅自天來，參兩分明此地開。
象帝久知人世罔，真幾端有化工裁。
盈虛弦望猶凡眼，閒靜空明是聖胎。
獨有舂陵神解後，乾坤無處不春臺。（胥從化本）

遊月巖

明　許宗魯

緩轡舂陵西，迤巡濂水渡。翼趨茂叔堂，宛挹光風趣。
爰披《太極圖》，誰授先天數。咄彼青蒼崖，嶙峋風雨妬。
中涵一竅靈，至寶神訶護。如缺復如盈，光寒瑩練素。
是鑿混沌精，乾坤此陶鑄。炯炯洞中天，冥與哲人悟。
俯仰游太虛，徘徊起遐慕。對茲崑月奇，幸有德星聚。
雲岑掛夕陽，好鳥鳴髙樹。安得魯陽戈，一揮使日駐。
遲遲歌詠歸，漫踏蒼苔路。（李楨本）

游月巖

明 許宗魯

誰鑿靈巖一竅通，分明千古破鴻濛。
哲人自悟羲皇訣，大塊偏呈造化工。
青璧遠啣銀漢闕，紫烟浹鎖玉虛宮。
到來身際蓬壺境，縹緲天香兩腋風。（李槙本）

遊月巖

明 曹 宏

混元無象亦無方，鬼斧何年鑿大荒。
中竇分明環太極，兩門彷彿辨陰陽。
人歸洞裏乾坤大，天在山中歲月長。
坐玩玄機歸去晚，滿林風葉濕衣裳。（胥從化本）

遊月巖

明 何文俊

石形奇怪雲氣寒，鸞飛猊走蛟復蟠。
初疑周子畫太極，一團灝氣浮琅玕。
廣寒宮闕在何許，人指仙踪最高處。
更無虧缺任晴陰，炯炯清光自朝暮。（光緒道州志）

遊月巖

明 陳文進

賢里瞻星聚，穿岩探月奇。空明一片境，弦望兩分時。

岩壑晚爭秀，盤樽兩更移。幸陪玄度後，難和右軍詩。（李槙本）

遊月巖
明　劉　魁

好風為我啓行媒，勝地登臨眼界開。
天地鑄成渾太極，元公發秘淑將來。
淩雲怪跡真奇絕，列席豪賢幸與陪。
鎮日徘徊光霽裏，一團生意覺春回。（胥從化本）

遊月巖
明　李　發

勝地千年始縱遊，元公道岸望中收。
一圓霽月當空湧，兩洞光風接靄浮。
真境含心非外得，山靈呈象若天留。
徘徊不盡無邊景，坐對清虛興轉悠。（胥從化本）

再遊月巖
明　李　發

大道元從太極甄，分明混闢洩天真。
兩巖進退窺弦望，一竅虛明渾化鈞。
河洛未開原寓象，魯鄒沒後邈無循。
悠悠千古不傳秘，賴有先生獨指津。（胥從化本）

遊月巖

明 盧仲佃

瀟湘最深處，月陰洄門偏。青剜三山竅，虛開半壁天。
圖書言外落，魚鳥鏡中懸。未鮮庭前草，千年道不傳。（胥從化本）

遊月巖

明 吳能進

謾傳月窟杳重玄，此地尋遊恍洞天。
正視頂虛光似鏡，側看影轉巧如弦。
一九秘透洪濛竅，幾畫圖成太極篇。
識得當年吟弄處，自家剩有滿腔圓。（李楨本）

半月巖

明 梁夢鼎

我愛月巖勝，月巖勝若何。半輪通竅久，千里共明多。
影到天南地，光涵海北螺。騎鯨直上者，更得一枝摩。（全粵詩）

遊月巖

明 何大晋

造物豈無私，茲山獨奇特。表立而中空，如禪持定默。
我猶古人觀，云月亦有得。松風起精神，花鳥醉遊色。
眷此諱言歸，掬泉聊一息。不厭白雲留，時鎖清虛域。
嘶馬怪遲遲，回首旋欲蝕。會當幽夢尋，選石守天則。（吳大鎔本）

太極巖

明　章　淮

真機盡道洩圖書，地闢誰知此與俱。
不得元公天授力，疇將樣子播寰區。(胥從化本)

題月巖

明　顧　璘

靈巖象唯月，盈昃巧為妍。正視團圓影，旁分上下弦。
龍開厓畔石，日轉竅中天。雕琢須神力，伊誰測帝先。(胥從化本)

題月巖

明　張勉學

曷來月巖遊，恍疑到城闕。天門一竅通，洞口雙峯揭。
是時值秋半，高天挂明月。巖虛因月勝，月白為巖發。
明晦分西東，虛實異凸凹。乾坤俯仰間，萬象晰毫髮。
圖畫開端倪，天然謝剞劂。獨對會予心，忘言坐超忽。(胥從化本)

題月巖

明　吳繼喬

巖裏清光總舊時，高風千載動遐思。
焚香百拜心無限，陟降猶疑公在茲。(胥從化本)

遊月巖

明 戴 科

月巖迥在道山隈，象月成形亦異哉。
上下如弦雙闕曜，中心似望一輪回。
犖犖有樹長生色，皎潔無雲更絕埃。
歸騎清宵穿桂影，分明身向廣寒來。（胥從化本）

又題月巖

明 戴 科

吾道包涵天地外，真機漏泄此山隅。
巖形彷彿先天象，月影依稀《太極圖》。
定靜絕無塵俗累，虛明時與道心符。
發揮此理周夫子，繼徃開來萬古儒。（胥從化本）

讀月巖辨

明 韓子祁

偶探月窟見天根，造設囗年鬼斧痕。
一極虧盈分動靜，五星攢布自乾坤。
俗名久失山靈意，卓悟如登茂叔門。
千古廣寒宮裏夢，却如長夜發朝暾。（李楨本）

題太極巖

明　韓子祁①

圖開混沌漏先天，太極陰陽五氣全。
道本無形昭有象，人徑假號失眞詮。
已先河洛呈靈秘，不用璣衡測運旋。
欲問元公心淂處，想於個裏會羲玄。（李槙本）

和王郡尊②

伊誰鑿破這團圓，月在岩頭影在天。
今古一輪渾是望，盈虛半瞬又似弦。
廣寒帶雨探深處，蓬島依雲躡峻巔。
可羨右軍修禊事，追陪那計燭花偏。（李槙本）

重到月巖

明　黃文科

月岩岩上月團團，對照人間玉宇寒。
如會一機弦上下，滿天光景屬誰看。（胥從化本）

題月巖四首

明　周　冕

宋家天子受周禪，曆数相承逾百年。

---

① 本篇作者吳大鎔本題為"周官"，標題作"改月岩為太極岩"，可參校。
② 本篇作者為"溫陵"人，姓名脫，疑為陳文進。

乾德雍熙迨天聖，端拱無為統緒傳。

五星奎聚文明兆，我祖應期生營道。
来歌來遊於斯巖，仰觀造化生成妙。

闡圖著書授二程，千載絕學晦復明。
聖朝崇重恩垂後，錫爵詞林奕世荣。

我今幸接寘鴻翼，登臨此境長興喟。
遺踪想像宛如昔，百拜謹刊巖石誌。（胥從化本）

遊月巖二首
明 王 謙

千古月巖渾是道，何人便向此間求。
先生獨契巖中意，因有先天《太極圖》。

月巖巖畔構斯亭，瞻仰扵今具典刑。
不是圖書覺來學，古今長夜幾時醒。（李楨本）

游月巖遇雨
明 黃 佐

驅車冒靈雨，月巖訪幽奇。引顧窮壤間，見此兩鬱儀。
蟾光輝白日，神上昇翠崖。金波互盈朒，玉軫中渺瀰。
消長占世變，弦望通天時。廣筵得明牧，脫輻忘塵羈。
葭鳴虛範起，杯淶靈景移。因之發長嘯，風生叢桂枝。（光緒道州志）

題月巖三首
明　陳鳳梧

層崖峭直倚穹蒼，洞口虛明月影藏。
兩畫陰陽分左右，一圈太極奠中央。
天生勝境非人迹，地入濂源是道鄉。
鳥韻花香三十里，塵懷到此自能忘。

月巖形勝聞天下，五載南巡始一臨。
羸馬不辭山路險，涼風還愛午雲陰。
洞中掃石羅罇俎，澗下流泉鼓瑟琴。
醉讀殘碑剔苔蘚，濂溪圖象有遺音。

春陵山水郡，心賞獨悠然。磴險疑無路，巖虛更有天。
團圓中似望，上下兩如絃。我欲尋源去，風光正滿前。（胥從化本）

遊月巖二首
明　王一之

為謁元公里，因探月窟奇。虛靈涵象數，俯仰識盈虧。
混沌誰開竅，淵源自得師。一筵圖太極，曠世見包羲。

一竅空明如鏡圓，哲人曾此契先天。
玲瓏仿佛團圝象，偃仰依稀晦朔弦。
地結雲根穿石壁，天將月窟嵌峰巔。
登臨擬傍清虛闕，兩腋風生爽氣偏。（李楨本）

遊月巖二首
明 徐 愛

扳奇殊未厭，澗谷披蓁莽。梯崖陟穹洞，中秋魄孤朗。
長消隨朔晦，東西窺偃仰。分明示太極，陰陽始析兩。

哲人同先天，肇物亦有象。字畫魚鳥因，圖書龜馬倣。
元公自深《易》，證茲彌不罔。可以舂陵墟，仰配河洛壤。（胥從化本）

遊月巖次韻
明 周綉麟

使節尋遊自有媒，望中晴色片時開。
兩弦喬月東西掛，一段光風上下來。
石室重輝斯道合，人豪再出喜吾陪。
徘徊未盡賡吟興，收拾詩囊滿載囬。（胥從化本）

遊月巖次陳宗師韻二首
明 周綉麟

陳公乘暇遊佳境，幸得追陪共一臨。
澗谷春深花草茂，洞巖秋冷霧煙陰。
馬蹄行踏供吟興，鳥韻調歌奏瑟琴。
吾祖舊遊芳蹟在，吟風弄月有餘音。

斯巖名勝景，至理出天然。洞達開雙戶，虛明自一天。
仰觀圓似月，側視宛如弦。道妙乾坤象，昭昭在目前。（胥從化本）

遊月巖寄諸同社
明　陶景先

此石閱終古，忽來周夫子。偶然括至理，千秋拾餘澤。
姑撤此陳案，聊且信遊趾。一圍太古色，空碧徹表裏。
殘碑土花蝕，工拙等故紙。酒澆草泥香，歌穿石髮起。
醉眸轉舒曠，都忘祀塵鄙。縱想羲皇初，淳寂故如此。（康熙永明志）

次韻遊月巖寄諸同社
明　蒲秉權

大塊敞茲巖，時未有周子。上下數千劫，而乃抗溟涬。
孤抱風月襟，讀《易》山之趾。神遊空洞中，悟徹無極裏。
我來岫雲開，碧天淨如紙。睠懷畫圖人，往矣難再起。
濯纓濂水濱，一洗肉食鄙。穆哉靈勝區，何當結廬此。（康熙永明志）

遊月巖同黃侍御二首
明　趙　賢

連日愁陰雨，乍晴亦喜人。山中春色好，巖上月華新。
座有同門客，名高侍從臣。聊為脩禊會，促席覺情親。

到處尋佳勝，無如此地偏。蒼崖晴作雨，白晝月生天。
洞口重門敞，山腰一徑懸。濂溪書屋在，圖說至今傳。（胥從化本）

遊月巖次錢培垣太守韻

明 周　淑

星聚奎垣属卯丁，儒先曾此闢文明。

一圈虛敞乾坤影，双闕髙懸上下星。

劃出圖書低二酉，護來風雨壓層城。

標題更有名篇在，谷口千秋紫氣橫。（李槇本）

初夏同劉寶慶再遊月岩仍用前韻

明 錢達道

忽報西郊雨乍晴，可人時節又朱明。

虧盈月向圜中照，上下弦莚谷口呈。

狂興幸追劉禹錫，驚人誰挾謝宣城。

名岩不厭頻登眺，醉倚青蒼劍氣橫。（李槇本）

癸卯春日偕翟守戎暨程、王二僚友同遊月巖即景①

明 錢達道

帝子何年遣六丁，鑿開混沌自空明。

上清宮闕依稀見，太極儀形次第呈。

飄忽乳泉晴作雨，瓏瓏石竇鐵為城。

酒酣兩部笙歌沸，洞口蒼茫落照橫。（李槇本）

---

① 本篇題目，《光緒道州志》題作“仲春遊太極巖即事”。

故　里
明　董汝弟

茂叔祠堂垂令名，五星環聚自天成。
一圈收盡乾坤趣，千載猶餘風月情。
廟貌嵯峨崇祀典，圖書世澤衍家聲。
靜中生意今猶在，馥馥蓮香庭草菁。（李楨本）

遊故里
明　顏　鯨

溪流曲曲抱平村，父老猶傳故里門。
四面佳山如立壁，一川霽月尚盈軒。
野橋烟樹曾遊釣，鄒嶧昌平共俎尊。
為叩道源來特地，石臺芳草兩忘言。（胥從化本）

故里二首
明　趙　賢

营道多幽林，月巖最奇特。行行十里許，中有濂溪宅。

暮春風月佳，彷彿臨光霽。豺嶺間龍山，徘徊夜忘去。（胥從化本）

故里二首
明　盧仲佃

嶷煙九朵青，月影半巖白。窓草覆池蓮，不是談玄宅。

風月滿空巖，孔顏真樂處。有懷無極翁，徘徊不能去。（胥從化本）

遊濂溪故里

明　王　會

岌業道山岑，躋攀嘆陡絕。下有洣水源，伏行以蕩潏。
三冬浮紫煙，六月翻素雪。泠泠滿洛川，閩閩洒餘洌。
我來遡其源，于焉聊一憩。坐石濯塵纓，睠言懷往哲。（李禎本）

詠圣脉泉二首

明　管大勛

濂溪水，清且激，混混發蒙泉，潺潺出白石。
飛洒元自虛受來，淵停還向静中得。
一從伊洛分支流，至今海宇淑餘澤。
任教世俗蕩塵氛，惟有此溪長不息。

濂溪水，清且深，一鑑渾無滓，徹底空人心。
千年俗學誰為洗，泓泓嫡泒流古今。
顧予溷俗茫茫者，朅來蹤跡傷滯霾。
幾從山下迷津問，安得此水清煩襟。（胥從化本）

宿光霽樓見新月

明　朱應辰

春陵見初月，光霽一番新。雖是濂溪里，慚非弄月人。（胥從化本）

經濂溪先生故居

明 歐大任

斯人不可作，絕學已千年。濂浦庭皆草，匡廬岳是蓮。
霜凋前代樹，月霽一林煙。猶有圖書在，風琴自灑然。（旅燕稿）

出月巖途中口占

明 朱應辰

天不離乎地，地不離乎天。天地不相離，日星亦相連。
月巖太陰精，弦望皆週全。眾阜列星宿，雲霞障其偏。
造物露天巧，不知幻何年。聚奎兆文明，魄復耀曲田。
篤生周夫子，悟道月巖巔。太極洩玄秘，斯道賴之傳。
二程自北來，風月故無邊。吟弄一以歸，關閩遂翩然。
孟氏千載後，濂溪功孰前。嗟予生也晚，來此徒自憐。
徘徊不能去，此意良惓惓。① （胥從化本）

出元公故里值風月

明 朱應辰

瞻拜元公故里，途中風月無邊。
愧無弄吟佳興，也有登眺夙緣。（胥從化本）

----

① 　周諳本有詩《出月巖口占》，作者朱應辰，內容與此多處不同："月窟太陰精，
弦望俱自然。造物呈天巧，不知幻何年。聚奎肇文明，圖像空中懸。篤生周夫子，讀
書月巖巔。太極洩元祕，斯道賴以傳。二程自北來，風月故無邊。弄吟歸去後，關閩
契真詮。孟氏千載下，濂溪功孰前。嗟予生也晚，來此徒自憐。徘徊不能去，此意良
惓惓。"可參校。

雨中望廬山用蘇提學伯誠韻二首

明 楊　廉

擬作廬山十日遊，芙蓉千疊豁塵眸。
濂溪雲谷高風遠，翼翼祠堂在上頭。

書院興衰盡在人，崑花新報洞中春。
誠明敬義諸生學，肯以詞華數過秦。（楊文恪集）

太極圖

明 楊　廉

理氣將來模寫出，伏羲以後有濂溪。
諦觀太極人人具，一語修之作聖梯。（楊文恪集）

君子亭

明 楊　廉

水華晚尤佳，對之詎忍折。人間遊戲文，千古《愛蓮說》。（楊文恪集）

味道亭

明 王　謙

大道貞明麗太空，祇緣多翳竟塵蒙。
先生默契鴻濛始，至理渾歸太極中。
胸口①春陵懸霽月，人文楚漢際光風。

---

① "□"：疑為"涵"。

何當末學沾私淑，道統應推第一功。（李槙本）

味道亭

明　李　發

漫說窮經歲幾移，道中深味少人知。

一腔天趣春生日，千古心源月霽時。

象外有言俱不盡，畫前得意已無疑。

孔顏樂處今何覓，靜坐幽亭獨自怡。（周諳本）

味道亭

明　李　發

曾慨言湮學晦時，道中真味幾人知。

一腔奧趣獨能會，千古心源續有期。

溪畔風聲吟不盡，江門月色照還奇。

孔顏樂處今何覓，靜玩亭中意迴夷。（胥從化本）

濯瓔亭

明　李　發

愛蓮亭上共尋盟，遠憶前修物外情。

江漢秋陽原潔白，天光雲影自澄瑩。

千年勝躅同心賞，一泒寒流滌慮清。

日暮登臨增感慨，滄浪歌罷野雲橫。（胥從化本）

太極亭

明 李　發

平生寤寐真儒學，今詣先生倡道盟。
千載圖書抽理奧，兩間象卦列心旌。
映階庭草離離綠，馥岸池蓮冉冉生。
瀟洒咏歌風月下，元山溪水兩含情。（胥從化本）

有本亭

明 李　發

千年絕學月巖明，混混濂溪此地生。
浩脉遠涵洙泗沠，淵源長衍洛河泓。
眼餘净影浮空碧，心洗寒流徹底瑩。
已會元公取水意，悠然川上有餘情。（胥從化本）

太極亭①

明 杜　漸

元公此地未生前，月岩之景自天然。
元公既生作圖後，遂云太極岩中有。
元公霽月與光風，不在石岩一竅中。
圖中萬物靡不備，岩月盈虧局一器。
豸嶺龍山豈兩儀，五星繞宅亦堪疑。
向令元公生別墅，太極玄圖其不作。
與君姑舍月岩碣，深盃且把看岩月。（胥從化本）

---

① 本篇李嶧慈本作者題為李發，吳大鎔本、周誥本標題作"月巖"。

有本亭觀水

明　杜　漸

淺淺清溪發豸巖，龍山倒影落溪南。
因知理物虛能受，萬丈巑岏尺水涵。（胥從化本）

濯纓亭

明　麴　海

何方尋勝景，此地有幽潺。纓濯憑誰共，軒開盡日閒。
鳶魚俱自適，風月覺相關。坐久塵襟净，陶然忘往還。（胥從化本）

太極圖

明　何荊玉

混混本一圈，一圈亦無跡。何者為萬聲，希之於至寂。何者為萬營，依之於共息。太素為之君，八采何曾色。至淡涵在中，五味何曾職。有物未分人，有人未生識。虧卻古羲皇，費力加一畫。一畫既已多，三畫如之何。展轉相尋六十四，百千億萬從茲起。解散燧人繩，製成倉頡字。字既成，書迭興。綏柔以道德，服猛以刀兵。野鹿垂裳而戴弁，標枝作邑而分城。堯其咨，舜號泣，禹胈胝，湯戰伐。文武拮据周召成，仲尼作經孟軻述。太寶之殿，望夷之宮水不及收，粟難為春。殽函會上，馬陵道中。前者既如此，後來紛未已。禽獸羞為羣，覆載豈包汝。安得聖賢更復生，盡瀉銀河洗天地。馬體中間淨一毛，蝸頭左角清千里。寂叫器，掃塵垢，眛離朱之目，桎工倕之手，掩子野之耳，塞惠施之口。棲慮於恬夷，寄跡於無有。小圈既廓，大圈總空。萬川映月，依舊元同，周濂溪，非創始，覓得一圈《周易》裏。明括帝王萬代基，空空填作圈中地。默取聖賢

六部經，空空涵作圈中意。（全粵詩）

太極洞二首

明 王 會

四壁峻嶒一鑑圓，盈虧異象總天然。
玄圖不自濂溪老，誰識圈前有此圈。

弦分上下卻能圓，造化機緘不偶然。
坐到會心忘象處，山花山鳥我同圈。

此故太守王一川公題咏也。公守道州在世廟時，值州有兵興之變。公不肯殺降以媚，備兵使者，自請投劾，有南安軍置手版風。州人至今德之，尸祝不絕云。（李楨本）

瀼溪驛

明 王十朋

半月遊廬阜，中秋宿瀼溪。祠尋元子隱，樹認赤鳥棲。
坐待雲開月，行愁雨作泥。鄱陽應話我，身在九江西。（嘉靖九江志）

瀼溪驛

明 曹 廣

瀼溪浪士名猶在，異世追陪有子瞻。
人慕二賢清節處，蒼城祠迹尚依然。（嘉靖九江志）

蒼城墩
明　鄧文綱

欝欝藂翠林，四圍削方壁。乾坤一坯土，平地建中極。
瀼溪遶足流，榜山當面立。元公與蘇老，異世流芳跡。
我欲修廢祠，殘碑無處覓。（嘉靖九江志）

廉　泉
明　盧　皞

醴泉味雖旨，飲之令人狂。湯泉性酷烈，灌溉功非良。
異哉黃嶺泉，湧出青峰旁。元液瀉地脈，遠脈通天潢。
入口漱冰雪，觸石鏘琳瑯。一泓浸月色，滿澗涵天光。
臨之愧形穢，掬焉覺心涼。睠茲潤下功，旱歲萬豐穰。
涓涓信甘美，陋彼醴與湯。潔士猶故人，相契形已忘。
貪夫試來臨，未酌先慚惶。卓彼孤竹子，終古同冰霜。（全粵詩）

濂　溪
明　陳　壿

炎方寒作雨，雪竇淡生烟。地脈通洙水，天瓢洒洛川。
就觀空眼界，掬飲灌心田。鮮我塵纓坐，清風太古前。（胥從化本）

濂　溪
明　姚　昺①

濂溪人去遠，溪水自常流。飽滿來泉眼，瀠廻轉石頭。
烟開雲影見，波静日光浮。真趣先生樂，能忘身世憂。（胥從化本）

濂　溪
明　錢子義

　　舂陵周頤，字茂叔，居濂溪，號濂溪先生。窗前有草不除，云與自家意思一般。作《太極圖》及《通書》數十篇，上接洙泗千載之統，下啟河洛百世之傳。朱晦庵贊曰："書不盡言，圖不盡意。風月無邊，庭草交翠。"

千年河洛啟真傳，咫尺圖開太極天。
草色滿簾春寂寂，一庭風月自無邊。（種菊庵集）

濂　溪
明　汪　都

濂溪原自有先賢，理學分明在簡篇。
十里瀾光清似鏡，還將載酒一探玄。（胥從化本）

---

① 本篇吳大鎔版、周誥版《濂溪遺芳集》，作者題為"方瓊"。

濂　溪
明　方　瓊

茂叔溪中水，儒家第一流。洛河分遠派，洙泗是源頭。
静引光風動，清涵霽月浮。孔孫知有此，鮮盡失傳憂。（胥從化本）

濂　溪
明　莫　英

鄒魯言湮人已頹，斯文千載入秦灰。
濂溪不是通洙泗，伊洛源流孰與開。（胥從化本）

濂　溪
明　錢　源

上流有洙泗，下流有伊洛。天不生此溪，何由通脉絡。（胥從化本）

濂　溪
明　黃　佐

真儒去代久，一畝存遺宮。濂泉洌不食，旦夕寒潨潨。
芙蕖謝光彩，卉棘紛蒙籠。鳥鳥聚喬木，嗷嗷鳴積陰。
依岩見樵爨，駐轍聞村舂。日晏牛羊下，秋高禾黍豐。
遡源曠無人，沿洄焉所終。蹇予勇言邁，扶策安能從。
精靈諒斯在，泬穆相為通。緊昔宋中季，皇流疊褒崇。
披雲起結構，洒翰盤蛟龍。霽月輝朱綴，光風搖瑣窗。
誰令坐清歌，吾道曾何窮。（泰泉集）

濂　溪
明　徐　瑚

今古濂溪水，悠悠不断流。散分千脉絡，總出一源頭。
民物中間浴，乾坤裏面浮。世人俱鮮此，吾道更何憂。（胥從化本）

濂　溪
明　李士實

一溪寒綠望東流，滾滾惟應到海休。
總道海天波浪闊，那猶山下是源頭。（弘治永州志）

濂　溪
明　汪　浩

千河萬澗皆云水，誰識斯流異衆流。
营道鄉中環秀氣，月岩山下是源頭。
天光雲影同昭耀，月色波紋兩暎浮。
天產英賢超此地，道明千載賴無憂。（弘治永州志）

観　濂
明　吳能進

文獻名居傍聖泉，一泓清沇靄雲烟。
涓涓噴玉饒庭草，細細飛霜蔟畫筵。
山矗翠微潄有木，亭閒風月樂無邊。
元公逸趣源頭遠，幾度豪遊幾愛蓮。（李楨本）

濂溪二首
明 范 良

雲影天光月色凉，濂溪清沠滿湖湘。
自從茂叔觀瀾後，多少斯文識味長。

天下流泉有許多，濂溪偏是漾清波。
源頭無限真佳趣，不識特人知味麽。（弘治永州志）

題濂溪
明 吳繼喬

蚤向圖書歎望洋，幾更寒暑費消詳。
如今天假瀟湘便，直遡濂源日未央。（胥從化本）

題濂溪
明 戚 昂

一沠濂溪日夜流，滔滔東逝幾時休。
須知此水同天地，天地窮時是盡頭。（胥從化本）

咏濂溪
明 蔣天相

寒玉沄沄漾碧溪，天光雲影兩相宜。
源頭一脈宗洙泗，流沠千年啓洛伊。
今古無窮明道體，徃來端可沁詩脾。
化機妙處誰能契，留與吾人仔細窺。（胥從化本）

詠濂溪

明　王時春

洙泗隔已遠，一派在舂陵。聖脉何迢迢，沕滽復淵泓。
淆之弗以濁，澄之匪以清。千疇賴餘潤，赴壑如飛瓊。
却是元初水，臨流可濯纓。擾擾風波徒，沉昏喚靡醒。
偶來溪上遊，松風起泠泠。試取一勺飲，洗我五臟靈。
徘徊忽豁然，須臾破萬营。直欲窮其源，行行日未冥。（胥從化本）

遊濂溪

明　祝先鑑

勺泉澄且碧，淵靜蘊文章。藻苒因風動，蒲新滋潤香。
雙亭迷舊址，斷碣有餘光。千載無盈涸，涓涓聖脉長。（吳大鎔本）

謁濂溪

明　車登雲

道州自昔產名賢，敬謁祠傍寐正傳。
舊日蓮花凝泮月，新春梅蕋映寒壇。
人疑夫子吾應愧，脉接真儒爾勉旃。
少壯勸君各努力，登壇馳騁着先鞭。（李槙本）

謁濂溪

明　周　誌

森森古柏當年舊，脉脉清濂一派長。
羲孔微言歸太極，程朱後學闢荒唐。

孤亭月落花碑半，峻石雲深草篆芒。
光霽無邊千古景，穩將吾道向南行。（李禎本）

濂溪詩二首
明 郝 相

千秋道岸仰先民，運啟文明第一人。
流水高山三楚秀，光風霽月四時春。
聖宗東魯宮墻遠，學闢南天俎豆新。
幾望濂溪思薦芷，却衝煙瘴逐風塵。

瀟湘江上弄輕舟，咫尺高踪隔道州。
香繞月巖庭草滿，峯廻豸嶺洞雲收。
手編羲《易》耽丘壑，識透行藏縱釣遊。
聖代卽今屾後裔，五星墩起瑞光浮。（吳大鎔本）

濂溪臺
明 陳獻章

黃菊花開又一年，南山無分對陶潛。
不知風雨隨儂否，惱殺臺中一夜眠。（陳白沙集）

濂溪光風
明 何文俊

水面波紋漾晴吹，動荡濂溪清意趣。
遠遞芳蓮冉冉香，輕搖細草芊芊翠。
賢哉幾聖周元公，圖書著述傳無窮。
倡明道學開後覺，至今千載瞻光風。（胥從化本）

濂溪古樹

明 童 潮

聞說溪頭樹，溪中人自栽。文章随世老，根脉賴天培。
孔檜原同氣，秦松不共材。光風霽月趣，可有此中來。（嘉靖九江志）

愛蓮亭

明 熊 昱

净直亭亭自媚人，水生花草發天真。
圓圖翠葉團團象，太極珠房顆顆勻。
菡萏花開紅似綺，淤泥藕切白如銀。
元公探賾心先得，妙契陰陽萬物春。（胥從化本）

愛蓮亭

明 黃仲芳

闌干十二俯清流，霽月光風景趣幽。
簾動水晶銀兔濕，香浮書幌藕花秋。
圖傳太極探羲畫，學究天人継孔丘。
景行髙山懷仰止，斯文三復賴餘休。（胥從化本）

愛蓮亭

明 龐 嵩

春荷夏見花，實成斂青蓋。剝盡還藕根，生生本常在。（全粵詩）

愛蓮亭

明　方　瓊

小池高處建高亭，池裏芙蕖照眼明。
出自淤泥全素質，静依玉井漾深清。
香凝碧露風生几，色借瓊瑤月滿楹。
舉世無人會真趣，紛紛只道牡丹荣。（胥從化本）

愛蓮亭

明　曾　仁

彼美芙蕖花，明粧宛如玉。净植水雲鄉，清絕濂溪曲。
素姿愜賞心，香氣薰詩骨。登亭發長吟，遺愛懷茂叔。（胥從化本）

愛蓮亭

明　錢　源

昔見《愛蓮說》，今登愛蓮亭。愛蓮人已去，池蓮有餘馨。（胥從化本）

愛蓮亭

明　方良弼

自古花中有君子，花中君子真清致。
玉井移來歲月深，獨得先生心所契。
先生端坐池亭上，風月無邊有餘味。
高情幸有二程知，一笑香生傳萬世。（胥從化本）

愛蓮亭①

蓮有花紅白，池無水淺深。何人千載下，獨契元公心。（胥從化本）

愛蓮亭
明　陳　晶

説罷先生《太極圖》，曲欄頻倚詠芙蕖。
翠雲弄影秋波溢，羅韈生香霽月初。
色借瓊瑤侵几净，光涵玉液瑩窗虛。
高風勝跡傳千載，景仰令人思有餘。（胥從化本）

愛蓮亭
明　姚　昺

元公亭上此登臨，風月無邊亘古今。
讀罷先生《愛蓮説》，方知當日愛蓮心。（胥從化本）

坐愛蓮亭得句
明　常　在②

碧蓮净植水亭開，馥馥香風撲面來。
一自先生孤賞後，方知君子殊庸才。（吳大鎔本）

---

① 本篇作者為廬陵人，姓名脱。
② 本篇周誥本《濂溪遺芳集》作者題為"姚昞"，可參校。

光霽亭

明 周 官

平生希慕濂溪子，今日何緣得及門。
風月無邊圖已顯，乾坤有象道逾尊。
教垂主靜立人極，識破支離乎聖言。
幾看蓮池蘋長綠，漫從童冠說淵源。(李楨本)

咏光霽亭

明 楊載植

幾年夢棹濂溪上，今到春陵際美人。
徧地雨滋窗草綠，照天燭映池蓮新。
無欲境裏一腔靜，太極圈中萬象春。
振衣隨拜先生廟，風月依稀似有神。(李楨本)

咏光霽亭

明 陳之京

萬山深處若為憐，誰啟先生味道真。
一綫乾坤延絕學，雙懸日月照迷津。
圖書想像先天上，俎豆輝煌澗水濱。
自入春陵頻景慕，清溪碧藻薦明禋。(李楨本)

咏光霽亭

明 應世科

淑氣偏鐘自舜源，春陵兀自挺高賢。

機筏一線天光悟，學把千年聖訣傳。

瑤輝碧浸滿愡草，清拂香飄半壁蓮。

不是大夫憐綫脉，溪頭安得此亭懸。（李槙本）

咏光霽亭

明 蘇茂相

宋學稱理窟，濂溪抉其閟。根極主靜言，昭晰太極義。

中懷謝磷緇，外象溢和粹。霽月映光風，夷然豁滹潬。

程子深服膺，趙公竟臭味。侯生待三日，識者遽驚異。

千載想靈襟，令人猶融泄。明牧挹道淵，典刑勤寤寐。

祠亭煥舊顏，庭草滋新翠。薄領此何湏，弦歌古所貴。

林志孝年丈守道州，以鼎建光霽亭記見示，賦此奉答。（李槙本）

咏光霽亭

明 曾可立

星聚奎躔宋德新，真儒崛起首春陵。

一腔生意隨窗草，千古斯文屬後身。

太極悟來渾是我，盆魚觀處莫非真。

憑渠吟弄襟懷豁，會得神情寫在亭。（李槙本）

咏光霽亭
明　楊如春

宋代斯文啟，奎光瑞氣浮。濂溪開道脉，太極演玄修。
蓮愛香千古，巖虛月萬秋。令人思懿範，私叔遡源流。（李楨本）

咏光霽亭二首
明　孟養浩

鴻濛竅剖抉先天，象罔珠探理學淵。
吹累千年風自拂，無雲萬里月長圓。
看來留草窓前意，絕似拈花教外傳。
光景遞陳湏認取，淤泥何處不生蓮。

光風霽月兩悠悠，溪畔潺湲萬古流。
悟後陰陽收郭几，靜時花草是羲疇。
氤氳元氣虛中合，掩映沖襟物外浮。
我亦楚人思荐芷，景行無據愧先猷。（李楨本）

題光霽亭
明　李東芳

先生襟度當年事，亭構溪頭始自今。
地敞虛明來秀色，池開芳潔映人心。
八窓風月無俱徃，一脉圖書自可尋。
前喆儀刑渾不遠，好期良會盍登臨。（李楨本）

愛蓮亭

明 盛　祥

為愛軒亭瞰碧流，花開香遠益清幽。
銀潢冷浸三更月，翠盖涼生九夏秋。
玩物適情探太極，臨流体道契尼丘。
高情雅況誰能識，百世斯文仰未休。（胥從化本）

宓樽古酌

明 盛　祥

天啟洪荒太朴風，宓樽今得記前蹤。
石泉不浸蓼花麯，山雨猶添茱葉醲。
靜裏乾坤十古醉，閑中日月一杯空。
秖緣制度隨時用，長許蒼苔盡日封。（弘治永州志）

元峯鍾英

明 盛　祥

樓外奇峰枕郡庠，煙光林影共蒼蒼。
青分濂水凝英氣，秀合宜巒孕俊良。
官著幾朝人自傑，名題萬古石還香。
秖今聖代興周道，似嶽生申棟廟廊。（弘治永州志）

月巖仙蹤

明 盛　祥

越絕西原一翠峯，不知何代寓仙踪。

生成月象分三魄，凝結坤精踞幾重。

永賁烟霞今古外，名留天地有無中。

嗟予欲學長生術，回首生涯鬢已蓬。（弘治永州志）

濯纓亭詩

明 陳 峴

亭館依蕭青，風烟接郡城。紅塵如隔斷，林杪自秋聲。（洪武永州志）

蓮池霽月

明 高福壽

半畝平池一鑑光，芙蕖淨植水雲鄉。

雨餘碧落月浮彩，風動清漪花弄粧。

鷗鳥栖陰驚翅冷，龜魚潛影覺身涼。

元公遺愛今在①，花共芳名萬古香。（弘治永州志）

謁學卽事

明 邊 侁

郭外深藏一畝宮，雲林瞻拜每從容。

碧山絃誦真冲淡，泮水菁莪自蔚葱。

稽古堂前丹桂老，希賢閣畔瑞芝豐。

濂溪故宇西鄰是，異世師生俎豆同。（光緒道州志）

---

① "元公遺愛今在"，本句脫一字，疑爲"公元遺愛今□在"。

天開太極

明 張喬松

太極陰陽真本體，如何認作月岩遊。
予今識得乾坤意，混沌初開為道謀。（李楨本）

愛蓮二首

明 王 謙

一味清香自太華，滿池綠水映明霞。
惟公獨得蓮中趣，不減峰頭十丈花。

世間盡愛牡丹花，籬菊陶潛隱者家。
獨有清蓮似君子，先生垂愛意偏奢。（李楨本）

題茂叔蓮

明 陳獻章

船入荷花內，船衝荷葉開。先生歸去後，誰坐此船來。（陳白沙集）

茂叔愛蓮

明 陳獻章

不枝不蔓體本具，外直中通用乃神。
我即蓮花花即我，如公方是愛蓮人。（陳白沙集）

晚酌，示藏用諸友（其一）
明　陳獻章

涪翁指點好濂溪，老眼青天醉不迷。
五老峰連湖月白，綠荷風颭水煙低。
無窮光霽還相接，太極圖書謹自提。
懶與時人談此事，風流真個隔雲泥。（陳白沙集）

讀濂溪、考亭二先生年譜二首
明　陳獻章

千年幾見南康老，嘆息人間兩譜開。
但使乾坤留一緒，聖賢去後聖賢來。

一語不遺無極老，千言無倦考亭翁。
語道則同門路別，教君何處覓高踪。（胥從化本）

濂溪觀蓮
明　羅亨信

手植芙蓉盡放花，倚闌賞玩謾諮嗟。
亭亭翠蓋擎仙掌，灼灼紅粧絢彩霞。
十里薰風來几席，一簾香霧透窗紗。
淤泥雜處應難染，外直中通信可誇。（覺非集）

濂溪觀蓮
明 羅亨信

芙蕖灼灼絢紅霞，唫倚危闌興倍加。
憶昔濂溪陳跡杳，畫圖贏得世人誇。（覺非集）

題周氏族譜
明 羅亨信

故家文獻豈徒然，積德由來幾百年。
閩郡析居嗟遠別，瓊臺遊宦屬南遷。
衣冠濟濟光前哲，詩禮彬彬藹後賢。
譜牒修明敦本始，曾孫什襲永相傳。（全粵詩）

次張憲副韻
明 王 謙

昔面圖書窺象體，今登巖月壯神遊。
乾坤萬古無他道，只在人心一竅謀。（李槇本）

題濂溪交翠亭
明 柳邦傑

瑤草堦前翠色舒，四時春意盎吾廬。
咲渠蹊徑多茅塞，也學先生不剪除。（胥從化本）

題周子愛蓮圖

明　黃儒炳

荷葉田田覆水長，荷花零亂倚新粧。
非關玉井能傳異，近託金塘更自芳。
染翰早驚朱粉濕，披圖今見墨痕香。
須知月霽風光夜，窗草青蔥兩不忘。（全粵詩）

憶茂叔愛蓮五首

明　方　傑

夕聞愛蓮池，昨登愛蓮亭。登亭見池蓮，蓮馨亭亦馨。

興來吟到希賢閣，池蓮暗與清風約。
清風遠來香益清，清香撲鼻誰能覺。

出自淤泥不染泥，亭亭淨直真堪奇。
可遠觀兮不可褻，況兼不蔓尤不枝。

元公何獨心愛此，百萬花中一君子。
李唐以來人不知，只把牡丹為至羡。

嗟哉！元公之愛興不窮，元公之愛誰能同。
池蓮風月依然在，愛蓮須是同元公。（胥從化本）

吟風弄月臺二首

明　湛若水

金鼇閣上看山來，為仰前修陟古臺。

弄月吟風乃何意，芙蓉自對桂花開。

臺高吟弄連君子，鐵漢樓開對墨君。
宇宙無窮今古事，人情類聚又羣分。（同治南安志）

謁濂溪祠咏愛蓮一律
明　楊大行

夙仰先生獨愛蓮，登臨瞻拜繹真傳。
光風霽月融枝幹，主靜存誠裕本根。
樂向孔顏尋自得，開天岩月識先天。
卷舒妙徹陰陽理，淨剖新絲道味綿。（李楨本）

宿濂溪祠聞溪聲
明　張元忭

溪聲入夜奏笙簧，小閣臨流客夢長。
便欲窮源攀絕磴，還應濯足趁斜陽。
柳堤雨過依依綠，蓮沼風來細細香。
何處浴沂尋樂事，一團明月印滄浪。（不二齋文選）

謁濂溪先生祠過愛蓮池①
明　張元忭

古郡荒祠在，東山濱水邊。絃歌曾幾月，俎豆已千年。
色借庭前草，香餘池上蓮。甘棠還有渡，遺愛共流傳②。（不二齋文選）

---

① 底本此處注云：“祠在邵陽城外，池在城中，先生嘗以永倅署州事。”
② 底本此處注云：“城外有甘棠渡。”

賞　蓮
明　龐　嵩

綴補芰荷衣，笑人荷花渚。翠蓋擎珠圓，花嬌似能語。
酌酒時勸花，爽袂空中舉。花神為我賓，我作花神主。
豈以顏色諧，通直真吾與。濯濯清漣漪，亭亭出沮洳。
芳馨掇其花，嘉實良可茹。世有濂溪徒，共結同心侶。（全粵詩）

蓮　花
明　蘇　仲

直幹檠青蓋，孤根出淤泥。得名君子列，誰敢誚濂溪。（全粵詩）

荷　葉
明　區　越

種藕宜花未作花，何緣北屋事豪奢。
結幃半得濂溪趣，對景全堪陸羽茶。
欲振青蒼參碧落，豈知紅白混泥沙。
異時收取殊青箬，誤落包苴恨未涯。（全粵詩）

無　極
明　李　江

一團太極道非殊，太極看來極本無。
這裡何曾分面目，箇中奚事泥形模。
機緘不露天難測，化育常流道本虛。
無極老翁最珍重，又留風月屬堯夫。（全粵詩）

理　氣

明李　江

兩不相離一故神，數成理具總天真。
于書中數為皇極，在《易》五爻見大人。
畫出濂溪無極境，收歸康節滿懷春。
六經子史皆糟粕，得手應心是斷輪。（全粵詩）

陰陽有象

明李　江

天地無心運五株，浩然二氣塞堪輿。
心兮未動機先動，氣也無初道有初
觸處形形分上下，初時噩噩本空虛。
乾坤不欲藏玄妙，故把梅花畫出渠。（全粵詩）

過化存神

明李　江

雪中風度月精神，畫出人間幾樣人。
顏閔形容憑影寫，周程門戶與天鄰。
有形上古庖羲象，無語先天尼父真。
知是高堅前後處，山光水色絕風塵。（全粵詩）

吟風弄月

明李　江

淺淺冰灘小玉堂，主人相對兩相忘。

長吟天外風來面，閑弄庭前月滿廊。

有伴青春堪適老，無邊光景任尋芳。

濂溪真影天描出，爭奈蓬萊弱水長。（全粵詩）

夏賞荷池

明 陳　繗

十丈芙蕖一鏡天，天光水色蕩無煙。

葉浮新綠來心上，花露微紅在眼前。

遠岸舞風添水榭，隔波彈雨和湘絃。

箇中獨得濂溪趣，遺愛鐘來幾許年。（全粵詩）

讀《易通》

明 丘　濬

羲文千載下，易道乃復通。濂泉一勺多，瀰漫六合中。

天開明道年，道州營道縣。千年道復傳，上應奎文現。（全粵詩）

讀《拙賦》

明 常　在

機智營營老一生，總因身世誤聰明。

先生拙守一篇賦，贏得高風萬古清。（吳大鎔本）

觀《太極圖》

明 王　佐

一輪明月浩無邊，落影千川處處圓。

在地有川皆有月，月輪元自不離天。（全粵詩）

題濂溪舊隱

明　胡居仁

紺寒清潔古濂谿，緬想當年有道居。
學貫天人純性命，理原太極著圖書。
光風霽月心無累，勝水佳山意有餘。
香郁溪連庭草翠，聖賢高致後人廬。（胡敬齋集）

題濂溪世祠

明　錢有戚

河洛真傳數百年，濂溪孫子有遺編。
道通太極一丸外，志在羲皇六畫前。
默契淵微倡絕學，闡揚秘奧啟羣賢。
知君世澤餘波遠，吳楚斯文一脈傳。（周輿爵本）

和提學沈公韻

明　錢　源

一世文章百世名，後生誰不仰先生。
圖推太極陰陽判，道寓《通書》日月明。
流澤至今遺後嗣，光風依舊滿前楹。
使君經此祠堂下，希聖希賢重有情。（胥從化本）

和學憲沈公韻

明　蔣　灝

宋室真儒獨擅名，斯文後覺賴先生。

道宗孔孟源來遠，學啟程朱理自明。
一沼蓮香浮几席，滿庭草色映窗楹。
曺襟風月無窮趣，企仰高山百世情。（胥從化本）

送周翰博榮歸
明 高　穀

璽書遠詔來京國，內翰榮除拜御筵。
太極一圖明至理，仍孫千載紹前賢。
詩書繼業逢昭代，冠冕榮鄉屬妙年。
歸讀遺書思祖訓，寸心應在五雲邊。（胥從化本）

贈周翰博榮歸
明 黃　俊

濂溪有神，烈祖挺生。不由師傳，默契道凝。
《太極圖說》，手授二程。《通書》文約，道大義精。
誠立明通，名宗範亭。洪南令尹，九江道鳴。
光風霽月，庭草交青。從祀孔廟，道貫六經。
聖朝崇德，象賢嗣興。勅封博士，衣錦歸榮。
在朝卿士，都門餞行。風飄衣兮，御香馨馨。
光衝衡嶽，炫燿洞庭。鄉邦瞻羡，鳳凰景星。
冀承祖武，勿失其誠。爵傳萬世，炳燿鏗鍧。（胥從化本）

贈周翰博榮歸
明 方　傑

天子崇儒道，先生荷國恩。圖書昭日月，世澤滿乾坤。
棣棣威儀好，怡怡笑語溫。簪纓永無替，傳子又傳孫。（胥從化本）

寄周酸齋翰博

明　魯承恩

酸齋自謂知酸味，乃祖元公已尚酸。
素位功名皆底績，開天事業本無端。
工夫真實修之吉，今古宗依悖却難。
君是本支余接泒，通家勉力莫邯鄲。（胥從化本）

謁濂溪先生祠漫述所見

明　鄧雲霄

無極還居太極先，濂溪妙義更誰傳。
閒中到處堪尋樂，象外忘機豈墮禪。
霽月臨牎生綠草，光風吹沼放紅蓮。
君看吟弄緣何事，吾欲求之未發前。（李槙本）

配享縣學啟聖祠，祭畢口占

明　江盈科

聖朝崇道重儒先，特煥綸音降九天。
從祀校讐尊諫議，追隆禮樂念真傳。
斯文未喪遺千載，道脈重光肇百年。
彝典幸逢明盛世，推恩所自配諸賢。（周與爵本）

上祖諫議大夫配享啟聖祠，喜而謹賦

明　周希孟

鳳闕巍峩雨露新，圣恩良沃宋儒臣。

丹宸特諭追賢詔，黌校傳宣煥帝綸。

愍祀百年沾配享，明禋千古恪遵巡。

累沐國朝崇重典，寒微均被上皇仁。（周與爵本）

讀《濂溪志》用陽明先生韻寄舍弟道州

明　林學曾

為愛濂溪洩道眞，卻從主靜覺迷津。

因系太極元無極，正是先民覺後民。

巖月至今遺朗照，池蓮自昔陪精神。

千年仰止高山意，聊託連枝一薦蘋。

學曾：予告里中，適弟學閔守道州，脩先生志，索詩扮余，余不能詩，然誦法先生自束髮時矣。因寄小言于余季，勿論其詩之工拙可也。（李楨本）

次兄仲韻一首

明　林學閔

瞻拜先生挹道真，依依光霽是前津。

學顏樂處在陋巷，志尹達可為天民。[1]

象呈太極原非偶，星應奎文自有神。

忝竊宮墻閩下士，今來幾度薦溪蘋。（李楨本）

---

① 　周誥本收錄詩作《仰元公用前韻》，作者為林學閔，後四句與本篇同，前四句為："遙思光霽性情真，瞻拜庭前愜素襟。學到顏淵尋樂處，志存伊尹覺天民。"可參校。

學齋讀元公集二首
明 謝 睍

鴻濛既剖洩，代寖宣色澤。魯鄒互揮邕，靈源悉繙譯。
宇宙忽雲屯，崦靄無日白。悠悠千餘載，天南復朗劃。
遡彼混闢根，一捫即真宅。鬼神無玄祕，碩果得其核。
但勿使之蠹，枝條自紛籍。開關見千聖，窮古由茲脉。

髻非翫群籍，卓犖期古人。枘鑿鮮世諧，準繩自前因。
志強骨力弱，道岸香無垠。何以慰中懷，有如痈我身。
偶今隨薄祿，幸接元公鄰。瞿然發深省，巨艦在長津。
聖學曷為要，斯言請敬循。（胥從化本）

九江周廣文松隱軒
明 史 謹

濂溪雲孫號松隱，平生愛松不愛窘。
一軒深構萬松間，掌管林泉事幽屏。
常嗔稚子問生涯，每接山翁醉吟詠。
老鶴梳翎立故巢，閑雲不雨棲高頂。
昔年約我為比鄰，青袍尚被煙霞身。
今日經過縱談笑，坐我石磴如巢雲。
濤響應疑九江闊，勢高不見廬山尊。
乃知梁棟在郊藪，未入廊廟隨荊榛。
忽辱高情慰懷抱，日暮開筵面芳草。
東風吹雨過林梢，一片徂徠碧雲繞。（獨醉亭集）

送蘇伯誠提學江西（其一）

明 費 宏

文儒宋最盛，發跡由南州。仰惟無極翁，結屋濂溪頭。
當其官南安，二程實從遊。紫陽最晚出，尋源導其流。
南康假守日，鹿洞乃重修。飛章乞經籍，立訓規朋儔。
庶幾媚學子，彷彿程與周。先生富道德，久抱斯文憂。
行行到盧阜，撫景應淹留。為陳古學奧，一警末俗偷。
教人兼體用，長善別剛柔。既令賢者眾，亦使惡者瘳。
貢之天王庭，以應緩急求。桷榱苟不廢，梁棟知先收。（費文憲稿）

冬日濂溪祠送馬鍾陽地官

明 楊本仁

霜江日出水烟消，光霽亭邊送使軺。
此去詎忘白鹿洞，向來曾共紫宸朝。
驛梅到汝花應放，庭草憐予色未凋。
薊北閩南三萬里，一尊廻首路具遙。（少室山人集）

過道州仰周元公次沈副使韻

明 王 縝

太虛無極本無名，獨有濂溪象意生。
妙道默從神夢領，天機泄與畫圖明。
千年衣鉢歸何處，百仞宮牆護寢楹。
今日舂陵頻勒馬，斯文山斗不勝情。（全粵詩）

舂陵篇贈元公宗裔翰博默齋君歸道州

明 曾朝節

明王不復周東日，周家學脉山之東。
六經刪述杏壇上，萬世可以開群蒙。
已知速肖見羽翼，七篇矯矯真豪雄。
從前治運有消歇，要令海岱恢儒風。
一源洙泗忽斷絕，日月晦蝕長夜同。
諸家橫議作鬼語，漢儒訓詁徒能工。
更來詞藝鬥藻繢，徃徃竄入儒林中。
其間一二亦超卓，頗窺正緒收微功。
升堂見鮮只影響，千年那許真詮融。
中州以南說吾楚，洞庭雲夢涵虛空。
元氣磅礴五峯頂，濂溪直與瀟湘通。
曩初神物久扃閟，天豈終遣斯文壅。
五星奎聚有徵兆，舂陵一日生人龍。
圖將太極揭宇宙，三才萬象宣鴻濛。
六經以後談著述，《通書》妙義天人窮。
文章簡勁存渾噩，寥寥果足該幽崇。
大儒未用發浩歎，誰從載籍瞻儀容。
嗟予生晚數百載，鄉人尚愧屍且侗。
頻年學道眇知識，異時何以酬蒼穹。
先生後裔雅馴者，延賞新命君恩洪。
都門邂見儼舊德，瓊瑤把贈情偏濃。
月巖風月無邊在，他年會訪舂陵翁。（胥從化本）

閱周溪圖作贈劉景林歸呈尊甫翁蕭庵程鄉令
明　陳獻章

太極無階不可躋，却從樓上望周溪①。
天泉②十丈無人汲，雲谷③老翁來杖藜。

月色溪光盪兩楹，酒醒開眼得蓬瀛。
試問老仙誰接引，舂陵雲谷兩先生。

兩仙何處舞霓裳，天上人間思渺茫。
脚底飛雲三萬丈，隨君不得到程鄉。

水北原南秋更多，滿川明月濯纓歌。
長官要結溪山好，去問南昌乞釣蓑。（陳白沙集）

御制古風詩
清　愛新覺羅弘曆

堯舜傳心學，危微十六字。禹湯繼其傳，執中與禮義。
文王躬亹亹，不已功常粹。唐虞三代初，大道中天麗。
比屋皆可封，無煩別義利。《詩》亡《春秋》作，風薄俗亦偽。
惟時王道衰，人人騁私智。天生我仲尼，金聲振洙泗。
刪《詩》定《禮》《樂》，堯舜功不啻。一自泰山頹，彌天布妖彗。
楊墨逞邪說，申韓建私議。鄒嶧乃揚徽，奮然鬪險詖。

---

① 底本此處注云：“周溪書院在太極之南旁夾雨樓。”
② 底本此處注云：“井名在書院兩旁。”
③ 底本此處注云：“亭名在太極之東崦。”

戰國逮嬴秦，道蝕斯文墜。祖龍輕狂兒，輒敢燔典志。
劉季提三尺，儒風豈云熾。武帝始求賢，董子明正誼。
三策醇乎醇，天人理咸備。昌黎稱聞道，猶未嚌其胾。
自漢迄宋初，道昏人如醉。偉哉無極翁，粹然秉道氣。
學不由師傳，理已臻極致。二程實見知，主敬標赤幟。
朱子集其成，經天復行地。緬維千載心，授受本同契。
絕續遞相衍，斯文統緒寄。午運數恰中，自協唐虞治。
作君兼作師，吉士踵相繼。（周譜本）

題濂溪祠詩
清 愛新覺羅弘曆

錫麓祀先賢，孫支世守旃。開程朱道學，繼孔孟心傳。
水碧山青處，松蕤竹秀邊。千秋光霽在，底復藉龍眠。[1]（周譜本）

宋周元公
清 王 謨

洙泗淵源泝孔顏，濂溪一脈更潺潺。
暫留鴻爪非無處，小試牛刀在此間。
《太極圖》開天地秘，《通書》道演聖賢關。
猶將霽月光風意，一任紫陽與象山。

朱子不肯為人作此四字，象山書之云：“人人有此光風霽月。”
（同治義寧志）

---

[1] 底本此處注云：“時濂溪後裔，持元公小像求祠名，得請。”

故里祠謁周夫子像

清 王遵度

道隱空千載，人情惜所私。不因詮太極，誰復見庖犧。
自古明良會，方將德化施。獨行猶默喻，合撰已無疑。
天欲生夫子，星先聚盛時。遙同前聖轍，蚤正後賢岐。
共領茲光霽，咸由我誨為。陰陽潛遂暢，化育悉紛披。
困勉皆全性，思誠各致知。源流溯所自，條貫實同師。
學大均堂奧，才殊有藉資。已嘗趨俎豆，猶願識芝眉。（吳大鎔本）

濂溪詩有序

清 金憲孫

　　道州為有宋道國周元公濂溪先生父母邦，道統文獻繫焉，先是兵戈潰洞，不獨乘載佚亡，卽祠廡几楹亦且燐飛狐處，刺史三韓吳君重鼎守茲土，愁焉心傷，以興復之任首先典籍，爰率州從事集學博，與郡中知名士摻採掌故遺文，浮舊志于斷爛之餘，芟穢訂譌，凡五歷寒暑，剞劂成書，共如干卷，適逢制可廷臣請復其苗裔五經博士官，會小子負笈嶺南歸，舟抵零陵郡，鄉故張獲祉氏典州尉，餚紀綱僕封題遠寄，余手其編卒業，心喜斯文，道際昌時，且嘉諸君子之克脩厥職也，作濂溪詩。

道脉遡淵源，洙泗接濂水。絕學在先生，斯文屬浚死。
春陵營樂鄉，樓田瞻故里。東山願蒼龍，西嶺樓白鳰。
環繞孕月巖，太極文明煒。五星列墩隍，旁羅天象比。
精華鐘間氣，爰產周夫子。嫡續鄒魯支，泒衍伊洛委。
守先以待浚，不過傳其是。把釣大富橋，濯纓聖脉浼。
風月浩無邊，吟弄何能已。庭草関生意，萬物一體視。

著書首《易通》，圖闢鴻濛旨。陰靜陽斯動，流行坎乃止。
志學存性誠，順化親天理。晚節《愛蓮說》，亭亭出泥滓。
用拙慎語默，巧竊心所恥。行藏樂孔顏，用舍任通否。
南海達匡廬，講堂踵接趾。儀型比兩曜，尊仰無彼此。
褒崇代有加，春秋秩禋祀。盜弄潢池兵，戈戟迫桑梓。
祠宇鞠茂草，典籍廢故紙。天心未喪道，寔來賢刺史。
夙夜事旁摉，哀輯野史氏。欣逢聖明朝，宗子官博士。
憲也返嶺南，舟傍芝城艤。遠貽煩親故，開櫺劇心喜。
咫尺挹濂溪，未由采蘋芷。把書一再讀，溯洄悉掌指。
竊與同學生，賦頌深仰企。踵事葺屋宅，增華望繼羡。（吳大鎔本）

濂溪墓
清　易順鼎

元公祠下望，不見蓮花峯。指點讀書處，白雲生幾重。
斷碑村豎畫，高塚縣官封。一樹霜皮老，還疑欲化龍。（琴志樓集）

周元公墓
清　傅紹巖

閩洛薪傳公所開，茫茫墜緒啟蒿萊。
蓮花峯下尋遺墓，愁絕當年嬴政灰。（廬山詩詞）

謁濂溪墓
清　張宿煌

一發引千鈞，微危賴此人。自唐尊孔孟，有宋啟關閩。
太極先天易，《通書》後學津。說蓮悲愛牡，除草怕傷春。

宦豈官為隱，儒真道得民。參禪非佞佛，悟理信如神。
真面廬山外，源頭濂水濱。一朝歌壞木，千古說傳薪。
風月無邊想，言功不朽身。紫陽留讚語，黃土葬儒臣。
古禮仍封馬，遺書等絕麟。豐碑鐫姓氏，深窆識衣巾。
睡法傳先絕，斯文喪未論。上丁同款款，夫子亦循循。
生意松楸滿，春風道路勻。馨香惟在德，慚愧薦溪萍。（廬山詩詞）

拜濂溪墓
清　劉景熙

我昔讀公書，太極通神理。我今謁公墓，光霽空仰止。
遺像肅清高，豐碑屹階阯。再拜重申詞，嗟吾道衰矣。
吾道本彌綸，學說或相抵。倘能溯其源，萬輪趨一軌。
無人無古今，亦無歐與美。奈何抉藩籬，不復尋根柢。
掇拾一二言，新奇偏自喜。瞑瞑肆盲行，呶呶紛醜訾。
坐令世泯棼，人心遂僿否。我禱靈不應，默默契斯旨。
小憩林陰源，廬峰雲乍起。（廬山詩詞）

訪周濂溪墓
清　顧光旭

《九江志》載：墓在府城南十三裡清泉社栗樹嶺下，遍訪無複能識，惟道旁一碑近人新立。

江漢源流合，清泉社裡泉。圖書懸太極，邱隴沒寒煙。
吾道可觀水，人心同愛蓮。濂溪去不息，雲影落長川。（廬山詩詞）

謁周濂溪墓

清 魏調元

青山一角繞寒雲，馬鬣猶存宋代墳。
人是先賢垂道範，圖留太極說天文。
滿林風月藏精魄，當路春秋薦芯芬。
瞻拜不勝香瓣熱，蒼蒼松柏對斜曛。（廬山詩詞）

周濂溪先生墓

清 張仁熙

周子生道州，濂溪本家山。坐愛蓮花峰，千載遂不還。
溪殊名未改，日夕能潺湲。或云為總公，築室東林間。
不然南康守，而憂山水慳。當年二程口，再至批玄關。
未識此中意，遂令風月閒。至今墓田下，愴惻絕躋攀。（藕灣詩集）

拜元公周子墓

清 錢 載

一方清泉社，數仞三起山。嗚呼鄭太君，丹徒改葬焉。
維公少而孤，奉母想至艱。改葬在辛亥，維公卒明年。
治命葬母墓，南康喪此還。右袝兩縣君，山小封近巔。
皇華幸道出，趨謁整裳冠。祠田及主祀，題碣皆明賢。
松林肅周視，問答猶裔孫。陽峰面蓮花，四際峰繞環。
行實具文公，孔孟統所原。灑落如光霽，發自文節言。
江州壟萬古，太極說數篇。山港名濂溪，緬初即清泉。（籜石齋集）

過周濂溪先生墓①

清 徐　浩

一代名賢跡，千秋霜露寒。濃花開野甸，細竹隔鳴湍。
碣小殘榆沒，山深古木盤。惟留峰際月，夜夜照松壇。（南州草堂詩）

過周濂溪先生墓

清 唐　英

下馬拜榛蕪，荒碑記宋儒。傳心承孔孟，絕學啟程朱。
品見蓮花說，功垂《太極圖》。萬年尊道統，未與骨同枯。（陶人
心語）

過周濂溪先生墓

清 燕　笙

吳嶂十裡雲如海，虎豹磨牙踞磊磈。
鳥道倏轉洞天啟，潯江一縷碧淪匯。
珍樹延引下雲岡，濂溪古墓珍樹傍。
下馬拜舞心境豁，平原細草東風香。
仰憶前型心花蕾，炎宋講儒誰承頦。
精氣充牣彌八荒，太極不毀先生在。（廬山詩詞）

---

① 底本此處注云："在高良山旁，俗云黃土嶺。"

謁周元公墓遇雨

清 羅運崍

萬壑聲喧挾雨來，老松龍屈接云回。

山池水靜渾無意，為憶蓮花自在開。（廬山詩詞）

雨中謁周元公墓

清 陳三立

高磴煙如掃，荒林雨自吟。千峯初照酒，半碣欲親襟。

蕪滿殘春色，花留後死心。無言證儒墨，天地更何尋？（廬山志）

九江謁周元公祠墓

清 周鐘嶽

廬阜山前德化鄉，摳衣今日拜祠堂。

未除庭草依然綠，可愛池蓮自在香。

千載崛興傳聖學，一官小試著循良。

濂溪溪水淵源在，對此難忘世澤長。（廬山詩詞）

謁周濂溪先生墓二絕有序

清 古 直

廬山三起山下周元公墓，光緒間彭剛直重修者也。戊辰清明前五日，由東林赴潯，與舜白、肖伋紆途訪之，歸得二絕。

喬木參天氣郁蔥，濂溪路上有光風。
千秋絕學開伊洛，今日尋源一拜公。

此老心游太極先，江波浩淼宛神仙。
如何萬本梅花外，能愛濂溪一瓣蓮。（廬山詩詞）

濂溪祠

清 潘 耒

住近蓮花洞，平生獨愛蓮。名溪仍故里，結屋傍新阡①。
樂趣浮雲外，胷襟霽月邊。無人契心易，圖說只空傳。（遂初堂詩集）

謁元公祠

清 董廷恩

曾讀先生說易書，天人一氣徹元初。
光風道範垂千古，太極亭前草不除。（周譜本）

謁濂溪祠

清 黃文理

昔親簡策慕行藏，今覿巍峩姓字揚。
百世師稱尊理学，千年廟祀享循良。
從遊側侍程夫子，謚法崇追宋哲皇。
端拜階前深仰止，風光霽月見羹牆。（乾隆桂陽志）

---

① 底本此處注云：“濂溪，本道州水名，先生葬母廬山，因家山下，即名其水曰濂溪。”

謁濂溪祠

清 徐之凱

嶺上秋香滿桂枝，摳衣拾級拜名祠。
絃歌在昔為人牧，俎豆於今是我師。
時有光風披古樹，依然霽月照清池。
後來聞者能興起，片石殘碑正可思。（嘉慶郴州志）

謁濂溪祠步叔若谷韻

清 徐 潄

山桂年年發舊枝，先生遺像在荒祠。
典章已改三朝物，瞻仰難忘百世師。
古意不容除草徑，芳蹤猶有愛蓮池。
至今風月人如見，何況當時去後思。（乾隆桂陽志）

謁濂溪祠

清 董廷恩

聞說濂溪勝，新來覯道容。月巖洩太極，庭艸契中庸。（康熙永州志）

謁濂溪祠

清 郭立聰

一《太極圖》傳道統，兩程夫子在門牆。
斯人已繼尼山緒，下邑還留召伯棠。
卽對几筵深仰止，無邊風月與相羊。
蓮花猶向池中植，未墜當年一瓣香。（嘉慶郴州志）

謁濂溪祠

清 郭立聰

千聖薪傳一脉通，先生紹統啟群蒙。
蓮紅池畔道心朗，草綠窗前生意融。
潋灧波澄浮霽月，鬱葱樹靄拂光風。
孔顏樂處何從覓，會得真詮太極中。（乾隆桂東志）

謁濂溪祠

清 何維疇

不及程門再見時，惟從俎豆拜新祠。
鳴琴祇報三年政，學道難忘百世師。
芳草無言依綠徑，荷花隨意點清池。
庭前風月光如許，應有伊人吟弄之。（乾隆桂東志）

謁濂溪祠

清 李德亨

光霽襟期今古傳，仰瞻祠宇覺依然。
一簾草色迎春早，滿徑苔痕得雨先。
識破乾坤圖太極，吟餘風月付芳蓮。
半池碧水闌干照，想見先生味道年。（乾隆桂東志）

謁濂溪祠

清 周 鶴

元公遺廟在，乍霽白雲低。太極先天易，光風舊日溪。

千秋承聖學，一啓後人迷。吟弄巖前月，春泥濺馬蹄。（康熙永明志）

謁濂溪祠
清 高佑釲

韶石祥刑著，盧陽政事聞。池蓮遺所愛，庭草不容刪。
文教施荊楚，心傳樂孔顏。虛堂儼如見，長此仰高山。（乾隆桂陽志）

謁濂溪祠
清 董 榕

風月含元氣，溪山感夙遊。嶺連天可接，翠草地長留。
心法開伊洛，神墟合魯鄒。濯纓還采藻，樂意許同求。（盧山詩詞）

謁元公祠
清 錢 兌

洙泗淵源久不流，濂溪千載得眞詮。
陰陽變化昭圖象，性命精微著簡編。
惜草愛蓮皆有意，吟風弄月總無邊。
孔顏樂處惟公解，紹起斯文屬後賢。（光緒道州志）

謁四賢祠
清 楊宗岱

翠屏饒晚對，尋樂意偏閒。草色窗楹外，泉聲石齒間。
大儒多北宋，明月滿東山。窈窱羣峰寂，飛雲自往還。（光緒南安志補）

二賢祠詩
清 曾 榮

濂溪著書承絕學，考亭繼之多著作。
二賢先後守南康，種得甘棠滿城郭。
龔黃事業不足驚，皂蓋朱幡非所榮。
光風霽月被閭巷，燈火家家絃誦聲。
郡中古祠嚴奠謁，萬歲千秋仰前哲。
何人空寫去思碑，風雨莓苔幾殘缺。（同治南康志）

謁濂溪祠
清 范秉秀

天將夫子鐸廬陽，山以高兮水以長。
細草乍經新雨綠，喬松時帶老烟蒼。
磯頭苔點吟風字，池畔蓮支出水香。
欲問孔顏真樂處，千秋仰止在斯堂。（嘉慶郴州志）

濂溪吟弄處
清 范秉秀

千秋吾道在，仙令見於今。縣古琴三弄，官清鶴一吟。
當風迎草綠，帶雨種蓮深。覽勝尋花嶼，磨崖喜共臨。（乾隆桂陽志）

謁周元公祠
清 曾紹侃

古栢亭亭立，遥風送鶴音。浮波驚老眼，清磐滌塵心。

庭草薰殘日，池蓮醉夕陰。先賢不可見，悵望白雲深。（同治贛州志）

謁周元公祠
清 嚴時中

先哲祠堂古，時聞萬籟音。一真無絕續，千載自清陰。
詩蝕荒苔合，山封古木深。高賢重有契，信宿話知音。（同治贛州志）

濂溪山谷祠
清 朱之麟

周黃二先生，建祠江上地。瞻禮步前階，動我憑弔意。
理學首數周，大啟往聖秘。動靜互為根，陰陽涵妙契。
疑獄片言剖，精神過老吏。風月擬襟懷，庭草自交翠。
黃敦孝友行，古人堪追配。直筆效董狐，權奸勿少諱。
斥逐歸九原，凜凜有生氣。佞史與謗書，是非誰能易。
於哉兩遺影，耦坐允無媿。蹤跡不相侔，而為斯文貴。
以此隆明禋，幽光顯奕世。（同治義寧志）

濂溪祠懷古
清 何永清

先生遺愛徧郴陽①，兩桂同稱古義昌②。
地號蓮塘均雨化，亭名君子仰循良。
静觀無極圖難畫，吟到春風句有香。

---

① 底本此處注云："先為州倅，後授知軍。"
② 底本此處注云："移桂陽令時，漚東尚未分邑。"

猶憶初平傳道後①，千秋的脉繫甘棠。（乾隆桂東志）

雨憩周子祠②
清 范　鐘

庭樹掛殘爪，池荷初出泥。四山爭拱客，飛雨急遮祠。
學道吾何適，窺天晚未知。尚聞銘骨淚，戰氣入云悲。（廬山詩詞）

謁濂溪祠堂
清 陳大章

義文日以遠，孔孟生不再。曆漢晉隋唐，述作盍茫昧。
天實生先生，中繫絕續界。圖書心畫存，伊洛淵源大。
絕學誰能窺，萬古斯文在。堂堂紫陽翁，功與日月配。
探籬發其藏，弘朗開道泰。歸然溪上祠，絃誦有遺誡。
山餘泰岱尊，水分洙泗派。憫子抱遺書，夢想聞聲欬。
何知漫浪遊，得展書堂拜。碧沼枯荷敧，荒林秋日曬。
遊詠幾遲留，俯仰增寤嘅。（玉照亭詩）

元公墓下作
清 陳大章

先生生道州，歿葬廬山趾③。荒阡土一抔，泰華高仰止。
我來值新秋，古道斜陽裏。盥手掬寒泉，雪涕沾堦阤。

---

① 底本此處注云：“本傳載郴牧李初平行縣與先生講學宜城。”
② 底本此處註云：“墓為羅忠節兵中所修有碑。”
③ 底本此處注云：“在蓮花峰下。”

厥旁有居人，破屋封荊杞。云是公耳孫，遷自舂陵里①。
問年七世人，聚族百餘指。此邦衣冠家，淪胥固無比。
墓田五十畝，磽确多稂秕。未足供春秋，況欲活凍餒。
亦有奉祠生，漁向資生理。歲時官吏來，踉蹌隨拜跽。
我行聞此言，沈痛入骨髓。惠愛及屋鳥，敬恭逮桑梓。
矧乃先生後，百世門風起。守土者誰歟，采芻先下體。
事異叔敖賢，貧是任昉子。作诗詒後來，庶分吾輩耻。（玉照亭詩）

謁元公祠恭紀

清　周勳常

西湖之水清且漣，西湖之山秀且妍。
元公俎豆光奕禩，六橋風月真無邊。
乍攜瓣香謁祠下，仰瞻堂宇心留連。
穆思遺制剏南渡，元明以來遞推遷。
我朝崇儒遇往古，觀風大吏皆名賢。
申請發帑新者再，歲久無奈淪寒烟②。
子姓相顧各動色，倡議立券首書捐。
請諸當道咸曰美，君恩祖德于斯綿。
梓材丹雘工畢集，俄見金碧光熊然。
春秋灌獻禮惟肅，奔走勷事執豆籩。
理學淵源垂裕遠，豈惟配食同週仙。
自茲詠歌承聖澤，馨香合並湖山延。（西湖公志）

---

① 底本此處注云："明弘治間，檄道州周倫來此奉祀。"
② 底本此處注云："督學董公重脩事，在康熙五十一年。總督李公重建事，在雍正九年。"

謁故里元公祠

清　朱士傑

維嶽生申甫，南離崎壯模。嶷峯翠幛繞，濂水綠蘋濡。
縹緲雲華幻，間關鳥語酥。巖空時貯月，牖敞倦劖蕪。
皎皎淩虛奧，澄清噴雪壺。星文存石壘，象緯拱蓬樞。
閱境超塵俗，漸予淹宦塗。縱觀聞勝域，撫衷企真儒。
令望千秋樹，斯文一柱扶。傳心追孔孟，紹統啟程朱。
默契乾元蘊，昭垂《太極圖》。芳徽颺徽服，名業重洪都。
作哲探金版，鐘靈應玉符。宜民彰聖教，行已飭廉隅。
道國生非偶，昌期德不孤。立誠条化育，主靜壹荣枯。
蓮沼看鴛鷺，松嵐聽鵰鵠。緣知情所適，豈必意皆無。
篆額輝龍袞，纓簪裕鳳雛。樽楹今古煥，俎豆後先娛。
繞砌森蘭桂，登堂簇琬瑜。麟祥稽往躅，燕翼肇新謨。
好爵承天寵，衣香惹御爐。殷勤志仰止，私淑愧吾徒。(周譜本)

謁濂溪祠和前韻

清　范承命

過化稱先哲，鳴琴政自閒。紀綱隨處布，稂莠及時刪。
道真通天地，風惟淑孔顏。千秋遺愛在，長峙汝城山。(同治桂陽志)

謁濂溪夫子敬賦

清　程景伊

光霽千年在，名香一瓣參。薪傳承泗水，圖說授河南。
輇野文明啟，湘江教澤涵。依然階草長，生意綠毿毿。(周譜本)

重訪周子祠有感
清 沈　潛

愛蓮何處不留芳，懷古重尋舊草堂。
風月無邊真抱負，圖書妙用大文章。
師承孔孟心源澈，道啟程朱俎豆光。
況沐聖朝褒賚厚，未容湮沒此湖莊。（西湖公志）

羅巖謁周元公祠
清 李元鼎

講道當年盛此邦，春秋猶自走旌幢。
池蓮爲愛泉遺井，庭草不除月滿窻。
河洛傳心來庾嶺，濂溪書閣重姚江。
千秋識得先生意，栢列巖頭垫水淙。（同治贛州志）

經濂溪廢祠二首
清 宋　至

昔時祠宇化榛荊，寒碧方塘剩舊名①。
一酌村酤來設奠，空山落日拜先生。

草風莎雨總凄涼，斷碣消沈古柏蒼。
借問江州賢太守，可能重葺讀書堂②。（緯簫草堂詩）

---

① 底本此處注云："蓮池稍存。"
② 底本此處注云："祠即先生書堂。"

謁濂溪夫子祠二首
清 楊汝穀

吾道興南服，州名豈偶然。心傳開後學，圖象演先天。
春發書窗草，源尋聖脈泉。衣冠瞻玉佩，風月想無邊。

萬有從無始，誰能識本源。山泉窺動靜，巖月耀乾坤。
五緯天垂象，千秋道自尊。遺編尋繹久，想像竟何言。（周譜本）

濂溪祠紀事三十韻
清 顏鼎受

聖代真儒出，於今五百年。斯文猶未墜，吾道豈無傳。
《太極》心能悟，《通書》手自編。不除牕外草，獨愛沼中蓮。
已任群生望，還行宰物權。冠裳開楚俗，聲教入南天。
下邑祠堂舊，斜岡屋舍連。神靈應有託，尸祝久相沿。
峴首碑初勒，汾陰鼎再還。干戈橫桂嶺，井落變桑田。
迹息秦灰後，名高洛黨前。平臺蒼蘚沒，虛壁紫藤懸。
興起誰當此，憑依尚儼然。使君非俗吏，師表在先賢。
俯仰勞三載，經綸寄一椽。頹垣披亂棘，傍礀引清泉。
束版鳩工作，傾囊出俸錢。斧斤隨曲直，規矩稱方圓。
棟宇欣重剏，丹青覺倍鮮。救時情頗切，復古志彌堅。
履近元公席，琴鳴單父絃。四封消寇褫，十室聚人煙。
地脈宜藏秀，溪毛欲告虔。庭除勤灑掃，禮讓得周旋。
左右陳鐘鼓，春秋執豆邊。光風仍拂座，霽月正臨筵。
政暇堪遊目，民勞幸息肩。禽魚觀化育，山水發詩篇。
敢附聞知者，聊云願學焉。成功如可繼，遺澤永綿綿。（嘉慶郴州志）

濂溪祠紀事詩并引

清 盛民譽

濂溪周子嘗宰桂，有祠在城南，歷著祀典，庚辛燬於兵燹。越十餘年至乙巳，前令黃應庚始建堂三楹，乃堂之右舊有觀音堂，亦經焚燬。寺僧遂遷大士像，供於祠中，名雖復而實失之矣。辛亥春，予捐俸，命僧別搆觀音堂於舊址，而專奉先生木主於中，庶幾於理為當，落成詩以紀之。

昨歲初捧檄，駕言至盧陽。停車詢風土，懷古求善良。
行行出南郭，兀然見高岡。上有周子祠，松柏何青蒼。
累朝著祀典，廟貌誠煇煌。庚辛變秦灰，一朝摧棟樑。
悠悠十餘載，焦土歷滄桑。殘碑畧可識，舊蹟安能忘。
摳衣前再拜，瞻仰徒徬徨。肅肅神如在，耿耿心獨傷。
真儒人不作，正學幾淪亡。周行生荊棘，異說沸蜩螗。
時運有顯晦，砥柱終回狂。我來思恢廓，偪側猶未遑。
薄言捐微祿，努力期共襄。艾鋤去蕪蔓，灑掃及池塘。
遷彼梵釋居，復此舊門墻。追維昔先正，道德化蠻方。
溪毛薦俎豆，椎髻知冠裳。音塵雖渺漠，典則豈遂荒。
吉蠲治蘋藻，載登夫子堂。春風拂庭草，依然霽月光。
學古乃服官，於此得梯航。敢云惜名器，聊以存餼羊。
聞風爭濯磨，流俗反淳麗。詩書發華采，田野無莠稂。
爭訟遠吏庭，孝友安其常。邈哉百世師，雅澤深以長。
高山共仰止，明德惟馨香。好歌勗同志，黽勉思無疆。（同治桂陽志）

夏日羅巖謁濂溪祠

清 管 煦

古洞蒼蒼凉氣侵，登臨遙見古人心。
踏破山巔雲蠆蠆，支來禪塌月升沉。
野鳥不刪枝上語，流泉貽我澗邊陰。
蘋蘩薦罷看庭草，恍有春風來滿襟。（康熙雩都志）

羅巖拜濂溪先生祠

清 邢 珣

善山危磴草侵尋，行入杉松五里陰。
巖壑闃然光霽在，千年獨契勝遊心。（康熙雩都志）

追和羅巖周元公韻

清 李 淶

天外幽奇不厭尋，紫萸黃菊正巖陰。
山僧竊聽匡時話，也識生平報國心。（康熙雩都志）

經周濂溪先生廢祠

清 查慎行

尼山大聖人，重去父母邦。人情非得已，孰肯違故常。
先生少而孤，依舅居丹陽。母歿即葬此，後乃官南康。
官貧久不歸，遷柩於九江。仁心重廬墓，卜築匡山傍。
託名寓濂溪，中豈忘故鄉。同時往還輩，無若蘇與黃。
猶不諒此意，作詩徒誇揚。我來千載後，拜公謁祠堂。

荒疇被秋禾，四野煙茫茫。溢城賢太守，為政持大綱。
度地面三峰，種蓮池中央。煌煌謚告石，舉廢今方將①。
願備灑掃人，幸勿揮門牆。（盧山詩詞）

西湖訪周子祠堂故址
清 沈　潛

傍郭湖隄落照深，濂溪祠宇幾回尋。
堂空綠草和烟暝，池漫紅蕖帶月陰。
理氣發揮天地用，圖書渾化聖賢心。
孔顏樂境開先覺，南渡於茲孰嗣音。（西湖公志）

謁周元公祠追和原韻
清 曾紹裕

孔顏樂處曾經尋，庭草春深滿地陰。
最是曠懷瀟洒境，風來水面月天心。（康熙雩都志）

謁先元公祠遠步題濂溪書堂韻
清 周　璟

出郭喜清曠，步屧循湖陰。低回盖有在，濟滕非余心。
錢灣得仰止，先躅未銷沉。祠前水瀺瀺，庭際草深深。
緬昔寧理世，爵謚禮數森。典祐幸有後，遺構依雲岑。
閱世任興廢，長此風月襟。幽龕一展拜，疑聞書堂琴。

---

① 底本此處注云："時恆齋捐俸重創書院。"

天光發空際，時鳥來好音。中舍圖書理，領悟賴儒林。
雲孫感漂泊，何時足衣衾。淵源探聖籍，遺子抵籯金。
瓣香達微悃，《拙賦》當銘箴。（西湖公志）

道源書院歌寄贈游太守心水

清沈　瀾

六經之書秦火焚，炎漢掇拾徒糾紛。
顛錯支離成灰刼，憑誰一掃妖彗氛。
榮樂下堡真儒出[①]，潛心羲易窮朝曛。
胸襟洒落偶作吏，手版高柱南安軍。
通守一見衿契合，特遣二子相尊聞。
千鈞一髮扶道脉，披馭霧霜騰卿雯。
嗚呼宋代紹儒業，聶尹孫邢蒐獵勤。
大都踘踏在注疏，榛蕪未克加鉏耘。
有如《堯典》訓詁萬，煩費每嘧秦延君。
明復《春秋》配啖趙，頗究經旨窺遺文。
原甫七經最挺出，歐王二蘇谷飜翁。
別有華陽一家學，鈎抉象數探氤緼。
穆修劉牧互建幟，流播圖說滋紛紜。
先生妙契天人奧，真同強楚壓羅郎。
二程解領風月趣，宏網闓奧傳雒閩。
惜哉陸朱角同異，議論橫亘如綿雲。
末師講授失源匯，頓令壇坫畫黨分。
中臺舊址孰攀陟，州守游公追清芬。
黌舍屹立瓣香炷，侁侁胄子來展帬。

---

① 底本此處注云："榮樂鄉，周子所居地名下堡。"

我聞韶州之周江州潘①，首請祠祀薦蘩芹。
考亭作記闡宗法，到今仰止超河汾。
自慚懦頑學殖落，窮年奔走抛典墳。
樂比趨侍勞魂夢，哦詩遠寄鸞臺羣。（同治南安志）

課道源書院率諸生謁四賢祠

清　袁　翼

嶺北開文教，濂溪有講壇。衣冠多士集，松柏四山寒。
藥憶巖前曬，琴誰谷口彈。真儒過化地，私淑啟新安。（光緒南安
志補）

過濂溪先生與州牧李初平講道處②

清　羅萬卷

講道宜城豈偶然，微言指點悉真詮。
精心迥出乾坤外，妙悟遙通太極先。
雨化能囘霜後草③，風光時照水中蓮。
于今漚野留芳韻，片語悠悠千載傳④。（乾隆桂東志）

---

① 本句中"周""潘"二字疑爲衍文。
② 底本此處注云："地在宜城鄉。"
③ 底本此處注云："初平求教時，年已老矣，後竟有得。"
④ 底本此處注云："時與初平講道，曰試與公言之，止此一語。"

羅巖謁周元公先生次壁間韻二首
清　管奏韺

先賢遺跡杳何尋，庭草青青滿地陰。
忽憶當年無極思，天心秋月到君心。

庭前古柏鬱千尋，無復高人憩夕陰。
我欲層巖留信宿，白雲肯住此間心。（康熙雩都志）

蓮花古墓九江祠十五年前瞻仰之[①]
清　周勳懋

轉眼湖滸荒宿莽，傷心社屋薦明粢。
須知正學傳於是，忍使斯文喪在茲。
賴有吾宗老居士，奮身雙手獨撐支。
文章發帑拜皇恩，懇切陳詞告後昆。
譜牒重敦景祐世，槥柴合妥屈原魂。
眼前風月長橋路，水面文章流福源。
何必匡山書可讀，相依不覺道心存。（西湖公志）

周子祠饗殿落成多士促祭詩以誌事
清　沈　潛

往讀《愛蓮說》，每懷濂溪祠。伊昔孫曾輩，南渡臨安時。
慘毒遘金難，辟兵憗化離。結廬西泠曲，輪奐昌鴻基。

---

　　① 底本此處注云："庚辰夏五恭謁先元公祠謹賦二律。乙丑客尋陽得謁墓祠有
詩。"

追祭本自出，特諡崇光儀。封秩累朝錫，典冊千秋垂。
惜處湫隘地，蕩漾湖之湄。風日寖以大，欀桷摧而危。
弔古數往復，橡瓦無罣遺。跌碣斷仆道，落蘚空自滋。
宗子力剔剗，始識名臣碑。栗主委何所，夙嘗夢見之。
有舉詎敢毀，陳情達帝畿。若非天語下，一木將焉支。
沮洳不加築，垣棟終傾敧。度土乃培阜，經營敞堂墀。
登馮頌鞏固，改創觀崔巍。落成首饗殿，寢室崇先壝。
呵護復升次，駿奔邁前規。配食及世系，籩豆存有司。
旅進皴多士，釋菜叨陪隨。祝史奉酒醴，執醻陳雞彝。
明禋示虔肅，敦祼嚴委蛇。方此妥靈爽，於鑠無窮期。
豈知拓故址，早被傍人犁。庀材未蕆事，庋閣經年羈。
但此天賜土，授受焉能私。粵若前丁丑，案牘堪諏咨。
所詎六十載，何難居今稽。賜前猶幸免，賜後誰敢窺。
縱或執書契，鑒同分水犀。安得賢令宰，湔除掾吏欺。
一朝清見底，朗若雲霧披。曠典豈容混，錫履何曾虧。
春秋明大法，道在惡可違。殄祀罰無赦，壞紀恩難推。
地蕩苟復完，禮數方扶持。名山聳蒼翠，活水流清漪。
蒸嘗自常在，睿藻光旌麾。俯仰上下古，衛道功無涯。
絕學頓奮起，天理由重恢。政化獨嚴恕，教澤猶敷施。
君親訓心性，名言昭來茲。太極本無極，實理誠無為。
動靜驗修悖，吉凶惟前知。主靜立人極，執中權時宜。
即此感先覺，非聖其歸誰。純一靜無欲，大公明無疑。
微言至高妙，舉措洵英奇。修禮變今樂，聲淡風自移。
王道本誠意，萬世堪長治。志伊學顏學，民物安恬熙。
德業務實勝，進修勤孳孳。道義尚師友，精蘊探庖羲。
至哉圖書意，無一非先幾。山水樂佳趣，風月超天資。
得意在庭草，潔志觀蓮池。學者希賢聖，討論當鑑斯。
況昔校經義，場屋同摛辭。四子與性理，先後無二歧。
聞風激頑懦，樂道興謳思。廟貌永不改，亘古輝靈旂。

何當卓華表，長此謌皇鑾。（西湖公志）

道源書院示諸生兼別山長歐陽畏存

清金　牲

道存濂洛通淵源，厥初請業從南安。
千秋講習真第一，勝地更喜登東山。
後來衍沠備五子，當日開先推四賢。
主賓師友德星聚，父子兄弟天倫全。
茫然墜緒此焉續，聖域未達超賢關。
會聞五緯有餘氣，蚤識四科非一班。
有宋人才應奎璧，南北蔚起相後先。
文章經濟與風節，有醕可取疵可捐。
高明不必盡講學，自於道學探其根。
黨同伐異了無謂，此習明代仍流傳。
良知絕學本心悟，德性獨尊非異端。
鵞湖鹿洞未水乳，不聞掊擊同魔禪。
一時蠭起競詆斥，并向功業尋瑕瘢。
至今定論自有在，笑他多口徒紛然。
學術分途性所近，偶然意見能無偏。
惟賜於回早推服，若游與夏嘗譏訕。
偕之大道兩俱得，並列十哲無慙顏。
君子不爭亦不黨，洛蜀何乃騰波瀾。
先賢儻復挾成見，紅爐點雪甯空言。
吟風弄月聚茲土，神交想像餘清歡。
精廬本為周程闢，正寢嚴奉如中權。
別開高閣俯人外，五寓公居離合間。
前楹顓面祀新建，有明一代誰差肩。

我來登降各瞻禮，歡息位置神胥安。
教思功德稱俎豆，風流文采輝山川。
邦人於此致崇報，便合興起謀追攀。
諸賢並是秀才做，豪傑乃出凡民前。
矧今文治煥雲漢，鳴鳳止集桐生蕃。
朝陽爽塏此其是，養成苞采期翀天。
先儒固不重科舉，干祿頗復傳詩篇。
青雲從此致身始，何必藏器抱璞完。
斯言抑豈以利誘，得意行道惟所便。
典型未遠杖屢接，毛羽不豐霄壤懸。
古人亦自望來者，嗟爾多士其勉旃。
此中佳處善點綴，樓臺虧蔽依林巒。
老我殊艱濟勝具，適興更為地主煩。
重城……① （同治南安志）

濂溪書院

清 王朝瑞

從師猶宦學，風月喜公同。竅草含生意，池蓮妙化工。
孔顏尋樂處，心性畫圖中。長幸宮牆近，薪傳在洛東。（同治義寧志）

濂山書院

清 冷玉光

兩賢講學斗山尊，俎豆同堂道脈存。
北宋儒宗獨開闢，西江詩派共淵源。
蓮華定不染泥滓，梅實終然留本根。

---

① 底本此處注云："底本以下缺。"

唯有涪翁識光霽，千秋臭味此中論。（同治義寧志）

濂溪書院
清 張耀曾

精舍名藍擁薜蘿，修江千載尚絃歌。
胸中太極涵光霽，池上秋風老芰荷。
泗水一燈輝赤縣，雙祠百代倚崇阿。
每慚未辦分寧獄，展拜庭前汗頰多。（乾隆寧州志）

濂溪書院
清 朱 圻

歷聖真傳已久誣，千年絕學賴公扶。
蓮花出水塵心靜，草色盈窗生意殊。
獨識鼻香龍聽講，精索象數馬呈圖。
仰瞻書院新成日，至道重光永不孤。（乾隆合州志）

濂溪書院
清 趙 康

楓葉垂丹菊燦英，合宗書院復新成。
光風地接千年勝，霽月庭懸萬古明。
澤溥濮陽榮草木，學傳太極啟諸生。
從茲械樸流芳永，濟濟英賢輔太平。（乾隆合州志）

謁濂溪書院

清 鄭澹成

世有斯人歟？久無斯人矣。生前自有見，講貫濂溪里。
安石曾相遇，退思亡寢起。懷刺三及門，不見蓋有以。
我今來謁公，恍若得所指。望庭草不除，見獵心無喜。
思公公儼在，霽月光風裏。（詩源初集）

謁濂溪書院

清 李日煜

昔聞營道古賢堂，拜謁濂溪翰墨香。
一隙光明窺至理，二程吟弄意尤長。
年當半百應名世，學起三湘註素王。
創劍派人何所羨，此心景仰在綱常。（康熙永州志）

謁道源書院

清 金德瑛

孟後千餘載，周子紹微言。生知無師授，獨臻間奧全。
得二程子徒，日月回中天。南安雖僻郡，司戶棲龍鸞。
大賢過化處，飲水應尋源。胡為過嶺士，競慕南華禪。
脩途闢易塞，野火撲更然。英哲尚迷方，狂走如風顛。
太守篤經術，仁讓變鷹鸇。一綫扶正學，辛勤歷十年。
郡東峙佳嶺，秀邑羅雲煙。翦除伽藍宇，改作禮儀門。
堂中四栗主，俎豆昭吉蠲。民懷功德在，配以王伯安。
典型良不遠，百世興儒頑。十室有忠信，入里必式焉。

甯謂四邑陋，不足與陶甄。招倈青衿子，黌舍數十間。
擇師具餼廩，琢磨成璵璠。我來一登拜，俯仰發清研。
霽月風光境，宛然落目前。君政異俗吏，必以德教先。
邦人如鄒魯，君名當不刊。（光緒南安志補）

甄別濂溪書院四首

清　蔣攸銛

楊柳風和晝漏遲，蠶聲食葉鬭新絲。
即今春雨論文日，憶昔秋燈校士時。
白雪歌成甯和寡，黃金光在任沙披。
諸生各抱扶輪志，欲問長途老馬知。

承蜩有技審毫釐，汲古還云舍業嬉。
目不瞬時方命射，肱當折後始知醫。
窮經別具千秋鑒，下語全憑一字師。
直待木鷄功養後，信看氣盛短長宜。

文章陰隲本相資，無玷之圭語不支。
蓬以麻扶全性直，山因簣積戒途歧。
觀瀾自得逢源候，力穡應忘越畔思。
倘有玉巖翁在否，干旄我欲訪茅茨。

頻年藥榜刮金錍，淬厲名場脫穎錐。
惟願席珍完我璞，況逢梓匠與人規。
芝蘭同室光風靄，桃李無言化雨滋。
計日章江叢桂發，還期努力上林枝。（同治贛州志）

新置愛蓮書院留示諸生詩并引

清 李本仁

元公通判舊署，近爲寧都公廨，贛邑人士呈請購作書院，余既嘆先賢遺澤之厚，而又嘉多士嚮往之誠，因輸白金四百兩，贖諸州守顏以愛蓮書院，復捐錢五百緡以爲倡時。束裝待發，僅植始基，尚望後之踵成其事焉。

數椽老屋祀先賢，千載猶能趙璧全。
敢謂秋風留廣厦，好尋霽月在中天。
江干楊柳將離曲，池上蓮花未了緣。
別後弦歌勞夢想，清芬世界化蠻煙。（同治贛州志）

月巖有小引

清 石國綸

月巖，春陵八景之一也。周子《太極圖》或者謂于斯巖得之，且以《河圖》《洛書》爲比，昔賢已有辯之者矣，乃作是詩。

巖以月名眞奇絕，天光透入巖之缺。
當頭仰見月一輪，上下兩弦隨層折。
月本在天不在巖，以天爲月巖迥別。
千壑奔赴響流泉，重門高爽積晴雪。
飛鳥天邊幾迴翔，洞裏行人爭皎潔。
谷口時有好風來，山腰無數嵐煙結。
人言周子《太極圖》，曾于此中悟眞訣。
假令斯巖不效靈，當年豈遂無圖說。

先生理學貫三才，區區豈藉一坵垤。

風景殊尤信有之，等閒應咋遊人舌。

若將河洛強安排，先生聞之恐不屑。（吳大鎔本）

游月巖

清 賀　位

山靈久約不須媒，邊塞風清笑口開。

對月多情時入夢，看巖有伴我應來。

乾坤已洩斯文秘，詩酒何妨竟日培。

況是隴頭春意急，使車又作勸農囘。（光緒道州志）

遊月巖

清 陳毓新

月洞真靈異，濂溪古積餘。先天留太極，空谷載蟾蜍。

皓魄明還晦，清光盈復虛。時來糸性學，喜近聖人居。（康熙永明志）

遊月巖

清 金雲沛

萬仞峯前岸幅巾，谽空心地了無塵。

流觀雲物乾坤參，領畧風光草木春。

上下分弦窺造化，正中平滿是天真。

從今悟得盈虛理，不向他山枉問津。（康熙永明志）

遊月巖
清 蔣 琛

望古興懷豈憚遙，披襟巖底正風飄。
弦分上下洪瀠判，圈蘊陰陽太極昭。
幾憶霽光披昔日，偏宜吟弄快今朝。
箇中消息堪留戀，拖屐重來不用邀。（康熙永明志）

遊月巖
清 桑日昇

老矣遊山尚可登，半程秋色到舂陵。
薄煙遠沒前村樹，積露寒生隔岸燈。
閒記山川入短夢，好將泉石代良朋。
千巖秋雨颯然至，流入溪聲第幾層。（光緒道州志）

遊月巖
清 吳大鎔

靈洞虛千古，南樓興不殊。巖垂明月象，人指《太極圖》。
灝氣浮眉宇，清光暎壁隅。我來時一醉，靜裏會真儒。（吳大鎔本）

同遊月巖

清 周德俊

詩酒同盟已有年，偶來尋勝意悠然。
歷階次第盈虧判，坐石徘徊晝夜圓。
乳水滴空疑刻漏，竅風颼過叶巖泉。
相看更覺瑩光潔，了悟生生企昔賢。（康熙永明志）

遊太極亭

清 李慎修

雪裡來登太極亭，陰陽森列本無形。
先天妙理誰能識，萬古濂溪草自青。（周誥本）

舂陵四章

清 吳大鎔

尋濂溪故里（第一章）
問政入舂陵，驅車訪故里。龍山豸嶺間，霽月風光起。

禮元公祠（第二章）
拜薦濂溪水，先生鑒我心。幾年塵夢客，思念到于今。

讀《太極圖說》（第三章）
昔聞周子名，今誦元公書。高遠何由致，心惟此靜虛。

濂溪書院久廢，御額猶存，而亭亦毀矣（第四章）
書院杳無蹟，空留御賜碑。絲綸文字古，風雨豈能欺。（吳大鎔本）

謁月巖有述

清 李 徽

衡陽風景入瀟湘，派接濂溪是故鄉。
戶外羣峯都具體，巖中一竅自含光。
東西偃仰知開闔，上下廻環悟顯藏。
道妙無窮陳法象，分明月窟在南方。（周諳本）

月巖有序

清 王遵度

　　月巖，濂溪先生學道處也。山四面起，上接天光，團圓肖月，體由東而上，歷一磴，窺月一灣。所歷更多，所窺漸滿，西下月覷漸掩視所下之磴，天實生此靈境，以啟斯人矣。

陰魄有定象，氣數生虧盈。不欲少躐進，層累臻虛明。
先生早見道，觸類寓深情。造極頃刻間，假途示經營。
危磴每閱歷，天必報精英。踐履如未竟，全體難窺偵。
既登圓通境，萬象自燦呈。反求仍靜壹，不見所變更。（吳大鎔本）

聖脉泉

清 王遵度

溪響來天際，幽尋忽遇源。翕應通海窟，闢不礙山根。
獨徍涵羣象，千岐仰一門。若非窺靜密，空爾向潺湲。（吳大鎔本）

濂溪港

清　吳嵩梁

先生愛蓮花，官亦前博士。光風霽月間，萬物皆春氣。
請酌濂溪泉，中有蓮花味。（香蘇山館詩）

聖脈泉

清　許日讓

山根活水靜成淵，不作人間第二泉。
一自派分伊洛去，千秋遺澤任流連。
聖聖心傳不在跡，此泉如何名聖脈。
應知洙泗本同源，萬古常流君子澤。（光緒道州志）

華　巖

清　劉敦復

華巖妙境本天然，遠與月岩名並傳。
月巖幸有元公出，直從太極悟真詮。
憑誰指點華巖妙，鬼斧鑿開混沌竅。
兩門對待一水流，動靜陰陽以象告。
攤書人在養元樓，八景都從座內收。
識得箇中真意趣，恍疑身到月巖遊。（嘉慶道州志）

華巖八景詩并引

清　黃如毂

華巖菴古剎也，其東有樓，登高而望遠者，即予讀書處也，名曰養元樓，以元氣之所聚也。樓之后嵸巄高聳，爲兩巖之祖者，極山也。以兩儀所自生，又取其峻極也，由極山而下，分之其窔乎！東而奧如者，華陰巖也；窮乎西而曠如者，華陽巖也，陰陽之名，從其舊也。華陽之水出焉，東流而注於華陰者，化生泉也。觀乎此泉可以知化機，可以知生理也。近東有橋跨於泉上者，觀象橋也。象者，何儀所生也？觀之者誰自謂也？兩巖之間平展如罫者，儲精田也。水之流也，至此而聚，又爲五穀之精華也，以華名巖，故以精名田也。田之外有橫岡焉，土厚而肥，枕東而抱西者，胚岡也。二氣既合，必著胚胎也，憑岡而立，娟媚秀好，望之如戴丫髻，如卓文筆者，雙秀峯也。雙秀者，何男女也，胎孕而毓，是生男女，故左微高而右微低也。其立而內向者，如子之瞻依父母也。景凡八者，象八卦也，憑睡之餘，發爲八詠，亦八乂手而成，覽之者得考其形勝，兼有以亮吾志也。

養元樓

危樓開綺窗，俯視諸峯列。中有養元人，讀書忘歲月。

極山

極山高不極，一氣鬪鴻濛。山名亦何奇，請問無極翁。

華陰巖

造化開窔窆，窅然幽且深。空空本無物，萬象此中森。

華陽巖

乾體本圓明，此象恍如遇。清泉下甏沸，一陽初動處。

化生泉

一水響谷口，東流不暫停。欲識化生意，憑君洗耳聽。

觀象橋

玉蝀鑠新流，疑是陰陽界。我從橋上觀，此象復何在。

儲精田

平疇肥耀稬，百產獻其精。且問力田子，良苗何自生。

胚岡

兩竅相吐納，一岡獨內抱。山腹何彭亨，誰解絪縕妙。

雙秀峯

雙峯何姣好，左右粲成行。啟窗時一笑，挹秀入詩章。

　　景凡八而詠有九者，以養元樓爲八景所自出，故不列其內也，且八景者先天所爲，而樓者後天所爲也，多一詠者，取歸扻以象閏也。詩雖不佳而景則取勝，倘名公雅人，各賜題詠，則斯巖之傳，當與月巖埒美也。（嘉慶道州志）

登濂溪閣
清　宋應桂

此地何年闢，濂溪舊有祠。光風吹谷草，霽月照庭墀。
禮重千秋祀，道隆百世師。徘徊階下立，歸步欲遲遲。（康熙雩都志）

登羅巖濂溪閣
清　羅汝芳

山谷雙黃鳥，嚶嚶來好音。名巖方獨往，多士偶同心。
陟嶠寧辭險，尋源莫厭深。元公開絕學，遺像儼峯陰。（康熙雩都志）

愛蓮池
清 郭佑達

亭亭净植遠泥沙，搖曳薰風君子花。
妙旨會心原不遠，一襟瀟洒賞芳華。（乾隆桂東志）

愛蓮池
清 葉觀國

舊讀《愛蓮說》，今見愛蓮池。棟宇雖零落，風流尚在茲。
芳鄰誰許接，栗里有東籬。（綠筠詩抄）

愛蓮池
清 何永清

纖月織疎林，薰風披素襟。感念臨池客，芳踪何處尋。
伊人抱仙種，精氣蘊洪濛。亭亭絕蔓枝，孤根濬靈孔。
城東水一灣，雲影聚其間。遠香溢淤泥，玉色頹晚顏。
容顏本淖約，天然去雕鑿。芳草是知心，遊魚解同樂。
我來懷古人，清標刪俗慮。好風自南來，月到天心處。（乾隆桂東志）

愛蓮池
清 黃體德

紅翻綠水濯新容，秀質天然渺跡踪。
箭酌晚霞曛色醉，葉凝朝旭曉粧慵。
風光點透輕香細，日霽分披翠葢濃。
空竅藕牽絲斷續，東池布錦麗溶溶。（嘉慶郴州志）

愛蓮池歌

清 凌　魚

柴桑愛菊廣平楳，吳剛伐桂都奇哉。
魏姚何事紛黃紫，教人爭看牡丹來。
遠香溢出淤泥裏，仙姿掩映清漣水。
亭亭灼灼自名蓮，賞心獨有濂溪子。
泉疏石鑿盧之陽，臨池聞襲芙蓉裳。
影隨細草上階綠，胸涵明鏡凌波涼。
風宵微聞白露下，月夕仰見銀河瀉。
一莖縱有四花開，淨植豈容枝蔓假。
秖今勝蹟空雲烟，餘韻猶亩池與蓮。
池兮蓮兮何處乏，先生去矣徒嫣然。（乾隆桂陽志）

玉池蓮碧

清 余光璧

相傳碧蓮瑞，未見玉池開。遺愛自濂溪，于今移種來。（同治南安志）

玉池蓮碧

清 蔣士銓

水花低繞坐譚經，茜色疑分半沼萍。
豈有紅妝擎翠葢，卻攜冰盌醉芳馨。
根來淨域香宜遠，人繼濂溪眼自青。
漫卷天機雲錦段，秋容鏡裏正亭亭。

（光緒南安志補）

古愛蓮處①

清　繆象衡

曦輪駛駛世推遷，悵讀遺編見昔賢。

百代啟蒙圖太極，一時托物愛池蓮。

中通已絕纖塵蔽，外值無營尺寸牽。

霽月溶溶菡萏夜，光風冉冉蔚藍天。

不教褻慢香能遠，却謝鉛華淡自妍。

枳棘暫棲胸坦坦，爰書曾決腹便便。

雖為會計乘田吏，自具乾坤父母篇。

微祿幸聯芳轍後，滿池青草憶當年。（乾隆寧州志）

感興（其一）

清　耿　介

大道蕪沒久，千載得濂溪。默契性天妙，為圖以發之。

兩程親領署，開此洛學基。茂草窗前際，春風與點時。

關中有張子，奮勇撤皋比。真切訂頑訓，使我識廣居。（敬恕堂文集）

愛蓮池夏涼

清　曹龍樹

浸說西湖十里香，前賢手澤此流芳。

光風霽月人千古，碧葉紅花水一方。

已喜名山多爽氣，從知君子有清鄉。

友松亭上瑤琴靜，入曲南熏解皋長。（廬山詩詞）

---

①　底本此處注云："池在州判署中，即濂溪先生愛蓮處。"

愛蓮池六言詩
清　胡源泓

池水清且漣漪，蓮出綠波滿池。
潔人應契潔物，清德合喜清姿。
初日曈曨照耀，晚風噓拂離披。
根入淤泥不染，葉却飛塵岡緇。
湛露涵兮澄澈，皎月映兮參差。
信移情之美景，悟大化兮在茲。
夜靜納涼最好，清香撲鼻可思。
生意融和若此，襟期灑落如斯。
若問吟風弄月，浴沂千載同師。(乾隆桂東志)

郡中愛蓮池夜步
清　胡雪抱

石橋涼露繞流螢，一片荒池綠草腥。
靜倚回廊憶君子，古時花現古人靈。(廬山詩詞)

南康城
清　魏元曠

阻風南康城，泊舟紫陽閘。石堤齧蠡水，城根護傾塌。
匯澤九江股，匡山半天插。星墩湧珠顆，日色射雙塔。
濂溪與新安，百代資典法。先後蒞此邦，善政流風洽。
前賢所舊治，瞻望感生輒。經亂城半荒，復業地猶難。
土焦煨跡厚，石圻台基壓。市珍但貨硯，戶少僅編甲。
歉庶既無由，加教定何曷。府署新締造，制度廣不狹。

隱見循良情，楹語勵仁察。左偏茂叔池，壁鑴《愛蓮說》。
孤亭峙中央，衰草週四匝。水涸石樑偃，曲亞紅闌軋。
隅倚南軒碑，祠記宛可拓。昌言世俗弊，刺骨逾剔刮。
我思語太守，典祀毋使乏。池北屋三楹，潔塈妥神洽。
濂溪正中向，張朱兩室夾。漣漪灌池滿，芙蕖挺清拔。
暇從郡多士，遊詠主賓狎。結好慕前修，庶聽弦歌戞。
匆然掛帆去，此意未能達。（盧山詩詞）

道州卽事
清 薛 綱

手持黃絹日邊來，留戀江山不忍回。
瀟水有源從地出，蓮花無主爲誰開。
陽城遺愛淪肌髓，茂叔光風被草萊。
景仰先賢心更切，羞將文字作生涯。（光緒道州志）

元山懷古
清 黃 彝

千山萬壑赴樓田，生長元公古大賢。
一自先生歸化後，獨畱靈跡寄巖前。
兩儀動靜雖無異，千載圖書別有傳。
堪笑人人說太極，從茲解悟豈其然。（光緒道州志）

月巖仙蹤
清 張元惠

讀書亭外嶺千重，上下弦分月滿容。
矮屋數椽聲寂寂，問仙何處尚留蹤。（嘉慶道州志）

蓮池霽月

清　張元惠

馥滿瑤池月滿林，愛蓮亭畔碧波深。

小橋流水香飄處，搖漾三更玉漏沉。（嘉慶道州志）

濂溪光風

清　張元惠

濂水盈溪月色明，先生幽雅性天生。

和風拂拂千竿竹，無限晴光繫我情。（嘉慶道州志）

窊樽古酌

清　張元惠

為誰生就古窊樽，千載留傳勝蹟存。

最好斜陽風淨後，一灣明月醉黃昏。（嘉慶道州志）

元峯鍾英

清　張元惠

狀元山下狀元樓，疊嶂層巒古蹟留。

太極峯高文運秀，英鍾奇石綠英稠。（嘉慶道州志）

潯陽懷古（其一）
清 魏調元

峰是蓮花錦作堆，濂溪曾傍築亭台。
近來故址都湮沒，只識衣冠土一抔。（廬山詩詞）

吟風弄月臺①
清 黃 棻

高頂一臺平，登臨雙目清。似招明月座，欲御曉風行。
久令申公去，難教轅固生。瓣香遙憶處，長天空復情。（同治南安志）

過濂溪故居
清 廖桂賢

蓮植休嗟命不辰，幸逢物色出風塵。
孟嘗君許同生日，鐘進士宜作比鄰。
虎穴未探威假繭，龍門幸托采同薪。
先聲許奪蓮君子，草草生涯共化身。（廬山詩詞）

遊濂溪故里
清 錢邦芑

悟得羲皇一畫先，可知文字失真傳。
于今親見濂溪水，焚卻當年注《易》篇。（康熙永州志）

---

① 底本此處注云："臺在郡署東園，太守楊豫成修。"

廬山詩二首
清　方　文

　　香爐峰東北二十裡，有濂溪祠，本濂溪書堂，周公知南康軍日嘗過潯陽，愛蓮花峰山水之勝，遂築書堂其下，而取故里濂溪之名名之，期以他日不仕歸老於此，其後果定居焉。先是其母鄭太君葬丹徒縣，為水所齧，徙葬江州栗樹嶺，先生沒，亦葬其側。今書堂與墓皆在數裡之內，邵公寶疏請立祠著令典，又於道州取先生裔孫謀來守祠墓，過祠三裡，即湓城矣。

濂溪祠

　　春陵與湓城，迢遙隔江湖。只因愛廬嶽，遂家此山隅。
　　高風被二郡，百代永不渝。我來山南遊，雅欲求一區。
　　不知異代後，亦有書堂無。

　　有水抱紫霄峰而下者，曰鸞溪。元豐間，真淨文老住歸宗。是時，濂溪先生亦解官居廬山，黃山谷以書勸先生與之遊，故先生數至歸宗，與文老談甚洽。因結青松社，以擬白蓮名。其寺左之水曰鸞溪，以擬虎溪。

鸞　溪

　　元公倡道學，實為諸儒先。初不近二氏，恐其淆聖賢。
　　及與文老遊，始悔從前偏。風流慕陶遠，結社齊白蓮。
　　至今鸞溪水，日夜猶潺湲。（廬山詩詞）

濂溪書院吟風閣贊
清 田山玉

大塊噫氣，披拂萬菓。悠悠古人，以仁以惠。
咏歌嘯傲，眞堪玄對。一座如春，飲醇而醉。
彼頑懦者，聞之生愧。（康熙零陵志）

濂溪書院弄月軒贊
清 田山玉

道在人心，如環無端。無可不可，弄此兩丸。
千江共映，萬泒仝川。盈虛何有？探窟尋源。
沂水春風，在此指間。（康熙零陵志）

希濂堂畱題二首
清 黃宅中

昔者潘邵州，希濂名其堂。美哉誠齋記，千古為治方。
斯堂不復有，其名焉可忘。郡廨之東北，先生祠廟旁。
廢地三間畆，鞠為茂草場。經營復舊蹟，輪煥頗輝煌。
是時夏六月，蓮沼吐芬芳。我願君子花，遺愛如甘棠。

四野新穀登，一肩重負釋。喜近先賢居，聊為舊尹宅。
堆案無薄書，列架有經籍。舊業課兒曹，頗足樂晨夕。
曉立君子亭，菡萏濯波碧。挹彼荷露香，研朱點《周易》。
涼夜雨初過，霽月照軒席。靜參《太極圖》，郎然室生白。（鄧顯鶴本）

端午日謁濂溪先生祠①

清　黃宅中

香草憶美人，蓮花緬君子。一般懷古情，百世聞風起。
我行涉沅湘，濯纓邵之水。猗歟無極翁，釋菜有專祀。
亭亭一池花，絕勝蘭與芷。先生顏孟徒，才豈屈賈比。
圖書啓祕笈，金聲揚闕里。濂溪衍閩洛，希聖躡同軌。
聲教暨是邦，高山切仰止。攬揆及茲辰，蒲陽薦筳几。
懇懇一瓣香，勸我郡人士。少讀《離騷》經，多究《通書》
理。（鄧顯鶴本）

秋日遊濂溪祠吟弄處

清　袁宗伾

古篆何年掛石嵷，登臨彌望思無窮。
今人不見當時月，百代猶聞夫子風。
兩岸青松長灑落，一泓秋水自昭融。
孔顏真樂無尋處，想在吟風弄月中。（乾隆桂陽志）

謁周程子祠

清　桑調元

道脉元公啟，親承得二程。水風吟處細，山雪立餘清。
繞砌新苔綠，當簷一鳥鳴。盧陰與洛下，到處繫深情。（恒山集）

---

① 底本此處注云："自注，按《年譜》，先生宋真宗元禧元年五月五日生。"此處
"元禧"應爲"天禧"之誤。

濂溪先生祠

清 桑調元

湖上風月多，吟弄趁遺搆。入門黯荒凉，斷瓴委階甃。
苔龕栗主欹，下上饞鼠鬭。有司墜不舉，破窗秋草茂。
琳宇鬱相望，千柱厭羣岫。低徊舊宮閟，自應壞積霤。
圖藏夜壑舟，力難負之走。天邊太極巖，虛光四通透。
前池霜倒蓮，餘香沉綠皺。依微吾與意，歸路猶可覯。（弢甫詩集）

抵濂溪書院

清 桑調元

書堂溪響繞簾櫳，元嶽歸來憩薄躬。
明月當頭千岫冷，故人暖眼一宵同。
囊中新草流遊記，架上陳編探《易通》。
詎便笻枝閑掛壁，他山尊處興無窮。（廬山詩詞）

入書院呈定岩

清 桑調元

溢水千盤寫素襟，臨風重撫伯牙琴。
九江試攬春前景，五岳還論物外心。
豈謂崞居涵遠志，恣教客坐放清吟。
參他鹿洞鵝湖跡，新闢書堂振士林。（弢甫續集）

留別定岩叠韓韵二首
清 桑調元

九江夜夜明少微，白雲遠帶丹楓飛。
我有怡悦不須贈，知君道寔能自肥。
蓮峰兩日挿笻杖，醉吟情味時所稀。
新詩鮮脆似萍實，咀含信足忘輒飢。

今年恰逢四十五①，濂溪乍闢書堂扉。
架岩鑿谷位置妙，攬結夕靄兼朝霏。
千秋追還吾與意，空亭卓立青嵐圍。
陪遊緬想古光霽，飄飄把我風中衣。
蒲帆遄掛溢浦月，捷若快馬瓏璁韉。
雲鶴無心任來往，矯翼八表翩翩歸。（衡山集）

重留別定岩叠韵
清 桑調元

遺經欲闡微言微，潯陽暫止孤帆飛。
千鎚響動蒼厓麓，岩泉清泚山士肥。
浮嵐面勢神指畫，書堂舊觀形依稀。
省憶雲岑對隱几，濂溪洋洋曾樂飢。
峩祠列舍矗雲際，四亭面面開風扉。
匡廬溢浦大闔闢，吐納山翠昇江霏。
連峯左右氣完固，宛似太極圓圖圍。
欻我老住元公宅，夢流光霽芙蓉衣。

---

① 底本此處注云："元公四十五歲卜築廬山。"

餘山精靈陟丹構，星為旌旆虹為旗。
海東嗷鴻恍惻耳，來春重至今遄歸。（衡山集）

奉和定岩豐臺詩韻（其一）
清 桑調元

濂水澄泓漾碧天，經春蓮葉布田田。
一枝塔卓書堂外，午影敧橫硯席邊。（發甫續集）

九月十三夕懷定巖
清 桑調元

寓形在宇內，吾生良有涯。去留心已委，緒豈紛如麻。
白鷗汎江水，不專一片沙。人情苦覺好，青眼相交加。
浮屠去桑下，三宿生咨嗟。況我全懷子，篤愛不我瑕。
闞茲佳山水，下上羅秋花。靈岑築縹緲，石洞開谽谺。
卜居從之老，濂溪以為家。嶽遊果夙願，策杖登江艖。
今夕兩匝月，道里迹已賒。却憶庾樓上，影掛星河斜。
夢魂把玉醆，吟唱聲同譁。明明江州月，照我携鞭撾。
知君遠見憶，辛苦驅巾車。（恒山集）

入濂溪書院酬定岩韻
清 桑調元

煙水卬須此一時，餘山流澤有前期。
露滋林竹無窮翠，風度溪蓮莫道遲。
相顧析薪期子荷，却教拔劍撥吾衰。
諸生四面雲岑繞，樂向書堂聚故基。（發甫續集）

歸自恒山題濂溪一絕

清 桑調元

玄嶽吾家著水經，此行何止動山靈。
秋窗憶感元公夢，歸到濂溪草更青。（恆山集）

陪定岩濂溪書院視工四首

清 桑調元

出郭已清曠，兩湖明鏡澄。浦舟浮葉葉，岡竹挿層層。
草徑修蛇蜿，筍輿脫兔騰。書堂新卜築，陪歷記吾曾。

迤度垂虹去，村家結草篷。樹明亭午日，衣漾小春風。
青黛看山近，丹黃取徑通。未嫌棄岩谷淺，步步入雲中。

舊俗含淳朴，熙熙樂事饒。牛驅西澗牧，薪墮北山樵。
斷翠捎千縷，深清汲一瓢。最憐溪路好，幽曲不知遙。

乍見層霄矗，蓮華一朵青。中間闢幽徑，四面起高亭。
舊挂濂溪月，新成翠草庭。龍潭偕眺詠，勝地眼初經。（衡山集）

濂溪書院瀑布歌和定嵒韻

清 桑調元

　　盧陰舊是元公之所宮，雲峰四涌環當中。一泒飛流蕩寒碧，濂
溪之水春融融。清飆欻吸吹激萬萬古，助以懸流不斷號松風。七百
年來元氣復，亭臺參錯攢層穹。瀑布一條引自遠山背，白日飛下滄
海蜿蜿龍。鑿翠信鬼斧，捲白驚神工。今辰值卓午，萬象開晦蒙。

噴薄乃是連旬雨，乾坤披豁清明衷。卻疑瓊漿遠自帝臺瀉，玉色傾
倒天瓢濃。我曾遊歷山岳聞潺湲，砑崖轉石攪圓筭。天台石梁響蹴
海山動，龍湫雁宕色映江月空。銀河乍崩玉峽擘，眼明泰華兼衡嵩。
萬古轟雷千尺雪，奇觀磅礡各不同。琴心三疊不可以盡寫，成連伯
牙空復絃孤桐。況茲泉流道國澤，伊洛關閩資淬礱。廣川後裔古脈
原相通，滔滔來者無終窮。（弢甫續集）

奉和董定岩①相度濂溪書院韵二首
清 桑調元

杖入雲岩裏，蓮華照眼明。圓峯當戶合，活水繞田清。
卓午光風轉，深秋翠草生。陽坡新面勢，千杵動雷鳴。

卜築濂溪復舊模，亭臺高下占名區。
書堂雲氣晴飛棟，講席風聲早濫竽②。
繁露玉杯傳世學，餘山銀榜績卬須③。
清懸太極岩頭月，照向廬陰掃綠蕪。（衡山集）

酬定岩得大府留予主濂溪書院垂示之作疊韻
清 桑調元

宋道學傳惟元公，手揭魯日懸天中。
嗣洛關閩掃穹碧，開先發矇超羣雄。
道州山川應圖像，嗚呼混闢其無窮。

---

① 底本此處注云："榕"。董榕（1711—1760），字念青，號恒岩、定岩、漁庵、
謙山、漁山。
② 底本此處注云："定岩留予為山長。"
③ 底本此處注云："餘山先生齋名須，友今將構祠堂于此。"

膠西耳孫舊莫逆，高步綽有前賢風。

盧陰相宅志復古，昌明絕學標《易通》。

虹衢登丁動畚鍤，鑿岩駕棟凌高空。

書堂中高亭四拱，工匠雲構天和融。

香爐面陽暉天漢，陰湫潭洞龍為宮。

噴飛瀑珠濂溪白，絢爛霞綺蓮華紅。

崇卑位置合造化，皇天默牖君侯衷。

杖歸衡岳雲滿袂，請敷重席安微躬。

慚呼餘山門弟子，大府折簡謀僉同。

乾坤此舉萬萬古，須友祠桷偕初終①。

經營斷手百事集，般倕妙借神靈功。

我捫峰月望光氣，太極岩上霄朧朧。

綠池清香待靜植，且教往復錢唐東。（衡山集）

謁元公祠有懷往事②
清 桑日昇

身帶烟霞老一生，宦情流水與行雲。

但令到處冤無獄，不管于時好有名。

客舍何妨題舊里，他鄉亦可樹孤塋。

天寬地闊家誰是，看破寰中如弟兄。（吳大鎔本）

過故里謁元公祠二首
清 桑日昇

瞻拜殊無盡，知君諒我誠。千年高尚韻，百里故鄉名。

---

① 底本此處注云："書院構餘山先生須友堂。"

② 本篇周諿本標題作"讀元公年譜"，可參校。

窓外草常翠，池中蓮自清。春風猶未散，或肯許相迎。

山色空濛裏，煙霞吐紫虛。溪幽風蕩漾，林靜日蕭疎。
野曠秋無限，壁寒古有餘。遙瞻太極閣，儼奉聖人居。（吳大鎔本）

携《通書解》謁元公
清 桑日昇

遠慕高蹤拜舊祠，花中君子見丰規。
千年正學書堪續，一點生機圖可思。
夜靜龍雷還自守，戶開風月亦相隨。
行藏進退頻舒卷，此理精微識者誰。（周誥本）

携《太極通書解》謁元公
清 桑日昇

遠慕風流拜舊祠，濂溪一水見威儀。
千年絕學書堪續，萬古生機圖在茲。
夜靜龍雷還自守，戶開風雨亦隨時。
行藏進退看舒卷，此理冥冥知者誰。（吳大鎔本）

潯陽十景·濂溪遺跡
清 程鏡寰

濂溪不見好蓮人，千載猶留道可親。
徒倚此鄉頻吊望，幾多遺跡黯神傷。（廬山詩詞）

讀濂溪先生《愛蓮說》漫賦
清 陸 達

舉世繁華境，高人靜潔懷。幽思隨感寄，觸物與情偕。
翠蓋臨風舞，名花逐水湝。賞心應有故，千古許誰儕。(吳大鎔本)

親講《太極》《西銘》之學
清 張 英

六月五日特召臣英至懋勤殿，上講《中庸》及《太極》《西銘》之學，并命臣英敷陳經書大義復，親灑宸翰書"忠孝""存誠"大字二幅以賜，臣不勝榮幸，恭賦八首（其一）。

遐考圖疇遡渾濛，近推濂洛振宗風。
仰窺聖學無涯際，願頌高深海嶽同。[①]（文端集）

復李式堯約遊廬山和韻十首（其一）
清 張惠先

精一危微道統傳，濂溪性學邁群賢。
迄今故址依然在，莫覓先生願看蓮。(廬山詩詞)

---

① 底本此處注云："親講太極西銘之學。"

復李式堯約遊廬山和韻十首（其一）

清 申集珊

愛著濂溪說久傳，亭亭真合契名賢。
豈知不染污泥者，乃在峰頭一嶂蓮。（廬山詩詞）

和李式堯約遊廬山原韻十首（其一）

清 申崧甫

最高峰下濂溪傳，我豈忘懷不惜賢。
只是家貧難自料，敢辭暑熱去觀蓮。（廬山詩詞）

復李式堯約遊廬山和韻十首（其一）

清 周才華

濂溪故址至今傳，五百年來間出賢。
故址曾留何處覓？遙瞻高際一峰蓮。（廬山詩詞）

和吾師式堯約遊廬山原韻十首（其一）

清 王逢辰

匡廬勝跡古今傳，惟有深山可隱賢。
昔日濂溪曾到此，也因清潔愛池蓮。（廬山詩詞）

祭　文

祭周茂叔文

宋　孔武仲

嗚呼！先君之壯，實難取友。逢公豫章，握手驩厚。
二十餘年，不知其久。險夷之途，道義同守。
盖公之行，坦坦其誠。仁于鰥寡，信于友朋。
不戚于貧，志氣內足。不撓于勢，廷爭面觸。
施之吏治，或猛或寬。际俗張弛，民謳翕然。
既敏以明，學問又篤。縱橫馳驟，瀚漫潴蓄。
先儒論譔，嶔崎詰曲。獨纂聖微，浸釀醇熟。
有書可傳，萬世之讀。惟愚不肖，幼也侍側。
公故憐之，以勉以飭。稱譽所長，以灌以植。
　確如一朝，不見厭斁。公之始終，明白純備。
　宜享遐年，顯大當世。如何不幸，纏疾艱躓。
　苦癠日侵，遂以歾地。報酢如此，孰曉天意。
　廬山之陰，松柏蒼蒼。歸厝其丘，日吉辰良。
　悲號一訣，萬世之長。寧不我顧，有酒盈觴。
　追懷平生，曷日而忘。（清江三孔集）

祭　文
宋　孔文仲

嗚呼！童蒙之歲，隨宦于洪。論父之執，賢莫如公。

公年壯盛，玉色金聲。從容和毅，一府皆傾。

公貳永州，嘗以旅見。公貌雖衰，不以憂患。

主簿江西，公使于南。視公如得，豈進之貪。

二十毋間，再覯長者。雖云不屢，意則輸寫。

盧山之麓，是曰九江。皆非土人，來寓其邦。

此願彼期，終為鄰里。如何今歸，乃吊公子。

嗚呼！公之平生，恥不名時。壅培浸灌，厥聞大馳。

有文與學，又敏政事。絕今不比，伊傳自視。

出其毫纖，以惠百城。千里之足，尋尺于征。

民瘵已瘳，自病易州。謂宜復騁，遽擗一丘。

公之於人，惇篤久長。有志無年，孰聞不傷。

況如不肖，辱公知厚。通家之窓，中外之舊。

再拜墓下，矢哀以詞。情長韻短，續以漣洏。(宋刻本)

祝　文
宋　朱　熹

維紹熙五年，歲次甲寅八月己丑朔二八日丙辰，朝散郎祕閣修撰權發遣潭州軍州兼官內勸農營田事、主管荊湖南路安撫司公事馬步軍都總管、借紫朱熹，謹遣學生迪功郎道州寧遠縣尉馮允中致祭于濂溪先生周公、明道先生程公、伊川先生程公：

於皇道體，沕穆無窮。羲農既遠，孔孟為宗。

秦漢以還，名崇實否。文字所傳，糟粕而已。

大賢起之，千載一逢。兩程之緒，自我周翁。

清瀟之原，有嚴貌像。欲覯無因，徒有悵望。
吏以毀告，閔然于衷。出金少府，俾佐其攻。
爰俾諸生，敬陳一酹。先生臨之，有赫無昧。尚饗！（宋刻本）

滄州精舍告先聖文
宋　朱　熹

恭惟道統，遠自羲軒。集闕大成，允屬元聖。
述古垂訓，萬世作程。三千其徒，化若時雨。
維顏曾氏，傳得其宗。逮思及輿，益以光大。
自時厥後，口耳失真。千有餘年，乃曰有繼。
周程授受，萬理一原。曰邵曰張，爰及司馬。
學雖殊轍，道則同歸。俾我後人，如夜復旦。云云。（周木本）

奉安濂溪先生祠文
宋　朱　熹

惟先生道學淵懿，得傳於天，上繼孔顏，下啓程氏，使當世學者得見聖賢，千載之上，如聞其聲，如睹其容。授受服行，措諸事業，傳諸永久，而不失其正。功烈之盛，蓋自孟氏以來，未始有也。熹欽誦遺編，獲啓蒙吝，茲焉試郡又得嗣守條教於百有二十餘年之後。是用式嚴貌像作廟學宮，并以明道先生程公、伊川先生程公配神從享。惟先生之靈，實臨鑒之。謹告。（宋刻本）

辭廟祝文
宋　趙崇憲

竊惟先生，道闡不傳之祕，以惠後學。數十年間，士習卑陋，罕能發揮講明，推之於用。而鑽研六經之疏義，尋繹百氏之訓詁，方且從事詞章以釣名第，根柢不立，隨試輒敗，先生之學殆幾乎廢矣，崇憲奉天子訓辭，來守是邦，用敢廣先生之居，以招徠庶士。明先生之教，以正救末習。先生之道，庶幾復興，非特曰為士者之幸，是亦先生之意也。崇憲誤將使指，駕言徂征，於其戒行，敢舉以告。（宋刻本）

到任謁祠祝文
宋　趙崇憲

奉天子命，來守此邦。庀職之初，拜謁祠下。敬惟先生，道德之懿，百世師仰。崇憲晚學，嘗誦遺言。比宰南昌，實先生昔年弦歌之地。今又來官于濂溪之故里，遺風餘烈，凜然如在。方將尊其所聞，施於有政，惟先生尚鑒臨之。（宋刻本）

濂溪書院成開講祝文
宋　趙崇憲

孔孟既歿，天其將喪斯文乎？斯文之未喪，則我先生發揮講明之功也。盧阜之麓，濂溪之湄，先生之書堂存焉。像塑僅設，室宇湫隘，無以興起士心，先生之道，殆猶鬱而未宣也。崇憲奉天子訓辭，來守此邦，用敢度其堂宇之左偏，廣築為學舍二十六區。蓋將選邦人之俊秀者，朝斯夕斯以茂明先生之業。惟先生陰惠我多士，相協厥居，克昌斯文。豈惟予末學丕遂俁志，異時人材輩出，將越我國家萬年，實嘉賴之。（宋刻本）

謁祠祝文
宋　楊　楫

孔孟之學，或幾乎熄。粵惟先生，金玉其質。闡微闡幽，圖之太極。載圖河洛，義愈昭晰。至今斯文，炯如皎日。推厥端緒，惟先生力。楫假道江濱，獲睹遺跡。高山景行，服之無斁。薄酒三奠，聊伸悃愊。（宋刻本）

謁祠祝文
宋王　溉

維宋淳熙十四年，歲次丁未，十一月戊戌朔十六日癸丑，奉議郎權知江州軍州兼管內勸農營田事借紫王溉，謹以清酌庶羞之奠，敢昭告于濂溪先生之祠曰：

孔孟既遠，道蝕專門。天佑後人，未喪斯文。先生挺生，闡示道原。吐辭立象，統接典墳。濂溪之堂，公之河汾。溉幸假守，敬慕清芬。首瞻晬容，卽之若溫。流風餘訓，得於見聞。治己治人，遵用格言。陽德既升，君子道尊。躬率諸生，來薦蘋蘩。風誼用勸，習俗以敦。春秋主祠，敢誘諸孫。庶幾遺教，千載猶存。（宋刻本）

春祀祝文
宋陳　卓

太上立德，其次立功，德先而功次。秩秩有序，而有國之祀典亦如之。庸非興化厲賢，闡教崇雅，誠在此而不在彼歟！惟公窮理盡性，造者愈深。開物成務，施者未究。晦迹濂溪之隱，今幾年矣，而德學留淑諸儒，慶澤垂裕累葉，祀舉青陽，歲復一歲。非鄉里所共景仰，而祭典之宜，率由者乎？英爽如在，其鑒于茲。（宋刻本）

祭周諫議文

宋 張守剛

尼山誕聖，自鄹叔禱。有開必先，竟食其報。
聚奎之應，肇自先生。儲靈毓秀，龍豸崢嶸。
篤生元公，超悟絕世。默契真詮，大埽群寱。
三才之奧，千聖之根。玄而非祕，一為入門。
遂令魯鄒，昭於日月。統緒所垂，永存桴筏。
功在斯道，允矣豊隆。浔于其子，即如其躬。
譬彼有源，洪流溢溢。生平善政，孰與茲匹。
昔在永嘉，請闢專祠。並崇厉生，胡乃獨遺。
論之于今，登荸啓聖。闕典始完，文明之慶。
剛仰懷光霽，幸遊其鄉。恭逢懿舉，遠遡前芳。
郡廟有嚴，敬安新主。言念發祥，柏森遺宇。
復卽其地，寄奠溪毛，克昌之靈，尚佑譽髦。（李禎本）

到任謁祠祝文

宋 徐邦憲

先生道闡不傳之祕，學明有用之實。高風幽韻，師表百世。天下之士，相與講切，以成德美行者，先生之賜也。邦憲涖事云始，毋敢不敬，謹涓日吉，袛欵祠下。尚冀有靈，實昭鑒之。（宋刻本）

祭周元公濂溪先生墓文

元 吳 澄

嗚呼！悟道有初，適道有途。先生之圖，先生之書。

昭示厥初，維精匪粗。坦闢厥途，維約匪紆。
人生而靜，所性天性。物感而動，所用天用。
未量布帛，分寸在度。未程重輕，銖兩在衡。
風雖過河，水弗興波。形雖對鏡，鏡弗藏影。
動而凝然，靜而粲然。唯一故直，唯一故專。
道響絕絃，千數百年。學要一言，洙泗真傳。
有性無欲，有一無二。猗嗟效勗，久莫克至。
先生之道，萬世杲杲。展拜墓前，如親見焉。
廬山峙南，大江流北。仰之彌高，逝者不息。(吳文正集)

九江墓祭

惟公闡明道學，上稽古先。指授圖書，下開統緒。
功紹六籍，名垂兩間，體魄攸藏，光霽如在。
茲維仲（春/秋），薦事有期。國典肇稱，司存是寄。
駿奔敢後，嚮往彌深。(胥從化本)

議春秋丁特祀諫議公祠

河澗瀰瀰，源出崑崙。樹陰靄靄，瞻彼鄧林。
扵惟我公，宋室諫議。篤生濂溪，扵道默契。
圖書左右，風月今古。下衍關閩，上承鄒魯。
剔歷中外，無間勞勤。洗冤澤物，體立用行。
是父是子，有功萬世。今茲特祀，禮起以義。
言念發祥，啟我斯文。廟貌有赫，俎豆維新。(李槙本)

濂溪祠春秋二仲次丁祝文

惟公闡圖著書，發明道學。上繼魯鄒，下開伊洛。
卓矣大儒，允稱先覺。某等嚮往實殷，敢忘教澤。
茲脩常祀，用昭虔恪，以明道程先生、伊川程先生配。尚饗！（胥從化本）

道州書院春秋二仲丁致祭元公祝文

闡圖著書，倡明道學。上接洙泗，下派伊洛。
希聖之功，久矣先覺。道郡有祠，國公賜爵。
云云。（周木本）

道州故居祠堂春秋二季丁祭諫議大夫元公并二子文

濂溪之源，清深而長。篤生元公，為萬世道學之宗主，父前子
從，為一家道學之源流，斯道也，自家國而達之天下，猗歟盛哉！
故古者盛德必百世祀故居，合祭所以崇其德也。云云。（周木本）

白鹿洞祭文
明 邵 寶

維弘治十有六年歲次癸亥十一月甲子朔越二十五日戊子，按察
副使後學無錫邵寶敢昭告于濂溪先生周公、明道先生程公、伊川先
生程公：
惟我周先生衡人也，兩程先生洛人也，地之相去數千餘里，而
乃授受於此，天作之會，中興斯文，夫豈偶然之故哉？嗚呼！仲尼
之道，天地也，否孰泰之？仲尼之道，日月也，晦孰明之？三先生
之功於是為大矣。故凡過化之地，莫不慕而祠之，況授受伊始如南

安者，而可後乎？某也愚陋，幼學壯仕，夙仰止焉。今者承乏視學，再至茲郡，適當陽復之候，謹率諸生祭菜祠下。嗚呼！獨復之難久矣，惟三先生尚矜其志而惠相之，謹告。（胥從化本）

謁周、朱二先生文
明　邵　寶

維弘治十有四年六月丁丑朔，越二十五日辛丑，巡視學校江西按察司副使後學常郡邵寶至白鹿書院，敢昭告於道國元公濂溪周先生、徽國文公晦庵朱先生：

道喪千載，孰起以承？元公其元，文公其貞。

二公之學，世方師之。迹其講寓，實久於斯。

人以類聚，理以言章，肆寶忘陋，與眾升堂。

讀公之書，尚求公心。茲山實高，茲水實深。

公如有靈，睠茲舊遊。惠我光明，以永公休。謹告。（容春堂前集）

宗儒祠始祔諸儒告周、朱二先生文
明　邵　寶

惟二先生繼起于宋，再闡斯文，惟茲洞境，皆嘗過化，學者宗之，百世允式。祠曰二賢，詞若流寓，甚非吾人崇重之意。再考文公之時，實多高第弟子相從於是，而祠無祔位，亦為缺典。今擬更祠額為宗儒祠，仍設蔡沈以下十四人神位祔于二先生之堂，敢用告知，然後行事。謹告。祔祠祭文：

惟諸儒事我文公，遠宗我元公，嘗至斯院，摳趨堂壇，義得祔祠，今奉主就列，謹陳釋菜之儀，告于二先生，以及勉齋黃先生，九峰蔡先生，三山陳先生，三山林先生，洞長張先生，宏齋李先生，西坡黃先生，厚齋馮先生，梅坡彭先生，桐源胡先生，強齋彭先生，義卿呂先生，月坡呂先生，洞正周先生，伏惟尚饗。（容春堂前集）

長至日南安道源書院釋菜周、程三先生文

明　邵　寶

維弘治十有六年歲次癸亥十一月甲子朔越二十五日戊子，按察副使後學無錫邵寶敢昭告于濂溪先生周公、明道先生程公、伊川先生程公：惟我周先生衡人也，兩程先生洛人也，地之相去，數千餘里，而乃授受於此，天作之會，中興斯文，夫豈偶然之故哉。嗚呼！仲尼之道，天地也，否孰泰之？仲尼之道，日月也，晦孰明之？三先生之功於是為大矣。故凡過化之地莫不慕而祠之，況授受伊始如南安者而可後乎。某也愚陋，幼學壯仕，夙仰止焉，令者承乏視學再至茲郡，適當陽復之候，謹率諸生祭菜祠下，嗚呼，獨復之難久矣。惟三先生尚矜其志，而惠相之。謹告。（容春堂前集）

泰安周諫議從祀啟聖祠文

明　吳能進

繄啟聖之有廟，自景濂而萌芽。嗣增廓于篁墩，卒考成扵永嘉。正倫序以無愆，崇本源而非誇。然以先生之篤生哲人，雖屢議而曾弗逮，固千慮之偶失，亦分功之有待。試思乎孟氏沒而微言幾絕，是誰修明千五百年之不夷則霸、不佛則老？是誰澄清彼洛閩之接武？是誰為之顏行？在元公，信有中興之烈，在先生，豈無開先之名，在程朱，既追其所出；在先生，胡不得扵所生？□列祀於鄉哲，尚未快乎公評。今皇帝右文，繩乎祖武，諸當塗謂此朱程張，一時宏議，本之僉同鉅典，補乎闕遺。需恩綸，為扶世教，厚道脈，用壯國基。斯實舄奕乎史冊，匪直焜耀乎衡疑。進夙讀元公之書，如沐先生之賜。仰瞻味道之亭，追論發祥之地。奉宸俞之顯赫，躋澤在扵恤閔。敬申告于斯文，將永垂為故誌。（李嶸慈本）

奉安周諫議從祀告啟聖公文

明 吳能進

祭川先河，爰重本始。嘉靖之初，肇稱殊祀。
公面乎離，從以諸賢。體隆倫秩，籩豆有虔。
顧惟元公，功實懿爍。遠翼魯鄒，近開閩洛。
厥考諫議，偶獨見遺。永年靖獻，曾不同撥。
遺議至今，衿紳奮筆。栢府騰章，春官獻實。
帝曰俞哉，其視程朱。禮斯大備，風厲寰區。
進祇奉溫綸，敬諏吉旦。諫議之主，遷自社閼。
升從于公，一堂孔安。式陳明薦，用告群懽。(李嶸慈本)

九江致祭

明 周　冕

　　惟我鼻祖，宋儒先覺。克承鄒魯，以啓河洛。壯則宦遊南康，終則安厝廬岳，歷代加增，有功道學。迨至聖明崇德象賢，子孫襲爵，冕等今承檄召，來自鄉國。祀守先隴，孝思維則。遠具脯醢，肅將牲帛。罄竭衷忱，敬陳幽宅。神若永存，庶知歆格。以鼻祖妣陸氏縉雲縣君、蒲氏德清縣君侑食。尚饗！(胥從化本)

謁九江墓

明 雷　復

　　生先生之鄉，曠望乎百世之下；履先生之墓，慨乎有世之前。前乎百世絕學，賴先生以繼；後乎百世斯文，賴先生以傳。生意猶存，藹藹庭交之草；春風尚在，亭亭手植之蓮。嗚呼！廬山蒼蒼，九江湯湯，先生之風，山高水長。(胥從化本)

濂溪祠祭
明 王　啓

　　洙泗迹逝，大義乖違。賢哲篤生，文明應奎。濂水之源一倡，月巖之光遂輝。意思發泄於庭草，道體灼見乎精微。闡百代圖書之秘，啓千載人心之迷。二程從遊，道學復恢。偉哉有功於聖門，來今丕獲乎依歸。有祠翼翼，享祀維時。光霽如在，庶以慰吾人仰止之私。（胥從化本）

謁元公祭文
明 趙　賢

　　先生生三湘九疑之間，當聖逖言湮之後。乃于斯道，不由師授，獨契本原。《圖說》《易通》，闡幽發秘。固羲、文、孔、顏千百年心法之傳也。蓋其人所謂豪傑之士無待而興，而其言雖聖人復起不能易者也。賢夤歲讀其書，玩其旨，而想見其人，餘二十年矣。頃有天幸，過其故里，遡濂溪營水之源，覽龍山豸嶺之勝，池蓮庭草，霽月光風，若親炙之，豈非生平希奇之觀哉。顧賢役役焉，日從事于口耳之末。簿書之煩茫乎，此心靡有得也。謁先生之祠，瞻先生之像，猛然深省，能無愧乎？能無懼乎？以先生之靈，而鑒于賢一念嚮徃之誠，亦將有以默啓之，而俾不終自棄已也。敬奠先生，不勝景仰。（胥從化本）

謁元公祭文
明 歐陽旦

　　斯文之喪，千有餘年。先生將起，乃嗣其傳。太極之圖，《易通》之書。淵源理學，實啓程朱。欽承朝命，職司學校。顧德弗類，

忝茲遺教。明山秀水，霽月光風。載瞻載肅，萬派之宗。（胥從化本）

謁元公祭文
明　王　爵

堯、舜、湯、文之為君，皋、夔、伊、周之為臣，孔、思、曾、孟之為師，斯道之傳，如日中天。後此千載，抱遺經而尋墜緒，繼徃聖而開來學。至扵今日而無窮者，謂非先生之功而誰歟？爵承乏先生舊邦，景仰先生賢範，私淑方殷，敢忘所自，謹陳禴祀，用表衷忱。（胥從化本）

謁元公祭文
明　方　進

斗牛精光，扶輿清淑。上接魯鄒，下啓閩洛。圖書垂憲，千聖一作。忝守過化之鄉，仰止降神之嶽。謹以菲儀，式陳微恪。（胥從化本）

謁元公祭文
明　符　鍾

嗚呼！夫子之學，誠立明通，夫子之政，和毅從容。以學以政，教萬世無窮者，夫子之德之功。予生千載，竊仰高風。不圖忝守茲土，獲登夫子之堂，拜夫子之貌，而覩夫子後嗣之雍雍。嗚呼！乃知聖脉千古攸鍾，予生不敏，叨此官守，恒切衝衝。尚賴夫子，大啓我聰，俾弗迷于政，以免夫鰥痌。（胥從化本）

謁元公祭文
明 魯承恩

天地之道，具于吾心。先生先覺，覺我後人。三代以還，道喪文弊。或矯矯以立名，或栖栖為禄仕，或規規乎註疏，或囂囂然媚世。空言濫觴，真道之棄，一節雖高，于世無濟。先生盡傷，究極根領。博學力行，自我立命。道苟可仕，不獮蔭補。官可濟民，甘心書簿，从速仕止，步趨先師。圍範曲成，不識不知。或者以先生之道，在乎太極，不知先生道大光明，不在于圖，而在于躬行有素也。不然，未能孚于時，何以垂于後？未能行于人，何以質諸天地乎？或又以先生之學由静入門。嗚呼！先生終日行之，未見一語于及門之徒，天何言哉？先生真獨得孔氏之傳也。夫承恩愚陋，竊禄兹土，幸登故里，實切瞻依。羹牆寤寐，川遊雲馳。特牲醴酒，聊表仰思。(胥從化本)

謁元公祭文
明 金 椿

於呼！慨自孔孟之道不傳，楊墨申韓之異端日熾。迨于有宋，天啓文明，我公挺生于千五百年之後，能自得師。潛心道妙，圖太極以探天地之秘藏，演《易通》以發聖賢之精蘊，上繼徃哲之墜緒，下開來學於無窮。功在當時，澤垂永世。愚生也晚，願學有年。兹判永陽，獲睹遺像。登堂拜謁，浩氣若存。霽月光風，萬代瞻仰。爰備牲牢，式陳明薦。庶昭靈貺，鑒此微誠。(胥從化本)

謁元公祭文

明 周子恭

　　仰惟先生邁世之聖，不由師傳，粹然至正。仕苟為貧，雖小官有不辭；學苟為道，雖人不知而無悶。道德性命之蘊，僅見扵圖書，而其無言不盡之教，卒莫窺其兆朕；從容和緩之色，僅覩夫光霽，而其行藏屈伸之妙，卒莫測其淵深。當時在門惟有二程先生，不強人以未到，惟開其說而不竟。既而二程有得，自稱體貼，尚不歸功於先生之門，而況於脩餙之士、章句之儒，又烏足以知其貞乎！子恭自幼學道，既壯無聞，虛負歲月，良愧此生。幸而不死之良耿耿猶存，數年以來究先生之歷履，探先生之為人，而希慕一念若有投而授之者，恭亦不自知其所因也。今者拜官在永，得踐先生之位；巡歷在道，復造先生之庭，情切瞻仰，特致醮薦。嗟夫！蓮草俱在，風月傳神。先生之教，曷其有罄。子恭而苟不惰於向徃之志焉，徃而非先生之所陰佑而默成者哉。先生有靈，尚鑒斯文。（胥從化本）

謁元公祭文

明唐 瑤

　　惟斯文之興喪，實與世以汙隆。慨微言之既絕，紛千載而塵蒙。諒有開其必先，迺豫徵於星聚。緊夫子之挺生，盖早成而默契。極精蘊之沉郁，肇啟鑰於圖書。言有至而弗盡，意獨得而有餘。若大明之始升，夜冥晦而復旦。若多途之迷方，指大道而群鄉。昔仲尼之眞樂，惟顏氏其庶幾。乃夫子之光霽，歷異代而同歸。瑤也早服膺於聖教，幸假守於茲邦。覿河洛而思續，入魯阜而升堂。嗟庭草之己宿，覽風月而慨然。聊寄辭於一奠，邈景行於前賢。（胥從化本）

謁元公祭文
明 王宗尹

公之學以無欲為功，以無極而太極為宗。自修自誠，自明自信，蓋有聖人之德，闇然而不欲以自見也。昔孔子贊《乾》之初九曰："潛龍勿用，龍德而隱者也，不易乎世，不成乎名，遯世無悶，不見是而無悶。樂則行之，憂則違之，確乎其不可拔，潛龍也。"公寔有焉。宗尹修行矯名，淺中揚己，不足以議於公之學也。然一念不死，嚮往有期。神固有知，啓我荒迷。（胥從化本）

謁元公祭文
明 陳鳳梧

道在天地，太和元氣。公得其全，中正純粹。
體用一源，隱顯無二。上探羲農，以承洙泗。
二程授受，寔大其傳。斯文再闡，如日中天。
睠維舂陵，公之闕里。祠像儼然，雲仍伊邇。
某幼讀圖書，長而無似。幸叨公鄉，領諸教事。
瞻望光霽，五年于茲。展謁云始，如寐斯蘇。
愛蓮有亭，濂溪有水。維公此心，千古如是。
敬采泮芹，奠于祠下。公其臨之，佑茲文化。（胥從化本）

謁元公祭文
明 張勉學

於維先生實產此，拜秀鍾九疑，期應五星，豈偶然哉？其所以蘊之為道德，發之為圖書者，固已上繼孔孟，妙契六經矣。自宋迄今五百餘年，凡四海內有志之士，孰不欲一入其鄉，又孰不欲一睹

其遺容，以慰仰止之思也。顧茲舂陵，介楚西南二千里外，山川遼
逖，宦轍罕經。則夫慕蓮池縈亭之勝，鼓月岩舂水之奇者，吾不知
其幾何人矣。勉學不敏，自結髮即知誦習先生之書，三十年間每思
一闖其門而不可得，乃今承乏守土，觀風名邦，遂得奉謁祠宇而肅
拜焉。夫海內人士，入其鄉者鮮矣，況得睹其遺容乎！即睹遺容者
亦鮮矣，而況旣睹其容又得窺其宗廟之羑乎！洋洋乎，灑灑乎，光
霽如見其胷襟，馨欬若聞於俎豆。此殆縉紳之罕遇，而實為勉學生
平之至幸也。但念筮仕以來，習氣欲除而尚存，希賢有志而未逮。
以故趑前躓後，坎坷無成，懲創之餘，動輒愧悔。則夫箴砭愚蒙之
功，默啓心源之妙，誠不能不於先生是賴矣。爰酌蓮尊，式酹庭草，
而且述其自幸之私，與夫願學之意如此，惟先生其降鑒之。尚饗！
（李槙本）

謁元公祭文
明 尹 襄

斯道久墜，至宋復明。伊洛之學，實本先生。
性與天道，圖書則俻。惟幾惟深，抽關啓秘。
學聖有要，一以養心。堯舜以來，理無古今。
開我後人，恩同岡極。尸而祝之，崇功報德。
襄雖寡昧，誦讀有年。使經仁里，仰止益虔。
採彼溪毛，祗奠祠下。恍如風月，以昭以洒。（胥從化本）

謁元公祭文
明 顏 鯨

　　皇帝即位之二年，是為隆慶戊辰，慈谿顏鯨提學楚藩，以六月
庚辰行部至于湖南，由永郡竣事趨郴州道出舂陵，謹齋祓用牲釋奠
于宋大儒周元公濂溪先生之祠，曰：於乎！先生生千載絕學之後，

而能超然默契聖人不傳之秘，主靜兩言，無欲一要，直截易簡，昭
如日星，於乎！小子乃甘以形骸尔我之私劳劳焉，終身戰於煩惱醉
夢之場，真先生之罪人也。修之則吉，悖之則凶。心為太極，汝將
焉從。聖几平等，天地同宗。敬述斯言，用告群蒙，而以質夫先生。
尚饗！（胥従化本）

謁元公祭文

明 蔡　光

維夫子秀孕衡嶽，應期挺生。五星聚奎，一元文明。
師授匪求，太極默契。有圖有書，孰窺其秘。
開関啓鑰，手示二程。河洛既衍，流溢関閩。
昔在有宋，後學梯航。爰及我明，斯道益昌。
光汝南末品，竊慕先哲。叨吏下邑，庶幸展謁。
庭草芊芊，風月融融。廼挹餘輝，廼滌塵惊。
時日之良，敷袵陳辭。神英如在，尚其鑒兹。（胥従化本）

謁元公祭文

明 管大勛

於戲！道在天地，流而不息。待人則行，匪師弗得。羲皇以來，
下迄孔氏。見知聞知，厥唯有自。夫以孟夫子負亞聖之才，猶不能
不私淑于子思。乃先生則不由師傳，道体炳如，孟夫子近聖人之居，
故能獨得乎周孔之秘。乃先生則崛起南服，寔云荒裔，蓋其人誠所
謂豪傑之士雖無文王猶興。其生則所謂人傑地靈，獨超乎風氣之表
者也。大勛生也晚，恨不及吟風弄月于先生之門墻，而叨按兹土，
又未嘗不自謂千百年之奇邁。今者觀風入境，仰止益虔，祇奠祠下，
遺像儼然。尚惟先生，延兹聖脉，佑我文明，萬年一日。（胥従化本）

謁元公祭文

明　鄧雲霄

維萬曆四十二年歲次甲寅九月庚戌朔越祭日壬申，湖廣等處承宣布政使司分守上湖南道右叅議鄧雲霄，謹以羊豕清酤之儀，致祭于宋大儒元公濂溪周先生之神曰：

坦坦聖道，異端弗之。俗儒訛惑，日與背馳。

幸生夫子，振鐸提撕。上繼洙泗，下開閩洛。

太極一圖，先天獨覺。誠一為基，孔顏與樂。

有體有用，可仕可止。主靜立極，不墮禪理。

宜師百世，為道嚆矢。雲霄分守茲土，密邇賢鄉。

洗心滌慮，披馨沐芳。展祠瞻拜，實獲周行。

孰覿公顏，光風霽月。孰測公心，溪澄蓮潔。

孰知公趣，吟美不輟。我生雖晚，式學庶幾。

良知良能，是缽是衣。瀝觴陳悃，虛往實歸。

尚饗！（李楨本）

謁元公祭文

明　丁懋儒

儒生也晚，幼承家學，周公而上，孔子而下，布在方冊者，靡不殫究。間入曲阜詣闕里，周封孔堂，如克見聖。經鄒嶧山，拜孟祠下，而巖巖氣象若酬酢焉。先生生於舂陵，去中土數千里，恨不能至其地以見，若曲阜、鄒嶧各山大川，考斯文之肇起也。客歲補永郡，訪故里，讀遺集。景嚮滋甚，積誠既久，敢申虔告。儒向有知，弱冠後博求佛老之書，兀然靜坐，窮日夜之力，謂庶幾有所啟發，然若空長生，皆未免有意。則求之先生之言而有悟，質之六經孔孟，無弗合焉。不外人倫日用，而通乎性與天道；不落言語文字，而非遺脫世事；不必求諸外物，而在我無所不有。但當隨處體認，而功效自然，斷不可誣。則先生之誨我已非一日，深愧夫未之有得也。竊怪乎學先生者，高明多求，速肖沉潛，不免牽滯。則所以印先生之心，飲先生之醇，紹先生之統，世豈無若人乎？儒不能無感於斯，惟先生鑒尺。（胥從化本）

謁元公祭文
明 何　遷

嗚呼！先生之學，妙契先天，圖書之著，大道彰焉。
以繼往聖，以開後賢。混淪再闢，永衍正傳。
廬山之麓，祠墓森然。春秋祇薦，儀典相沿。
遷夙志聖學，仰慕有年。茲倅是郡，益激惓惓。
卜吉展拜，薄陳豆遷。誰其配之，明道伊川。
嗚呼！先生往矣，神弗俱湮。冀牖我明，冀鑒我虔。
尚饗！（胥從化本）

祭濂溪先生
明 郭惟賢

於惟先生，千載崛起。夙悟湛思，遡源窮委。
太極一圖，獨契奧旨。絕學以繩，訓詁為鄙。
伊洛見知，考亭嗣羡。斯道重明，云誰肇始？
春陵之功，鄒魯可擬。遺澤迄今，川流嶽峙。
覺我後人，淑爾儀軌。有化其風，況遊其里。
賢承乏于茲，婢黎是牧。遙瞻道祠，景行遺趾。
庭草芳菲，光霽在邇。先後一心，有為則是。
蓮月虔脩，神其來喜。（胥從化本）

祭濂溪先生
明 孫成泰

於惟元公，千載一人。默探道妙，不由師承。
上繼周孔，下開二程。太極一圖，闡秘傳心。
惟茲道郡，寔古舂陵。山川靈秀，毓我先生。
巍巍廟貌，敬共明神。泰生也晚，恨弗及門。
幸承帝命，來撫斯民。仰瞻遺範，是訓是行。
我鑒維何？濂溪之清。我挹維何？霽月之明。
俛焉夙夜，敢弗兢兢。今茲承乏，遹遠儀刑。
吳山楚水，夢寐惟勤。爰酌我醴，爰薦我牲。
先生有靈，來格來歆。（胥從化本）

白鹿洞祭文
明 李夢陽

嗚呼！孔亡孟殂，言湮聖逖。六經僅存，異端為敵。
天降夫子，起自南夷，繼絕開來，文乎在茲。
圖書啓秘，我明我聰。譬晦而旦，江河池中。
嗚呼！夫子貞履坦坦，道光跡幽。自彼魯鄒，匪我獨遭。
巋巋廬山，公遊而棲。爰墓爰祠，百世是師。
夢陽沐馨研粕，年逾三紀。志銳質劣，無成內悔。
文鐸忝竊，言邁江邦。過公里阡，汗顏徬徨。
式脩厥明，以奠以祀。品豐于豆，我酒伊旨。
誰其配之，二程夫子。瀋深貫奧，敢忘本始。
神格相予，造化髦士。尚饗！（胥從化本）

祭濂溪先生文

明 李 發

　　嗟夫！聖道相傳，如日月江河，流行宇宙，無時可息。苟非其人，則不明不行。自孟氏沒，學術多岐，道統不絕如綫，而真儒之效遂尠。所幸天啓斯文，先生崛起，超然自得，妙契真詮。《太極》一圖，探造化之原。《通書》四十章，揭脩為之要。千聖不傳之秘，燦然復明於世。河洛關閩諸儒，始有所憑，藉以恢張其緒，而道統扵焉大振。先生之功何其偉與！某不敏，蚤竊有志於學，其景仰先生，接扵夢寐者，積有年矣。顧日溷塵途，此心茫然，未有印證。今忝守茲郡，乃先生誕育之鄉，得瞻拜先生之祠。登陟對越，光霽如承。嚮慕之懷，恍然有覺。茲非生平一大快哉。所冀先生在天之靈，憫其愚蒙，陰為啓佑，偕之大道，以不迷于政。夫豈惟某一人之幸，抑亦邦人之休。（胥從化本）

謁周濂溪先生祠

明 鄧雲霄

　　先生生于道州，常居衡陽，依母舅鄭龍圖也。今祠在西湖塘邊，即其舊讀書處，池廣數十畝，盡種白蓮，可想其風味云。

　　古祠即舊宅，門徑清如水。欲識濂溪心，池中白蓮是。
　　來尋孔顏樂，自覺風月美。吟弄意不窮，詠歸興難已。
　　陶陶掃靜室，一悟無極理。（全粵詩）

謁濂溪先生祠告文

明　薛應旂

嘉靖丁酉夏五月，後學武進薛應旂以九江教授謁宋濂溪先生周元公祠下。時適有閩中之役，奔走道路，弗克酌水告虔。越明年，戊戌春正月人日，率僚友諸生，陳牲設醴，焚香奠帛，再拜稽首以告之。曰：

嗚呼！斯道之在天下，昆侖旁薄，終始流行，固無間可息；而其存乎人者，則有絕有續，有晦有明。孔孟不作，異學朋與，悠悠千載，踳駁縱橫。先生一出，默契聖真，窮源探本，揚瀾發英。二儀載啟，日升月恒。建圖著書，分明指出，而從容灑落，不立戶門；心存民物，志切經綸，而出處唯義，不與世而浮沉。唯是入先生之堂奧者，謂道統之有在；而粗得先生之節概者，亦謂其超出乎風塵。於乎！先生其真儒者之冠冕，後學之典刑，而淵源所漸，宜其遂得乎二程先生也。應旂無似，忝教江州，拜公祠墓，精爽神遊。配以二程，風行海流，道其在是，安用旁求。仰慚俯愧，終身有憂，更願諸賢，同懋前脩。(方山文錄)

祭濂溪周元公先生文

明　李　楨

道湮千載，夫子挺生。剛明果斷，博學力行。
政嚴以恕，事整以清。風月光霽，圖書會成。
道立教遠，傳正習弘。師表後學，如明道先生。
發揮聖經，如伊川先生。斯道不墜，斯文中興。
上接洙泗，下衍関閩。楨讀佩遺編，撫茲全楚。
楚閟有宮，道實其里。仰止聿深，明薦式舉。
牖我後人，永睹至理。尚饗！(胥從化本)

配享府學啟聖祠祭文

明 孫成泰

　　維萬曆二十四年，歲次丙申二月辛卯朔越初九日已亥之吉，蘇州府知府孫成泰等欽奉皇命，謹以牲醴之儀，致祭于宋先儒諫議大夫周輔成之神，曰：

　　　　惟天愛道，篤生哲人。抱粹顯懿，為宋名臣。
　　　　挺誕大儒，羽翼聖真。發揚秘奧，理學聿新。
　　　　寔啟程朱，功烈竝臻。未崇昭報，特煥帝綸。
　　　　配享啟聖，列於明禋。推恩所自，俎豆是陳。
　　　　永垂盛典，千古恪遵。尚饗！（周與爵本）

邵州祭濂溪先生文

清 孟 津

　　五星聚奎，獨產先生。默契道體，有開二程。紹孔與孟，永祀邵陵。迨我皇祖，鐘賢萃英。前有公甫，後有陽明。良知祕啟，入聖斯精。如綫之脈，江漢流行。津也早承師授，大寐宿惺。服膺乎志伊學顏之言，求之於首皓而未沃。精研於靜虛動直之理，歷之於耳順而無成。仰瞻祠宇，中心縈縈。嗚乎先生，渾渾淪淪。與化俱往，與化俱生，探之冥如，而莫測其海闊天空之蘊，就之如見，而日坐於光風霽月之中，蓋不知幾。神交契悟於數百載之上，而幸薰炙乎先生之餘韻清風，慨乎今之學優而仕，仕優而學者，無不仰先生之流芳。然而能求先生之學，實以主靜無欲為歸者，吾見亦罕矣，是可不為之大哀也哉！故津為文奠之而不足，復歎詠之以歌，歌曰：

　　　　維彼高山，有泉且漣。先生之道，孰濬其原。
　　　　維彼喬木，繁陰披佛。先生之道，千載誰植。
　　　　瞻彼池蓮，出水鮮鮮。先生之道，嫡派誰傳？

瞻彼庭草，青青秀好。先生之道，生意不槁。

又歌曰：

庭草庭草，勿剗勿掃。有握其樞，無欲貴早。

希聖希天，一了百了。質之無極，庸以自考。（鄧顯鶴本）

贊曰：太極無言，疇則能名。著書繪圖，仰止先生。維彼私淑，有觸則鳴。單詞隻句，寫性怡情。或然或否，時止時行。古語有之，見牆見羹。（吳大鎔本）

卷之三　韓國諸先生

周濂溪

朝鮮　姜錫圭

道喪誰能繼聖神，濂溪千載紹宗眞。
圖書有象開充蘊，風月無邊沃我人。
繞檻落花時散帙，滿庭芳草隔浮塵。
斯文有幸傳來遠，今古重沾化雨春。（聲龥齋集卷四）

濂溪先生

朝鮮　李　瀷

奎運將開覺最先，圖書密付後來傳。
雍容氣象無風夜，灑落襟懷有月天。
上接淵源三代近，從遊函丈二程賢。
一般意思窓前草，未必平生獨愛蓮。（星湖文集卷一）

詠史—周子

朝鮮 申光漢

墜緒茫茫道已湮，千年知復有斯人。
還將太極歸無極，揭示分明二五真。（企齋別集）

濂溪先生贊

朝鮮 金時習

聖學不傳，千有餘年。唯公生宋，性獨超然。
繼往開來，功邁古先。爲官守法，舊吏無前。
平反出死，人惴惴焉。著書談理，開闡先天。
門徒之秀，明道伊川。蓮花峯下，築室溪邊。
學者駢集，如拔茅連。號稱濂溪，德備才全。
欲挹餘馨，須誦愛蓮。（梅月堂集卷十九）

告濂溪周先生

朝鮮 鄭在璟

圖書真諦，明通聖學。道喪千載，菀爲先覺。（學岡遺稿卷四）

聖賢遺像贊—濂溪

朝鮮 宋秉善

胷襟灑落，光風霽月。默契道妙，接洙啟洛。（洲齋文集卷二十）

觀碁三百絕—周子
朝鮮 金是瓚

光風霽月浩無邊，千載瑤琴續絕絃。
微言不有河南氏，太極之圖亦太玄。（一一齋文集卷二）

拜聖賢遺像有感而獻贊—周濂溪
朝鮮 李鐘澤

有道風月无極，陰陽倡學啟程。
斯文重光瞻慕，寓羹如躋濂堂。（愚亭文集卷四）

太極圖
朝鮮 金 訢

伊昔鴻蒙初，何人闢乾坤。流濕復就燥，地卑而天尊。
萬化自此流，孰能窮其源。羲皇得妙契，俯仰諒斯存。
先天而不違，圖出天何言。尼聖韋編絕，《彖》《繫》垂至論。
首闡太極蘊，萬殊同一原。人文昭以宣，萬古開羣昏。
梁頹大道隱，幻語徒啾喧。誰言混沌死，愚俗鷔鵬鷃。
濂溪繼洙泗，斯道夜復暾。爲我重指掌，揭圖垂不諼。
謂無知何在，謂有誰見痕。块圠渺無垠，動靜互爲根。
絪緼生萬物，一本枝正繁。惟人得其秀，贊化配乾元。
酬酢雖萬變，寂然初不煩。曰予未有知，錯仰不可援。
撫圖奚測究，夜坐達晨殰。思誠有遺訓，此義每所敦。
勉哉永無斁，不但三畫吞。（顏樂堂集）

太極圖

朝鮮　梁進永

先天奧理少人知，太極全圖乃析疑。
道喪千年還復古，濂翁氣象似庖羲。（晚義集卷二）

太極圖

朝鮮　沈　銷

千古濂翁着眼高，靜看天地辨秋毫。
陰陽自有陶匀力，品物生成不弛勞。

造化全輪《太極圖》，陰陽變合極排鋪。
就中却有安身地，敬肆前頭辨所趨。（樗村遺稿卷二十二）

太極圖

朝鮮　鄭　栻

萬理同原出，開來說不長。人人一太極，物物即陰陽。
樞紐及儀則，三綱與五常。是皆天賦性，無忽亦無戕。（明庵集卷三）

太極圖

朝鮮　都聖俞

闔闢機緘豈二觀，徃而來復信無端。
乾坤交感生生妙，通塞雖殊物物元。
三月花明千樹異，萬川泒別一源漫。
洗心默體周翁說，修省須宗敬字看。（養直文集）

太極圖

朝鮮　梁相曄

花開千歲實，月白萬川光。世間無極物，不出一陰陽。（圃雲遺集卷一）

太極圖

朝鮮　金萬烋

太極混淪蘊一元，形如鷄卵又如盆。
乾坤父母同分位，動靜陰陽互作根。
宣布五行無間斷，生成萬物有真源。
聖人亦主幽濱德，全體之中大用存。（魯魯齊文集卷一）

詠《太極圖》

朝鮮　朴太古

莫難言太極，至理貫精粗。統自該千性，一能玅萬殊。
春心着花木，月影在江湖。不用多卜釋，濂翁舊有圖。（景陽齊集卷一）

讀《太極圖》

朝鮮　黃胤錫

遂古初馮翼，二氣交藏宅。陰陽翕以闢，兩儀斯各立。
五行始著形，萬物同吐苗。云何所以然，曰惟無極極。
於皇上天載，怳惚難具悉。既無聲與臭，更無形與質。
然兹有象物，總本無朕目。四象以之生，八卦非外鑠。
庬鴻太古时，風俗淳以樸。民用不明著，此理誰曾識。
皇羲爲此懼，妙契乾坤闢。粲然六十四，玄象洞《大易》。

文尼繼以作，至理乃明白。歸來秦漢間，九師徒紛裂。
團圓一圈子，末流金丹術。元公起南服，早透玄理窟。
作圖傳兩程，人文更昭灼。陽男與陰女，氣化構精血。
動靜本無停，橐籥交姤復。萬物隨以出，化生窮千億。
聖人稟秀氣，實理爲太極。五常分五氣，善陽而陰惡。
君子明其幾，惓惓毋放失。昭昭《易通》篇，表裏垂揭說。
嗟吾幸爲人，參天地爲一。本性豈不善，但被人欲伐。
友愛猶未盡，況云能養色。遺篇幸在案，擎讀興嘆咄。
方知此身心，自與堯舜一。胡爲向迷塗，坑塹紛墮落。
誓及年未老，淨掃心頭孽。驅車適長道，去去無顛蹶。（頤齋遺稿卷一）

詠《太極圖》

朝鮮　柳東淵

太極本無極，爲圖事轉拙。無形作有形，執指空認月。（南澗集卷一）

《太極圖》贊

朝鮮　鄭在璟

理何容說，假以會心。中白本體，造化淵深。
動靜無始，陰陽有儀。半圭重闢，彩花更奇。
二氣交明，五行殊生。真精妙合，大明圓通。
氣形相化，物生不窮。五層殊位，十圈同體。
卓哉濂翁，洞視昭揭。程演朱解，言盡意得。
噫彼象山，如何獨忒。（學岡遺稿卷三）

讀《太極圖》
朝鮮 林應聲

濂翁妙詆此圖存，百世師尊道亦尊。
四子階梯先發奧，十圖聖學早傳源。
閒坪門下聞餘緒，大《易》篇中參至言。
義理無窮知識淺，汗顏披對敢窺藩。（菊隱遺稿卷一）

題《太極圖》
朝鮮 柳 潛

無行出有形，有形贊無行。圖出真乃見，陰陽一緯經。
陰陽亦空氣，形後輸吾目。操外檢諸內，此境殊郁郁。
疇謂理無聲，五音各正倫。且謂理無色，五采不相渾。
至微管至著，萬古惟一常。諸家詰異同，戟手日相戕。
五今休名論，穆穆試鉤玄。即圖欲無用，惟心要獨傳。（澤齊集卷二）

題《太極圖》
朝鮮 許千壽

千載鵝湖月，今從盡本還。有誰持此意，爲我問陶山。（天山齊遺集詩）

觀《太極圖》
朝鮮 梁進永

平生爲學少根基，歲暮窮廬髮已絲。
鳥獸安眉徒見笑，鸚猩能語未云奇。

子澄償債應無日，伯玉知非亦過時。
勿以衰癃吾自棄，三年求艾庶從茲。（晚義集卷三）

觀《太極圖》

朝鮮 鄭碩達

山雨蕭蕭獨揜戶，手携圖圈更挼幽。
明明至理人無曉，一任乾坤萬化流。（涵溪集卷二）

觀《太極圖》

朝鮮 韓圭恒

太極元無極，中虛理在中。循環終不息，造化永無窮。（性菴遺稿卷一）

書《太極圖》後

朝鮮 趙述道

匪雕匪刻澹無聲，萬化原頭一理呈。
若把無形看有迹，蓮峯說殺太分明。（晚谷文集卷一）

讀《太極圖說》

朝鮮 金洛進

濂翁古社號逍遙，圖說陰陽互長消。
化叶五行生克理，散為萬物始終條。
顯微體用□□□①，善惡剛柔自所招。
欲識箇中無極樂，悠然臨水對山朝。（碧峰遺稿）

---

① 底本此處註云："三字缺。"

讀《太極圖說》

朝鮮 金容承

《易》經思傳理根委，篇夥難終作乍時。
夙興必讀濂溪說，太極中庸一貫之。（藥圃集卷一）

讀《太極圖說》

朝鮮 鄭載圭

無而固有實而虛，萬象森然一畫初。
面前物物皆如許，紙上移來却似疎。（老柏軒文集）

讀《太極圖說》

朝鮮 宋洛惠

乾坤開闔似門扉，一理元來顯且微。
欲問妙緘无極老，願輸圖象石塘歸。（固庵集）

《太極圖說》贊

朝鮮 崔錫鼎

於維太極，窅爾玄默。靡臭靡聲，有倫有則。
含陽分陰，兩儀斯立。動靜互根，幹流不息。
五材化成，四時遷革。男女睽體，精氣相得。
品物生生，飛潛動植。變合無窮，芸芸職職。
人之爲人，稟茲靈覺。形生神發，爲氣爲魄。
五性交感，四端迭出。危微異源，善惡殊轍。
以應萬事，象彼宰物。人事天機，妙契弗忒。

惟聖體道，主靜爲法。貞觀貞明，與天爲一。
君子小人，悖凶修吉。陰陽天道，剛柔地德。
曰義與仁，是爲人極。原始反終，造化可識。
偉哉濂翁，洞觀大《易》。圖既簡明，說又諄切。
熟讀精研，旨意淵穆。我作贊詞，庸諗來學。（明谷集卷十一）

太極圖二首
朝鮮 都聖兪

天地分陰陽，陰陽合動靜。圖成加一圈，推體發深省。

兩儀從此立，五氣布其中。凝精生萬物，變化儘無窮。（養直集卷一）

太極圖三首
朝鮮 樹翰模

大《易》不言無極原，濂翁詳說兩儀根。
推前未見始之合，引後那看終也分。

圈無端始象圓天，動靜流行一貫然。
惟聖性之人極立，此心無欲乃能全。

排爲圖象著爲辭，剖析幽微入妙思。
口受心傳無盡意，春風座裏講明之。（錘山文集卷二）

觀《太極圖》有感
朝鮮 南秉仁

太極肇分一俯仰，混淪磅礴大而廣。
陰陽變化無停機，至理所存萬世朗。（老山文集卷一）

觀《太極圖》感吟
朝鮮　金進源

天地未分前，混沌是虛岡。混淪大無涯，磅礡下深廣。
陰陽始辦分，寒暑互來徙。皇犧作紗契，輒使一俯仰。
神聖窺馬圖，人文已宣朗。混然一理貫，爲世重指掌。（石我文集卷一）

觀《太極圖》有感
朝鮮　金時雋

對書如有得，掩卷却茫然。悔學雕虫術，悠悠抵暮年。（水西文集卷一）

題太極圖硯面
朝鮮　李民寏

誰鑿渾沌面，陰陽指掌中。陶泓造理窟，得見无極翁。（敬亭集卷四）

看《太極圖》二首
朝鮮　崔祥純

兀然端只坐覺心虛，潛翫濂溪《太極圖》。
欲體無中含有象，盍扵靜上用工夫。

一圈分開有十圈，顯微都具最初圈。
團團十圈終歸一，一本無形無體圈。（絧齊先生文集卷一）

讀《太極圖》二首

朝鮮 沈 銷

人言歸一一何歸，此語依俙又却非。
倘識源頭無二派，千差萬別不相違。

三十年來《太極圖》，愧余初不近皮膚。
何時莞爾濂翁笑，小子摳衣丈席趨。（樗村遺稿卷十三）

觀《太極圖辨》有感

朝鮮 崔鉉達

深思萬有有前無，無極宜根《太極圖》。
雖然大《易》無無極，陸辨還爲不害儒。（一和集卷二）

讀《太極圖說》有吟

朝鮮 李㝡煥

坐我鴻濛界，摩挲一圈圓。合凝然後物，冲漠以前天。
非始推何自，是無體則全。敢將周氏意，千古好相傳。（近思齋遺稿）

讀《太極圖說》偶吟

朝鮮 宋秉璿

滾滾江西波，頭明腰自黑。那識濂溪流，源來有活得。（淵齋集卷一）

讀《太極圖說》二首
朝鮮 金安國

說有論無兩墮空，陰陽開闔孰能窮。
若要會得丸中妙，須起當時作說翁。

至理昭融只在誠，坐觀萬化自生成。
如今始識前賢指，獨對陳編夜到明。（慕齋集卷三）

讀《太極圖說》二首
朝鮮 孫處訥

天地由來幾會元，中間作者我無聞。
圖成幸有濂溪老，太極從知無極存。

曾向乾坤遡一元，無聲無臭又無聞。
圖成指掌分奇偶，物物無非太極存。（慕堂文集卷二）

讀《太極》《通書》有感
朝鮮 金時儁

至理茫茫未易尋，卷中真訣合鐫心。
圜立禮樂由來簡，土缶遺聲不是滛。
祇要動時思主靜，何須陽外設根陰。
拘儒記誦渾無補，吾道前頭恐陸沉。（水西文集卷一）

十不能吟—太極圖

朝鮮　李廷佑

太極是吾性，陰陽是吾心。不能修之吉，潦到悔恨深。（所庵文集卷一）

讀《太極圖》《西銘》有感

朝鮮　尹孝寬

《太極》《西銘》次第開，一生受用此泥泥。
天包大地無私覆，月爲高人不速來。
萬事登樓多感慨，三盃推案獨徘徊。
欲從前路加鞭策，其奈頭邊白髮催。（竹麓遺稿卷一）

睡覺不寐詠《太極圖》

朝鮮　朴世采

品化由來一理張，濂翁於此好消詳。
寧從有極加虛極，却向無方閫大方。
動靜相根元繼善，義仁同之更循常。
中宵默會天人意，至樂如今詎敢忘。（南溪正集卷三）

總論無極太極二首

朝鮮　都聖俞

而豈淪空寂，且能驗本原。如何陸氏子，信此葉枝繁。

花開一榦茁，月落萬川圓。手授師門訣，程朱獨得傳。（養直集卷一）

次徐侯講《太極圖》韻
朝鮮　申體仁

道體無形寫作圈，又將如意說中傳。
機分動靜相乘際，源在陰陽未判前。
人事亦須人極立，一心還有一圖圓。
恩恩講罷如探影，惟擬歸求敬字研。（晦屏集卷一）

次徐侯講《太極圖說》韻
朝鮮　任必大

畫出源頭拈一圈，儒家真設獨心傳。
用看形氣生成後，體具陰陽對待前。
誰識圖中原《易》畫，堪嗤井底小天圓。
吾身自有乾坤理，休向高淡枉索研。（剛窩集卷一）

謹次高山《太極圖》韻
朝鮮　金謹行

渾融一理即本然，其體不方亦不圓。
動靜循環無始合，後天誰道異先天。（庸齋集卷一）

次舍弟《太極圖屏風》韻
朝鮮　裵幼華

初無文字又無圖，誰著其形列座隅。
欲知萬理皆歸一，須起乾坤以及吾。（八斯遺稿卷一）

聖學十圖屏贊—太極圖

朝鮮 郭徽承

龍龜見象，《易》《範》始顯。太極無形，圖書乃闡。
一理生生，萬化之源。不有先覺，孰開我昏。（廉窩集卷二）

聖學十圖十首—太極圖

朝鮮 金鎭河

無中有象畫猶難，這事溢江畫掩關。
玄聖繫辭肇發蘊，朱翁近錄更開端。
元初河洛從那裏，始信乾坤在此間。
道學頭腦亙首揭，楓宸進御自陶山。（篔巖文集卷一）

聖學十圖屏贊—太極圖

朝鮮 邊熙龍

渾然太極，分爲陰陽。無形無語，動靜有常。
二氣交感，五行相生。不有先覺，曷開其明。（慕亭逸稿）

謹次朱文公訓子詩并序—太極圖

朝鮮 李鎭萬

千年絕學此圖傳，太極玄機透得湥。
一圈無窮包萬化，箇中畫出聖人心。（白隱集卷一）

讀李菊軒逸稿太極圖感咏次韻

朝鮮 柳景賢

層圈模來造化儀，羲周至理復明之。
混淪本體原無雜，動靜推分始有資。
二五妙凝均賦際，萬千形性自然時。
求端造極須於此，學聖神功庶可知。（湖上世稿卷一恆窩稿）

謹題退溪先生聖學十圖後—太極圖

朝鮮 朴宰鉉

誰知太極理，已具《易》之前。惟待濂翁筆，天人一體圓。（蘭石文集卷一）

謹次清臺集中聖學十圖韻—太極圖

朝鮮 李東汲

無中含有象，實理本自然。體立天地後，用在天地先。
比若錢一索，又若月萬川。倘非晦翁訓，人多昧厥傳。（晚覺齋文集卷一）

病中忽思太極圖書，沈吟少選，僅成一絶

朝鮮 李榘

一箇先天與後天，中間活處妙無邊。
濂溪月冷蘆雲晦，千載眞詮孰有傳。（活齋集卷一）

夢見晦齋先生講論《太極圖說》，覺後仍成二絕

朝鮮　張悌元

纂述荷珠浸，先生一圈書。玄機流動處，教我發軔初。

函丈從容問，一言百世師。覺來怱欲曙，霽月上山眉。（深谷文集卷一）

伏讀退陶先生聖學十圖劄子有感而作—太極圖三首

朝鮮　徐錫華

太極流行造化原，陰陽動靜互為根。
不離不雜能神用，氣化形生萬彙分。

人心靈覺本乎天，寂感機緘契自然。
主靜無為人極立，至誠功用得其全。

淵源道術一篇辭，託始規模類近思。
下學求端先自此，吉凶只在悖修之。（清石文集卷三）

藍溪曉月誦《太極圖說》偶得一絕，
伏呈苟庵申先生（應朝）

朝鮮　宋炳華

藍溪流水自寒泉，秋月分明照一源。
愧我迷津無所適，困蒙遠實已多年。（蘭谷集卷一）

題寧齋處士吳公（允常）《太極圖說解句釋》後二首
朝鮮 趙秉惠

少小潛心《太極圖》，如將活潑見鳶魚。
而今虛老窮山裏，誰與細論周子書。

潛心二字可書紳，鸚鵡能言豈似人。
口耳之間纔四寸，紛紜出入摠非眞。（肅齋集卷一）

讀周子《太極圖說》道體廣博若無津涯，
詠歎之餘仍成句語錄奉胤之尊兄
朝鮮 金益熙

上天之載請詳論，萬物從來統一元。
欲識陰陽本無始，須看動靜互爲根。
渾融全體流行妙，綜錯羣生變化繁。
仁義德成人道立，大哉何以罄形言。

附和章樂靜

遺篇微奧敢輕論，誰識乾坤有一元。
對待雖云不同位，流行却是互爲根。
眞精妙合羣生化，形性相交萬事繁。
修吉悖凶皆在我，服膺仁義莫多言。（滄洲遺稿卷四）

與洪瑞一相朝講讀《聖學十圖》有感
尚之襄逐圖各賦—太极圖
朝鮮 權相一

太極有動靜，妙用本自然。無中實體具，乃在陰陽先。

闡明賴周翁，揆揮繼羣賢。千古此淵源，誰復窮洄沿。（清臺文集
卷二）

草溪武陵李季章（迁熙）與其族姪（奎魯）
來過朝講《太極圖》臨別留一絕追步以謝

朝鮮 南履穆

由來哀世喪真淳，獨掩周關閱幾春。
說到陰陽動靜理，今朝惟對武陵人。（直菴文集卷一）

南溪鄉飲禮畢講《太極圖說》，座罷以
朱夫子《君子亭》詩二十字分韻，得逢字

朝鮮 朴光遠

我生窮海陬，伥伥冥途蹤。無才難振作，有質空疎慵。
又乏良師輔，朝夕以善攻。日於樵牧社，所見徒庸庸。
欲往靡所適，憂思亦孔邛。秋日新溪齋，夕飆響寒松。
維時晚醒翁，惠然策藜筇。剡舟不須月[1]，況復靈龜從[2]。
罍書蓬蓽舍，至寶浮黃琮。喜極因無語，固難攄鄙悰。
為說寒洲駕，西指天王峯。謂余盍隨後，而備策御供。
遂感包荒度，不我棄駑蹇。茲遊真所願，奚暇西疇農。
晨理雙不借，靡憚泥露衝。秋花山下發，野路橫復縱。
旋溜汶泗源，南溪水溶溶。萬古尼邱山，至今瑞靄濃。
人苟采名實，何地氣不鐘。河令善張弛，不求萬戶封。
送子登學舍，珮玉聲瑢瑢。李君[3]難弟兄，醇醇氣味醲。

---

① 底本此處注云："權聖舉居剡岸。"
② 底本此處注云："尹孝一居龜平。"
③ 底本此處注云："致維、敬維。"

朴友①勤素操，德鄰接垣墉。靠山築俛宇，門臨水之潨。
範驅騁正路，德驥聳風鬃。俊彥此來集，蜿蜿類羣龍。
洲翁先在座，喜聽晚翁翌。兩翁華國手，五色舜衣縫。
進不贊皇猷，以活衆口喁。退能惠來學，聊啟蟄戶冬。
顧惟鄉飲儀，古人如飧饔。元聖制此禮，擇士周辟廱。
吾土久不講，源遠流易壅。幸茲野外蕝，俯臨溪流淙。
不見賓主位，昂昂而顒顒。不見介僎席，肅肅而雝雝。
疑立束我筋，旋揖整我容。內省主我敬，外檢起我恭。
儀惟旅俎豆，樂何待笙鏞。工歌風雅正，淫聲黜衛鄘。
旅酬且乞言，不吳亦不訩。懇懇忠孝訓，銘佩孰非儂。
遂令觀感地，有如化陶鎔。不賞勸仁善，不罰懲頑兇。
行路尚瞻敬，下至於丐傭。禮罷遂開講，有緝席純重。
諄諄誨不倦，待問如撞鍾。緬思濂水上，亭亭玉芙蓉。
萬物具一極，體認在吾胷。紫陽闡奧旨，大道有攸宗。
二陸不知量，換頭憎鬖鬆。毫差繆千里，異說遂庬茸。
誰為道一篇，求螢似幷蠭。若不極力舩，民曷變時雍。
聽教如醒夢，不覺西日舂。從前虛度歲，反顧憂懂懂。
及今庶著力，春水發艨艟。琢玉要成寶，磨劍思藏鋒。
記詩聊警後，無忘此日逢。(鶴山集)

蓮

朝鮮 李石亨

卷葉初披水上虳，稜然有刺惡人攀。
明珠玉斗應難比，只作濂溪意思看。(樗軒集卷下)

---

① 底本此處注云："瓚汝。"

詠 蓮

朝鮮 趙　絅

的的芙蓉花，秀色帶朝日。離婁目必眩，赤城霞自失。
俯看淤泥濁，抽此難染質。釋氏亦有眼，比性書法帙。
我有出塵想，於物少所昵。獨此愛蓮花，不辭濂翁匹。
睡起臨前池，香風來滿室。怳若伴仙侶，月宮探桂實。
對之思無邪，采之勝芝朮。不緇小良玉，可口嫌楂橘。
清爽襲人懷，火雲空嵂崒。退之少意思，反以甘比蜜。
木蘭露幾何，窄狹靈均筆。形容君子德，軋軋難再述。（龍洲遺稿卷五）

詠 蓮

朝鮮 林億齡

傳聞荷萬柄，君亦慕濂溪。若化龜千歲，田田亂葉棲。（山堂集卷五）

詠 蓮

朝鮮 李　原

風來水面遠飄香，淨植亭亭異衆芳。
料得濂溪當日愛，非關翠盖與紅粧。（容軒集卷一）

詠　蓮

朝鮮　柳方善

舉世徒知桃李紅，水邊誰復重芙蓉。
當觀外直心求直，可法中通道貫通。
處污得清和有節，惡文從淡德無容。
丁寧合號花君子，賴是濂溪一眼功。（泰齋集卷三）

蓮　房

朝鮮　金時習

何事濂溪獨愛焉，亭亭淨植似羣仙。
無端又有花方果，堪譬金人說妙蓮。（梅月堂集詩集卷五）

愛　蓮

朝鮮　李潤雨

聞道濂溪最愛蓮，濂溪非是愛嬋妍。
亭亭玉色猶君子，矗矗朱萃似水仙。
隔沼天香風共遠，凌波羅韈露相鮮。
淤泥不染如來性，外直中通更可憐。（石潭文集卷一）

愛　蓮

朝鮮　金秀三

問爾來從玉井傍，中通外直是天常。
淤泥托跡何曾染，感歎濂翁愛說長。（恥恥齋文集卷一）

愛　蓮
朝鮮　朴容根

事到三思易得中，不為為雨不風風。
安將心竅如蓮竅，玉露秋江獨守紅。（春史集卷二）

愛　蓮
朝鮮　申敏一

百卉之中最可憐，亭亭植立擢清漣。
淤泥不染高標格，色相還通淨業緣。
騷客掇芳花作製，眞人好事葉爲船。
浮華浪蕊人爭賞，獨有濂翁解愛蓮。（化堂集卷二）

愛　蓮
朝鮮　李圭憲

亭亭特立水中央，直爾為資妍爾粧。
堪作泥珠寧匿彩，含凝玉露自生光。
高標密近濂翁宅，清秘翻騰屈子裳。
遙指藕船太華井，也應仙伴共徜徉。（肯堂集卷一）

愛　蓮
朝鮮　成正鑾

曾鑿池塘灌小溪，種來南北又東西。
田田蒼葉誇圖傘，潔潔奇花出淤泥。

月照芳姿留客杖，風生幽馥入吾樓。

看看不厭徘徊立，欲學濂翁也咏題。（修軒文集卷一）

愛　蓮①

朝鮮　曹文秀

獨愛中虗色亦鮮，亭亭高山在清漣。

千般水陸名花裏，別樣乾坤造化邊。

香到晚朝風與遠，影當晴夜月同圓。

誰能識得先生意，只爲觀天不爲蓮。（雪汀詩集卷七）

盆　蓮

朝鮮　權　近

庭畔難開沼，盆中可種蓮。泥心抽碧玉，水面疊靑錢。

派自濂溪出，根從華岳連。何嫌花未折，坐對興悠然。（陽村集卷十）

庭　草

朝鮮　金富倫

濂溪庭畔曾交翠，明道牕前亦不除。

要識一般生意在，請君須看雨晴初。（雪月堂集卷一）

蓮二首

朝鮮　金　沔

中通外直似君子，物性於人亦可倫。

---

① 　底本此處注云："月課。"

若非馨德程夫子，正是濂溪洒落人。

獨立秋江孰爾□^①，世間花卉自殊倫。
千年明月眞相識，萬古淸風是故人。（松菴遺稿卷一）

愛蓮吟

朝鮮 權象鉉

小塘水淺草荒蕪，駢出青蓮三四株。
弱根依土泥何漆，嫩葉浮錢氣漸蘇。
黿欲構巢身未隱，魚將遮傘口相煦。
開花玉井心無艷，愛與濂翁若合符。（晚窩文集卷四）

愛蓮堂

朝鮮 許　筝

南浦遊人去，西關客路長。收將萬里興，高臥愛蓮堂。（荷谷詩集續補遺）

愛蓮菊

朝鮮 宋鎭鳳

菊秀淵明色，蓮清茂叔心。物何同調契，獨我愧塵襟。（思復齋文集卷一）

愛蓮行

朝鮮 金相峻

水陸多奇品，無花不堪憐。桃李正芳華，芍藥亦嬋娟。

---

① 底本此處注云：“缺。”

富貴取牧丹，溫艷有水仙。所以世人目，貪翫共紛然。
如何濂溪子，獨愛水中蓮。亭亭出淤泥，潔潔濯清漣。
中通本無滯，外直豈有牽。可敬不可褻，欽艷無射焉。
不是越溪女，徒耽花如臙。又非太乙老，取葉可作船。
一般妙理在，誰能解真詮。團團灑落珠，箇箇太極全。
是以開一本，付與河南傳。種下復生種，寒泉遂蕃延。
奈何世不古，蘋荇滿澤連。緬憶千載下，遺香在遺編。（南坡遺稿）

師古詩
朝鮮 金德謙

誰將君子強名堂，最是芙蓉異衆芳。
祇恨西來秋色晚，寒香寂寞但空塘。（青陸集卷三）

愛蓮亭
朝鮮 正　祖

採蓮聲在曲欄前，涵碧浮紅映水天。
愛看流萍開一道，藕花深處住蘭船。（弘齋全書卷一）

月夜賞蓮①
朝鮮 金富伦

飲罷三盃酒，來觀百朵蓮。迎風香冉冉，帶月色娟娟。
似別濂溪畔，如臨玉井邊。不宜無一語，要見錦聯篇。（雪月堂集
卷二）

---

① 底本此處注云："吟示柳正夫（格）、晦夫（根），李逢原要和。"

次蓮堂韻
朝鮮　朴　英

名自濂溪暢，根從玉井來。佳人花借臉，飲子葉爲盃。
發興眞無並，題詩不用催。明年重有約，莫負滿池開。（松塘集卷四）

次愛蓮堂
朝鮮　李賢輔

風搖荷葉颭爲聲，香滿軒堂擁鼻清。
剩得十分奇絕處，夜窗明月掛簾旌。（聾巖文集卷一）

愛蓮二首
朝鮮　鄭彦宏

大華峯頭分異種，方塘淨植貯清漣。
開花已覺香生榻，布葉何須藕似船。
始見淤泥終不着，方知真性獨能全。
庭梅籬菊誰非好，外直中通愛此蓮。

姚黃魏紫世爭憐，濂後千年我愛蓮。
玉鏡乍擎雲錦出，瓈盤時瀉露珠圓。
遊蜂戲蝶應難近，靜色清香遠益妍。
最是月明風露下，繞堂三匝骨如仙。（西溪文集）

題愛蓮軒

朝鮮 朴 祥

濂溪遺所愛，有目靉紛如。濯濯淤泥上，亭亭風雨餘。
長來人折直，通厲我知渠。臭味真深會，猶須自作踈。（訥齋集卷三）

愛蓮臺二首①

朝鮮 申 濡

高臺獨立瞰清漣，聞說臺名是愛蓮。
松籟竹陰真可悅，不須溪面有田田。

元晦祠前茂叔臺，儒賢千載若追陪。
恠他池面清如鏡，看取西頭活水來。（竹堂集卷四）

次友蓮堂韻

朝鮮 李 楨

寥寥郡閣晚，池面落樓陰。官閒友何物，荷葉翠色涳。
愛看淡悤言，默想濂溪襟。高標出塵表，灑落立水心。
風來德馨至，雨過聽涼音。軒牕坐終夕，興極發清吟。（龜巖集卷一）

愛蓮堂有吟

朝鮮 鄭 琢

樓下方池淨，清漪匝一堂。飛橋代羅襪，荷葉動新香。

---

① 底本此處注云"臺在孔巖書院，院祀朱子。"

月夜仙禽語，炎天水面涼。歸時應更好，須飲碧筒漿。（藥圃遺稿卷一）

愛蓮亭原韻

朝鮮　丁大晛

數棟新成小塢東，樵兄漁弟四隣同。

春深楊柳千絲綠，露浥芙蓉萬朵紅。

已放幽情遊世外，更將餘事付樽中。

愛蓮只是由清趣，豈敢自比濂上翁。（石蓮遺稿卷一）

愛蓮軒聯句①

朝鮮　李柄運

千載濂溪後，斯文在蠹翁（李柄運）。

時其命也數，道或嗇而豐（鄭煥喆）。

秋月寒潭照，瑤琴寶匣空（李道復）。

輔冲雖見忓，作聖豈無功（楊在輝）。

圃老淵源接，暄爺志氣同（鄭民鯨）。

蝛吞彬血射，鵬泣涪天竆（金容疇）。

光霽蓮塘上，弄吟花岳中（梁準永）。

陳編嗟遭燼，至德尚遺風（鄭在洪）。

點竄多商確，掃塵應折衷（鄭恭鉉）。

休言長夜黑，孤燭四衢通（郭恭爕）。（兢齋文集卷一）

---

① 底本此處注云："軒是咸陽濂溪書院東齋。"

題《愛蓮說》後①

朝鮮　高傳川

君不見靈均愛蘭元亮菊，性相近之非外求。
芳蓮不為桃李顏，俗人笑之君子羞。
借問苦心說者誰，德人襟懷天與遊。
濂溪一曲種蓮花，萃瑟几杖林塘幽。
移來何處玉井根，有花有花開清烁。
何須楚澤逐臣衣，何須太乙真人舟。
天然秀色去雕餙，於以比德情綢繆。
纖毫肯許染污泥，霽月下照光風留。
從來心賞在氣味，富貴花愛亙其稠。
人能得物物得人，可無一語酬清脩。
終然洙泗輟遺響，艸木無情空寄愁。
清芬仰挹生已晚，愛蓮之意君知不。
薔薇盥手不足誇，一唱三歎邪無逌。
想當宴坐說無極，鏡面澄澄雲錦浮。
德馨千古繼無人，傷心誰復夢孔周。
傷心誰復夢孔周，一續遺文雙涕流。（月峰集）

寄題愛蓮亭

朝鮮　尹喜求

種德滿家花滿塘，花間一笠泛清涼。
不緣臭味同君子，誰識淤泥有國香。

---

① 底本此處注云："乙巳司馬三等第五季父晴沙公居魁。"

夜度乙仙船是葉，朝傾象鼻碧為觴。

主翁拈出濂翁句，花氣因之道氣長。（于堂詩鈔）

利川愛蓮亭

朝鮮　曹　偉

開亭鑿沼種紅蓮，人道當時太守賢。

國色動人如自媚，天香[①]照水絕堪憐。

關情擬續濂溪說，入夢頻尋太乙船。

折得碧筒仍痛飲，徒教喚作舟中顛。（梅溪文集卷四）

次愛蓮亭韻

朝鮮　呂圭瀓

手種蓮花閱幾春，濂翁遺趣一亭新。

夏來出水圓如盖，秋後吟香遠襲人。

自愛胸襟常澹泊，堪憐世界已沈淪。

雲林嘉遯貞還吉，偃臥中間不染塵。（松潭遺稿卷二）

安東愛蓮堂

朝鮮　辛啟榮

小閣連喬木，虛簷雨氣昏。池涵秋水色，山帶暮雲痕。

景物供詩料，行裝荷主恩。浮槎滄海上，直欲沂河源。（仙石遺稿卷一）

---

① 　底本此處注云：“一作晨粧。”

敬次愛蓮堂韻①

朝鮮 鄭在箕

乘閒嘯咏此蓮堂，一事經綸又小塘。
獨拔淤泥能不染，全吞秋氣却生涼。
黃塵忽邈平開戶，遠岸皆呈兀出樑。
自是心香清且妥，濂翁愛意亦難忘。（介隱遺稿卷一）

次愛蓮亭原韻

朝鮮 鄭仁卓

繡墨扶旧一線陽，取諸濂說意深長。
真人何去歲將晚，君子宛來秋色涼。
却笑楚蘭空自珮，堪憐晋菊但能觴。
月留花上風留葉，想見當時霽與光。（滄臬集卷一）

愛蓮亭詩次韻②

朝鮮 文敬仝

鳴蛙得水亦無聲，雨瀉荷珠箇箇清。
晚把酒杯拼一醉，遙山雲影八簾旌。（滄溪集卷三）

---

① 底本此處注云："在竹林亭左。"
② 底本此處注云："與李明仲共和。"

次信川蓮堂韻

朝鮮 金德謙

水面芙蕖水畔堂，凭欄手可摘蓮芳。
靜中若解濂溪趣，最在月明香滿塘。（青陸集卷三）

吟呈賞蓮窩主人

朝鮮 趙相禹

鑿此三韓地，偷他一片天。鳶飛曾數矣，魚躍更何焉。
溯向濂溪學，移來玉卉蓮。臨池詠其說，今去且千年。（時庵集卷一）

次鎮川愛蓮堂韻

朝鮮 沈守庆

半畝方塘裏，華堂結構新。軒窓留別景，几案絕纖塵。
望似神仙宅，登疑夢幻身。更看佳扁在，誰是愛蓮人。（聽天堂詩集）

次利川愛蓮亭韻

朝鮮 明 照

暮年身世似秋蓮，僚到聲名愧獨賢。
霜葉雖披空自老，風儀憔悴有誰憐。
須將白板留詩句，不用紅粧掉酒舡。
屈指重來六十載，鬢毛蕭颯雪盈顛。（虛白堂詩集卷八）

愛蓮堂賞蓮二首

朝鮮　朴泰茂

昔我先人解綬歸，澄塘淨植嗅芬馡。
年年七月花開節，獨坐虛堂涕滿衣。

濂溪翁已數千年，舉世人無解愛蓮。
人無解愛蓮何損，保得清香獨自妍。（西溪集卷一）

次蓮堂夜飲詩韻（其一）

朝鮮　崔奎瑞

誰鑿蓮塘着小堂，濂溪遺愛故難忘。
蓮花滿眼渾如海，文酒逢場盍若陽。
清月多情分皓彩，薰風解事送微涼。
廣陵眞賞成佳會，醉裏雄心隘八荒。[①]（艮齋集卷四）

鎮川愛蓮堂即事

朝鮮　李誠中

稍喜公事退，移坐愛蓮堂。醺醺欲醉人，藹藹聞幽香。
快雨忽一聲，衆葉何奔忙。珠圓惜沉闕，汞走飜餘光。
芙蕖不自持，低佪斂明粧。猶堪博一笑，未足供千塲。
須臾雨復止，物色增清涼。萬事本如此，悠悠詎可量。
頹然臥前楹，一觴又一觴。（坡谷遺稿）

---

① 底本此處注云："是夕觀燈，故末句及之。"

愛蓮堂次板上韻

朝鮮　宋明欽

八面開清沼，六楹聳畫堂。客來秋已晚，花落水猶香。
月照琉璃瑩，風侵簟席凉。飄飄塵不到，酣詠倒瓊漿。（櫟泉文集卷一）

愛蓮堂中秋玩月

朝鮮　宋明欽

向晚招攜下粉城，異鄉音樂動悲情。
百年幾日人爲樂，萬里今宵月最明。
橋頭妓對紅粧舞，水面魚驚畫鼓聲。
醉罷杯盤何狼藉，起看星漢已西橫。（櫟泉文集卷一）

太極亭銘

朝鮮　崔錫鼎

玄牝不宰，強名太極。先天混成，妙物無迹。
心兮本虛，象茲天則。庶幾存存，神明厥德。（明谷集卷十一）

太極亭偶吟

朝鮮　李端相

魚躍鳶飛上下間，天根月窟去來閑。
百年事業藏諸用，太極亭中美一環。（靜觀齋集卷三）

太極亭感古

朝鮮 李端相

吾友云亡卄載餘，经营宿計揔成虛。
靈芝洞路香猶在，太極亭基草不除。
賢子肯堂初结搆，老翁呼酒為停輿。
龍山又值重陽節，淚洒秋天落木初。（靜觀齋續集）

讀《易》有懷尤齋

朝鮮 李端相

日把羲經邵易編，靜觀惟有一環圓。
從知太極元無極，始信先天是後天。
心向一中包廣大，事從行霧有經權。
誰將造化經綸手，長對青山抱膝眠。（靜觀齋集卷三）

太極亭偶吟

朝鮮 趙顯期

巖下方塘巖上亭，幽居孤絕斷人行。
四圍松翠羣峯合，九月楓丹兩岸明。
隆古已遙寧挽世，小山新占可藏名。
猶餘舊習常耽酒。白眼秋天意氣橫。（一峰集卷二）

讀《通書》

朝鮮　李有善

葷血塵紛洗我腔，遺書終日坐明窗。

有無推去渾為一，對待看來本自雙。

導以南車中道逞，麾之赤幟百家降。

斯人有幾形能踐，一塊終然只帝江。（修齊集）

讀《通書》

朝鮮　夏時贊

非無伊老志，奈昧子淵學。豈敢慕令名，且存吾所得。（悅菴文集卷一）

源通書堂

朝鮮　閔遇洙

溪堂春已動，日暖柳初舒。野色遊絲外，山光積雪餘。

深歡在宗族，至樂有詩書。勗爾諸年少，窮經慎莫疎。（貞菴集卷一）

讀周子《通書》

朝鮮　柳　潛

咫尺青天頭不離，一心何忍受群欺。

從前百悔且休說，試讀元公主靜詞。（澤齊集卷一）

誦周子《通書》有得二首

朝鮮　李教文

前哲戒無慾，志定氣隨清。只憎流注想，克守自神明。

此言聞未早，辜負下帷日。安得除私意，立誠終始一。（日峰遺稿卷二）

讀周子《通書》邵子《觀物篇》感而有作

朝鮮　權　韠

禮門仁宅久榛蕪，千載歸來得大儒。
霽月光風周茂叔，天心水面邵堯夫。
當時獨鮮先天學，後世空傳《太極圖》。
小子秖今迷所向，茫茫歧路泣楊朱。（石洲集卷四）

濂　溪

朝鮮　姜友永

學絕言堙後，挺生無極翁。庭草月先霽，啓照洛閩東。（溫齋集）

濂　溪

朝鮮　金麟厚

亭亭蓮花峯，縹緲涵雲煙。有水下發源，數里行潺湲。
澄泓忽不測①，氣象多清妍。適來舂陵翁，寓目心怡然。
徜徉愜幽期，竟夕忘迴旋。森森生岸樹，下有龍蜿蜒。

---

① 底本此處注云：“一作成潭。”

臨風詠而歸，雅趣存魚鳶。悠悠故山溪，取以名其川。
葺宇俯淪漪，風月還無邊。我欲一窮源，邈矣難窺緣。
舒帙攬遺圖，想望千載前。（河西全集卷三附錄）

濂　溪
朝鮮　魯炳熹

睠彼太和源，日照蘸紫烟。泉生白石根，曲曲清流湲。
回成一小潭，蓮花正堪妍。周翁有先見，愷愷到廓然。
所樂果何事，動容而折旋。天靜風微吹，龍麟波蛇蜒。
上下分而形，所以言魚鳶。著外自不息，如斯逝者川。
見何異古今，育襟渺無邊。且生千載下，邈邈難附緣。
舒卷寓心目，只切曠感前。（壺亭遺稿卷四附錄）

求濂溪巾①
朝鮮　李潤慶

濂溪明道與坡仙，道學文章絕後前。
千載遺風今未沒，三家巾制久相傳。
華人不是皆尊德，雅意猶將寓象賢。
最愛得中周子帽。溫涼俱合著林泉。

今人當服今人服，能屈名言涑水翁。
常服前賢衰世戒，未忝愚意幅巾中。
窮途好事人應笑，草野優身自不同。
況是周冠差少駭，何妨林下老頭籠。（崇德齋遺稿卷一）

---

① 底本此處注云：“東坡冠、程子冠、周子冠，市上多造賣者，街曲亦多著行者。”

濂溪賞蓮

朝鮮 徐居正

曾見濂溪活水來，亭亭淨友共徘徊。
心乎愛矣無人識，栽者培之得地開。
馨德芝蘭能伯仲，芳姿桃李總輿臺。
殷勤著說君須記，君子花為君子才。（四佳詩集卷十三）

濂溪愛蓮

朝鮮 姜泰重

方便開闢兩乾坤，圈子何煩墨半痕。
植物偶爲君子愛，一般庭草不消言。（柳下遺稿）

濂溪築室

朝鮮 鄭雲五

蓮華峰色古今同，太極新圖奧理通。
庭草無邊交織翠，逍遙社裏坐春風。（碧棲遺稿卷上）

過濂溪舊墟

朝鮮 朴宜中

微凉晚籟坐披襟，一閣高臨喟□①心。
靜裏棠花紅落藥，閑中槐葉綠移陰。
無詩夜是尋常度，有酒人多騰概臨。

---

① 底本此處注云："缺。"

楊柳梧桐餘景足，文瀾千載濂溪深。（貞齋文集卷一）

讀濂溪詩序

朝鮮　朴宗永

聞道周茂叔，乞身老溢城。蓬峯水發源，紺寒且潔清。
遂自號濂溪，用以配平生。窺覰先生志，樂道不求名。
仕宦三十年，長紆邱壑情。築室竟樂之，挹波濯塵纓。
壽觴延五老，溪毛供飯羹。世故不窘束，厭濁蟬蛻輕。
玉雪何紛披，貪吝非敢萌。太極掛圖象，妙玩二五精。
津舟與塘蓮，兼寓素履貞，黃叟善贊美，光風霽月明。
庸荅詩以系，異調而同聲。千載余所感，斯道賴有成。
追尋已絕緒，微奧訓兩程。至于紫陽闡，群朦不迷行。

（松塢遺稿卷三）

濂溪室三首

朝鮮　金時習

蓮花峰下小溪邊，卜築團茆浩氣全。
霽月光風涵物像，請看窓外草悠然。

精妍太極先天圖，便識先生味道腴。
卦未畫前馮翼始，不知亦有伏羲無。

孔孟道學已陵夷，征戰之餘老佛披。
蠱惑人君傷世道，天生賢者樹民彝。（梅月堂集卷二）

濂溪庭草二首

朝鮮　權斗經

先生觀物掩山扃，碧草春溁欲滿庭。
風月無邊添灑落，陰陽有迹露芳馨。
一般意思誰賓主，百種精神自色形。
怊悵愛蓮人去後，謾雷閒卉幾回青。

溪上端居養性靈，喜看幽草遍中庭。
侵鞋暈色經春長，滿眼芳菲過雨青。
有契胷襟同灑落，無邊風月助清冷。
窮神知化先生事，觀物何曾滯物形。（蒼雪齋文集卷四）

題柳泓濂溪亭

朝鮮　張經世

勝地尋常在，層崖傍路開。烟霞千嶂古，瀟灑一溪來。
騷客興先動，遊人頭幾廻。小亭斜日暮，柱杖踏青苔。（沙村集卷一）

題利川愛蓮亭

朝鮮　徐居正

高陽申相公名其亭，西河任判相作記。

誰續濂翁說愛蓮，名亭端合古人賢。
君應似德平生好，我亦虛心抵死憐。
結子已聞圓似斗，花開曾見大於舩。
更須勤著栽培力，風月前頭興自顛。（四佳詩集卷十四）

濂溪先生愛蓮

朝鮮　俞好仁

南康一軍山庚庚，蓮花峯下溢江清。
先生築室臥其中，高揖伏羲而思誠。
源頭一脉活潑潑，鑿開方塘停澄泓。
芙蓉萬本此淨植，紅衣翠盖來鵁鶄。
不蔓不枝天所賦，亭亭每與生俱生。
光風泛溢過芳渚，滿鏡江雲濃日暗。
忘換岸巾坐到夜，俯涵萬象通襟靈。
月落夢回輕靄歇，瑤琴潤盡詩思馨。
笑看風韻淡無累，一般道體流芳聲。
中通外直卽君子，吾與尔宜俱享名。
須臾目擊道同存，有情已到還忘情。
君不見霜中菊花媚三逕，元亮只解餐落英。
紛紛世上競豪華，富貴花王開滿城。
誰知此花遇知音，已與濂溪參道盟。（㵮谿集卷四）

愛蓮亭聽夜雨[①]

朝鮮　辛啟榮

澗水循除瀧瀧鳴，曲欄閑倚有餘清。
重陽令節知非遠，滿砌黃花欲吐英。（仙石遺稿卷一）

---

① 底本此處注云："安東客舍別館。"

次安東愛蓮亭圃隱先生韻

朝鮮 辛啟榮

浮生羇恨入秋多，客裡逢辰意有加。
磊落壯懷頻撫劍，參差孤夢幾還家。
霜侵兩鬢人將老，雨過千山菊自花。
莫道驛亭征邁苦，明朝鯨海泛孤槎。（仙石遺稿卷一）

獨生愛蓮堂憶大休

朝鮮 李賢輔

共賞新荷有宿期，待君三日強臨池。
紅葉落盡無消息，一葉飄來一度思。（聾巖文集卷一）

過文化邑題愛蓮亭

朝鮮 金寗漢

莊坪一半夕陽收，雲物淒涼滿目愁。
昔日官亭今寂寞，敗荷衰柳不勝秋。（及愚齋集卷七）

敬次濂溪春日詩韻

朝鮮 姜寅洙

終日優遊石澗濱，任他風浴意新新。
吾儒不是尋常樂，淺綠輕黃化裏春。（后南文集卷一）

題曾雲巢濂溪詩後

朝鮮 李碩璜

無極翁知太極理，分明圖上見機關。
昭晣欲驗精微處，動靜之間樂水山。（石愚集卷一）

馬山八景—濂溪秋月

朝鮮 鄭東轍

濂溪直下洛江頭，一派綖分萬派流。
惟有印潭秋月色，亭亭如見賞蓮秋。（義堂文集卷一）

春日獨坐用濂溪韻

朝鮮 李敦厚

風聲生遠峀，一氣自清明。對案當朋坐，巡庭勝野行。
昭山增紫翠，洛水益澄清。此間易得趣，寡欲覺身輕。（昭山遺稿卷一）

屏風十詠—濂溪賞蓮

朝鮮 南孝溫

菡萏秋容秀，斜日晚紅酣。庭前草不除，籬外水如藍。
大宋主天下，是非張空談。獨得太極說，笑看徂怒三。（秋江文集
卷二）

枕屏十詠—濂溪風月

朝鮮 曹恵承

書不盡，圖不盡。滿庭交翠，識者難。（欽齋文藁卷一）

風月樓賞蓮，進退格

朝鮮 權　近

萬朵芙蕖冒綠池，一樓風月柳邊迷。
翠雲蕩漾天無暑，香霧空濛夜正遲。
自是根株連華岳，曾無枝蔓染淤泥。
悠然吟弄故來兵，須信濂溪不我欺。（陽村集卷六）

霽月夜憶濂溪翁二首

朝鮮 張鎭錫

一碧秋天鏡面同，悠悠餘思愛蓮翁。
溢江當日無邊趣，輸得今宵霽月中。

清宵霽月古今同，千載神交茂叔翁。
數三君子相逢處，先天影子極圖中。（益庵遺稿卷一）

次王守仁過濂溪祠韻

朝鮮 朴致和

炳炳丹青儼若真，春風來揖一衣巾。
圖書當日追前聖，詩禮千秋賴我民。

霽月光風如炙氣，紅蓮綠水悅留神。

吁嗟小子生胡晚，山仰如今薦白蘋。（巽齋集卷一）

次陳內翰詠瓶中蓮花詩

朝鮮 李承召

折得芙蕖帶露紅，冷瓶斜挿照堂中。

濂溪肯作兒曹見，爲愛看來有所同。（三灘集卷二）

蓮亭次沈使相學而韻二首

朝鮮 裴龍吉

菡萏淸香滿一池，微風時動漾晴漪。

皷傾羞借醜稽直，還向濂溪思舊知。

誰將麻稭挿前池，翠藕紅房困碧漪。

邂逅南坡老仙伯，光生半畝感新知。[1]（琴易堂集卷一）

風月夜追憶濂溪、康節二先生

朝鮮 李　鎰

楊柳風凉梧月輝，雙淸無與古人違。

胸襟灑落蓮峰室，綌褐適安泉布衣。

味得淸閒人少識，像摸光霽聖同歸。

此身願作雲端鶴，溢水百源任去飛。（小峰遺稿卷三）

---

① 底本此處注云："牧伯挿麻骨，以防蓮實見偸之患，使相大笑，令盡拔，仍以詩嘲之故云。"

采蓮精舍

朝鮮 李 滉

賞愛蓮花無極翁，襟懷光霽月兼風。
一般意思那無寓，通直分明在眼中。（退溪集卷五）

安東愛蓮堂并序

朝鮮 李 滉

　堂舊為亭，在蓮池中，叔父松齋府君莅官日嘗有詩曰："琴韻冷冷雜雨聲，敗荷無藕尚含清。移葵間竹西墙下，紅綠分明各自旌。"後聾巖李先生繼為府，改構為堂，仍掛松齋詩于壁，竹移于北墙，而葵無處矣。

竹因風細笑無聲，荷為秋涼韻更清。
不見西墙紅間綠，空餘珠玉映簾旌。（退溪全書卷一）

黃仲舉求題畫十幅—濂溪愛蓮

朝鮮 李 滉

牧丹傾世菊鳴賢，千載無人鮮賞蓮。
感發特淶無極老，花中君子出天然。（退溪全書卷二）

鄭子中求題屏畫八絕—濂溪愛蓮

朝鮮 李 滉

天生夫子闢乾坤，灑落胷懷絕點痕。
郤愛清通一佳植，花中君子妙無言。（退溪全書卷三）

題蓮花白鷺圖，尹彥久要予同賦

朝鮮　李　滉

菡萏紅交白，春鋤立並窺。馨香眞可挹，脩潔正堪儀。
韻妙濂溪說，名高魯泮詩。上屛長寓目，非爲欠淸池。

（退溪集續集卷一）

題小屛山水圖十幅—濂溪愛蓮

朝鮮　全鳳錫

白雲數間茅屋，明月半畝池蓮。
淨植亭亭盆淸，此意終朝澹然。（魯齋文集卷二）

題八帖畫屛八絕—周濂溪庭草交翠

朝鮮　金相潤

溪上茅廬不起塵，閑雲淡影過柴門。
庭畔誰家無此學，如天只欠萬和春。（元圃遺稿卷一）

謹次退老贈黃仲擧韻—濂溪愛蓮

朝鮮　安命夏

淨友天姿得主賢，淸漣自潔出溪蓮。
由來標楀眞君子，近嗅馨香望儼然。（松窩集卷二）

屏畫十贊—濂溪愛蓮

朝鮮 魚有鳳

濯纓濂溪，洒落襟胷。天啓淵源，洙泗與通。
亦愛名花，亭亭水中。馨香之德，物與人同。(杞園集卷二十二)

述先賢遺蹟—濂溪愛蓮

朝鮮 朴岐鳳

先生馨德襲羣賢，半畝方塘且有蓮。
知是先生曾有植，一般清臭自盎然。(海隱遺稿卷一)

敬次退溪先生畫屏韻十首—濂溪愛蓮

朝鮮 權宅容

爲制衣裳護屈賢，清詩見賞李青蓮。
濂翁最是能知者，君子號爲可適然。(惕窩遺稿卷一)

次退溪先生題畫十幅韻—濂溪愛蓮

朝鮮 尹禹學

靜觀物理極翁賢，舍彼名花獨愛蓮。
花中君子惟渠在，不染污泥自爵然。(思誠齋文集卷一)

追次子希老先生集中韻—濂溪愛蓮

朝鮮 趙虎然

亭亭爾是物中賢，賢者方知愛是蓮。
問爾那能清若許，淡然花葉更天然。（舊堂文集卷一）

謹次退溪集畫幅十韻—濂溪愛蓮

朝鮮 黃贊周

花中誰識有花賢，留待濂翁獨賞蓮。
出自游泥還淨潔，玉人含笑任天然。（綺園文集卷二）

敬次退溪先生題八絶—濂溪愛蓮

朝鮮 蔡愚錫

襟懷光霽體乾坤，庭草渾無造化痕。
濯濯秋蓮清自愛，此情難與俗人言。（愚堂集）

敬次退溪先生題十幅畫—濂溪愛蓮

朝鮮 金在燦

花中君子世稱賢，君子人來愛賞蓮。
欲識此間真太極，團團葉上理森然。（西谿文集卷一）

敬步退陶先生集中十詠—濂溪愛蓮
朝鮮 李棟完

清水亭亭出玉蓮，最宜朝日照紅鮮。

濂溪愛賞空留說，淡趣由來孰有傳。（茅山文集卷二）

謹次退溪先生和鄭子中畫屛韻—濂溪愛蓮
朝鮮 池德鵬

花心箇箇一乾坤，形上誰知寂寂痕。

根着淤泥莖似玉，主翁盡日對無言。（商山文集）

謹次退溪集中題黃新寧十幅韻—濂溪愛蓮
朝鮮 趙顯翼

牧丹黃菊較誰賢，惟有先生獨愛蓮。

這裏須看無極理，田田花葉出天然。（竹軒文集卷一）

謹次退陶先生題黃仲舉畫本十帖—濂溪種蓮
朝鮮 張升遠

蓮峰卜築極翁賢，君子之花是曰蓮。

出水亭亭濯動靜，一般襟韵想依然。（澹屋集卷一）

伏次退溪先生題黃錦溪十幅畫韻—濂溪愛蓮

朝鮮　李鼎濟

霜後能開菊似賢，雍容君子水中蓮。
千紅滿野還堪笑，最是清香獨粹然。（魯岑文集）

用先祖文康公畫屏命題，題家藏
八帖屏八絕—周濂溪庭草交翠

朝鮮　張錫英

茅廬終日淨無塵，滿地葳蕤獨掩門。
何處何人無此草，胷中只乏一般春。（晦堂文集卷一）

次菡萏亭

朝鮮　李尚毅

小池栽碧藕，晴漲漾紅亭。出水新莖短，牽風疊葉輕。
清香宜入室，淨友可忘形。更誦濂溪說，煩襟覺自醒。

（少陵集卷一）

遊釣翁臺

朝鮮　鄭涵溪

潭照濂溪月，臺傳洛社風。古人今不見，千載起潨衷。

（涵溪集卷二）

庭草交翠①
朝鮮 鄭必达

風月濂溪上，乾坤一小亭。無人來扣戶，有草自生庭。
此理元無間，吾心况最靈。可憐遊冶客，空喜踏青青。(八松集卷一)

景濂亭②
朝鮮 李　　滉

草有一般意，溪含不盡聲。遊人如未信，蕭洒一虛亭。

(退溪集別集卷一)

次景濂亭
朝鮮 黃俊良

寒輸眾峭色，碧壓一溪聲。風月無邊趣，乾坤一小亭。(錦溪集卷三)

景濂亭二首
朝鮮 周世鵬

八月溪堂夜氣寒，中庭俯仰二儀寬。
若無太極乾坤息，誰似堯夫解弄丸。

摩崖題刻白雲名，白日白雲生白石。
太守頻來愛白雲，白頭如雪眼藍碧。(武陵雜稿別集卷三)

---

①　底本此處注云："月課。"
②　底本此處注云："亭在白雲洞。"

景濂亭次韻

朝鮮　黃　暹

迥出淵淵脉，奔流衮衮聲。聖人川上趣，知在景濂亭。（息庵集卷二）

敬次景濂亭①

朝鮮　趙　昱

霽月明山色，光風送水聲。聊將萬里眼，登眺景濂亭。（龍門集卷一）

次景濂亭韻

朝鮮　金應祖

碧嶂古今色，源泉晝夜聲。前脩播馥地，白首復登亭。（鶴沙集卷一）

敬次景濂亭板上韻

朝鮮　柳世鳴

立立山無語，淙淙水有聲。分明當日意，風月景濂亭。（寓軒集卷一）

敬次景濂亭壁上韻

朝鮮　徐昌戴

山雨新晴日，溪流尙故聲。千秋光霽意，獨上景濂亭。（梧山集卷一）

---

① 標題一作："題豐基白雲洞書院。"

白雲洞景濂亭次板上韻

朝鮮 柳健林

前輩遺風遠，竹溪留正聲。洗心求道志，來上景濂亭。(大埜集卷一)

感題周張圖銘

朝鮮 鄭榮振

道理無形象，羲文作卦圖。乾坤開《大易》，河洛啟真儒。
太極冲無眹，《西銘》晰萬殊。日星光燦爛，天地入唐虞。

(平巖文集卷一)

謹次荷堂感興詩①

朝鮮 李最中

二氣生天地，坱圠自沉升。循環本無眹，萬有已妙凝。
貞元互爲根，變化靡始終。皇羲忽焉邈，此理竟誰窮。
寥寥《太極圖》，妙契濂溪翁。(韋庵集卷一)

謹賡御題愛蓮詩②

朝鮮 曹 淑

憑高禁禦出雲煙，千載飛龍喜御天。
魚躍周王靈沼藻，風生舜殿玉琴絃。
時看碧瓦如飛翼，最愛青蓮已學錢。

---

① 底本此處注云："戊辰，荷堂，從氏大諫公號。"
② 底本此處注云："癸酉四月二十八日，慶會樓廷試文臣禮部時。"

冰雲高標應脫俗，淤泥正色孰爭妍。

泓涵聖澤恩波闊，澡濯清漣節義堅①。

香遠益清留彩仗，風來解慍駐遊仙。

微臣遇世昇平久，聖主臨池惠澤宜②。

萬紫千紅俱委地，中通外直守精專。

田田團葉浮寒沼，冉冉清香惹綵幰。

湥味愛蓮思茂叔，高吟警句美公權。

斯人定是襟期爽，植物湥知性命全。

安得心懷清似汝，誰能吟詠筆如椽。

篇章宜入詞臣頌，花草恩霑雨露前。

若寫愛蓮參大雅，定非周皷頌遊畋。（竹軒文集卷二）

次人愛蓮韵二絶

朝鮮 柳敬基

金堤節嶺好山水，人有高明物有蓮。

君子花開君子宅，十分清味出塵緣。

獨愛亭亭出水蓮，濂翁著說最完全。

世人只作尋常看，不識芳姿露本然。（恒軒遺稿卷上）

敬次家君愛蓮韻

朝鮮 宋曾憲

十丈花開緣一莖，亭亭玉立送香清。

濂翁當日無窮興，露冷明月非世情。（後菴文集卷一）

---

① 底本此處注云："缺四句。"

② 底本此處注云："缺二句。"

遊鶴駕山訪愛蓮寺

朝鮮 南錫愚

山南騷客化登仙，飛到蓮庵掛半天。
崎嶇在在皆巖石，縹緲看看但霧煙。
千層危壁雲中立，百態奇峯眼底連。
識得今行山水樂，登臨此地倍超然。（愚隱集卷一）

愛蓮亭感吟用板韻

朝鮮 金鎮商

瀟灑官亭昔賞蓮，茲州賴有使君賢。
十年人事還堪涕，四月池光尚可憐。
落筆淋漓詩入板，浮波瀲灩酒盈船。
今來行樂無尋處，惟見隨風柳絮顛。

曾於庚申首夏遊此，其時故友宋聖章為地主，遊事甚樂，與余俱有詩手寫入板，尚在壁上，令人一涕。（退漁堂遺稿卷四）

次朴文應愛蓮堂韻

朝鮮 李汝圭

主人窓外有紅蓮，愛尒天然出水田。
同我何人知趣味，錫名君子取芳鮮。
謝公詩句徒奇耳，茂叔襟期曠感焉。
秀色滿堂香滿案，勗君清淨遡追先。（无悶集卷二）

十三夜汎舟愛蓮池

朝鮮 金鍾秀

十二紗籠掛畫楹，影將秋月到空清。
輕舟遠出塘南北，蓮葉蓮花相遞明。（夢梧集卷一）

次喚醒公愛蓮韻二首

朝鮮 鞠 沉

池塘多靜趣，心事合儒先。長看《愛蓮說》，不費買山錢。
比鄰誰尤絕，方濂不甚懸。清風引香氣，莫向俗人傳。

遐想古賢趣，沈潛太古先。朱華照白髮，素手弄青錢。
後有巨源賞，愛看荷露懸。誰知非役眼，雅趣在心傳。（松灣集卷一）

奉次家君愛蓮堂原韻

朝鮮 金載石

先人堂構意，克繼傳來風。千載同余愛，遙瞻茂叔翁。

（月潭遺稿卷一）

愛蓮堂次楓巖伯父韵

朝鮮 林 悌

十丈仙葩太華顚，小軒移種寄清遊。
夜深凉思傾銀露，風漏微香度玉舟。
煙外釣竿聊寓興，夢中聲利更何求。
蕭然詠罷濂溪說，除却桑麻摠不憂。（白湖集卷三）

愛蓮寺次瓢翁遊字韻

朝鮮　權奎度

老少乘秋供一遊，腋風飛上白雲頭。
直窮眼界三千澗，萬縷青煙繞海浮。（溪西文集卷一）

住愛蓮寺逐日早起衣冠

朝鮮　權錫璘

鶴駕山中有髮僧，幾時坐了佛前燈。
晨冠亦一真上事，促膝何嫌白衲朋。（晚喜堂文集卷一）

愛蓮寺次鶴林刊役所韻

朝鮮　權錫璘

晚春山雨灑霏霏，携杖陟高玩物輝。
若使吾儕貪美籔，終朝可採鶴陽薇。（晚喜堂文集卷一）

愛蓮堂奉洪侯共賦二首

朝鮮　申鳳錫

半輪霽月透雲明，一陣林風送雨清。
靜誦濂溪夫子說，荷間魚躍滿池聲。

秋懷耿耿夜無聲，唱和端宜養性情。
鳶過長天魚躍水，從知上下理流行。（自足齋遺集卷一）

詠盆蓮，奉呈晉川相公

朝鮮 李　荇

相公一畝宮，而無桃李蹊。愛蓮匪爲他，不染扵淤泥。
盆池雖狹小，萬頃無端倪。未花韻已勝，相對心欲迷。
同公者幾人，千載唯濂溪。從玆得新趣，庭草生亦齊。（容齋集卷三）

書堂小池種蓮，留別雲卿

朝鮮 李　荇

清池新種藕，淨院始分襟。懷土小人性，通中君子心。
休歌折柳曲，且作愛蓮吟。小雨何須傘，開窓日獨臨。（容齋集卷二）

與希魯賞柳衛仲蓮塘

朝鮮 林　芸

爲愛方塘晚景清，去秋今夏我重經。
中通外直宜君子，翠幄紅房滿玉京。
露津尚濕初開藕，香氣時傳半落英。
吟罷周元《愛蓮說》，不妨臨別一杯傾。（慕堂集卷三）

追步碧梧李方伯養久賞蓮韻

朝鮮 林　芸

太華遊仙趁晚凉，商風吹送一池香。
清光耀遠明山外，直影涵虛倒水央。
獨愛高標冝靜翫，誰知馨德合眞王。
追吟記得濂溪說，字字行行久愈芳。（慕堂集卷三）

紫雲書院次朱子濂溪書堂韻[①]

朝鮮 朴世采

祗回幾歲月，復此升高堂。弦誦雖寂寥，黌舍頗開張。
怳若先覺人，臨質在我旁。沈吟聖學編，不用空涕滂。

（南溪正集卷二）

次安上舍清遠亭蓮塘韻 二首

朝鮮 李德弘

清活幽居半畝塘，塘中十丈藕花香。
亭亭玉立淤泥上，不染淤泥泛月光。

依然霽月與光風，君子花開玉鏡中。
手把《愛蓮說》三復，至今愛者主人翁。（艮齋集卷四）

田間見獵者，憶濂溪前言發嘆

朝鮮 申翼相

春風野火燒不盡，腔裡些兒今尚存。
平原草茂走狡兔，山徑茅塞奔心猿。
今來麀氣尚未除，想憶微言寧可諼。
杻間較獵一罷後，霽月堂前探道源。
初心鄭叔舉藪火，晚節寇公捫錘痕。
麀豪舊習未易除，丈席從容承至言。
前川花柳詠歸時，何物田車馳曠原。

---

① 底本此處注云："右齋於戊申冬來謁手書，此作於尋院錄下。"

豪鷹天上搏兔回，歇驕田間隨貉奔。
偷閑反欲學少年，望裡頻看騰皮軒。
麀心尚餘負嵎氣，私意難除投漆盆。
今朝回薄舊時語，我心忸怩增鬱煩。
前言幾切教誨明，舊業空悲心地昏。
嗟吾一語太輕易，山仰先生明鑑尊。
淸晨合圍果何樂，道學年來猶未渾。
靈臺既遣放意馬，大阜空羨追狐豚。
飛鳶躍魚摠自得，搏兔逐狐那可論。
豪心尚餘騁獵專，極工嗟違針頂門。
諄諄至教識心事，至道何敢窺籬藩。
生生翠草不日除，可識和氣橫乾坤。
盆池養得數尾魚，朝日東窻金玉溫。（醒齋遺稿第五冊）

題愛蓮堂朴（戚）文應（晦錫）堂
朝鮮　李養吾

人愛其堂我愛蓮，坐看窓外葉田田。
幽香藹藹因風襲，秀色亭亭過雨鮮。
爾是花中君子者，翁非世人衆人焉。
楣頭華扁依然在，為感當年獲志先。（磻溪集卷二）

題安瑾夫（琇）山陰愛蓮齋[①]
朝鮮　閔齊仁

丁寧數罪蓮君子，一笑如何百態生。
却使紅塵驄馬客，憐渠留滯不能行。（立巖集補遺）

---

① 底本此處注云：“嶺左御史時。”

伴齋以文廟諸位押韻輪和—濂溪

朝鮮 金 瑩

濂溪流不息，其上有源泉。既從洙泗出，幾日到伊川。（槐軒集卷一）

謹次朴松坡（來鉉）愛蓮亭韻

朝鮮 李玩相

所愛適其趣，亭亭此亭新。潔似花君子，閒同水仙人。
蒲踈蚌孕密，蘋細龜窠淪。翁醉緣房裡，焉侵欄外塵。

（克齋遺稿卷一）

次曹仲謹畫屏韻十絕—溢池愛蓮

朝鮮 李大馨

蓮峰秋雨洗清漣，灑落荷珠各自然。
箇箇無非太極象，洛閩從此啟單傳。（蘭圃文集卷一）

次金晚柏（炳大）愛蓮堂韻二首

朝鮮 安圭容

愛蓮名已好，百世仰高風。茂叔今安在，且看堂裏翁。

肯構蓮塘上，為欽十世風。然翁千古宅，又有同余翁。

（晦峰遺稿卷一）

愛蓮堂敬次朴思庵、鄭松江兩先生韻

朝鮮 魏啟龍

凌波古橋畔，有此愛蓮堂。水上長虹臥，空中舉袄香。
疎莖猶疊翠，殘萼已蕭凉。客到詩魂冷，不須吸玉漿。

附原韻（思菴）

映地開清沼，栽蓮遶畫堂。浮波新葉淨，吹露曉風香。
不待看秋豔，唯憐挹夏凉。自憐澄萬慮，何用吸瓊漿。

附原韻（松江）

曾為關外使，飛步上池堂。五月芙蕖滿，三更枕席香。
隔年仙夢斷，重到客衿凉。會挹如船葉，雷連酌玉漿。（桂隱遠遊）

暮歸田野間觀獵者感周茂叔先生言

朝鮮 金養耆

壁上謾題貪泉詩，外物隨遷中非固。
真工未盡追豚地，宿念還生搏虎路。
中林分火乍動喜，十載纖塵今復露。
嚮來自謂心無累，有訓師門時未悟。
警余胸中查滓隱，存敬工夫提耳誘。
吟風弄月歸來路，獵車前程當日暮。
翱翔村子或射鴈，袒裼街兒爭逐兔。
翻然十二年前事，令我停車喜而顧。（鵝湖逸藁卷上）

靜坐見新月憶周濂溪光風霽月氣像

朝鮮 李　幹

迎月臨風開小樓，清虛一理自悠悠。
灑然氣像如相見，坐說濂翁溪上遊。（乖庵逸稿卷一）

讀東坡《故周茂叔先生濂溪》詩感嘆和韻

朝鮮 盧守慎

蘇公亦豪傑，見識孰謂無。時時出妙語，獨鶴驚羣烏。
公之先老君，先生生與俱。同氣則相求，公宜得坐隅。
公實悅其道，悅之凡幾夫。一夕左祖令，萬歲攘臂呼。
能言拒楊墨，斯爲聖者徒。末減介甫執，永原文仲愚。

（蘇齋文集卷二）

和柳熙甫（榮春）次濂溪先生大林寺韻

朝鮮 南漢朝

春陰連臘雪，遙峽遞微明。小砌憐禽語，疎林辨鹿行。
詩成揔月白，睡失曉鐘清。幽寄此焉久，塵心漸覺輕。

（損齋文集卷一）

九月初吉對舊翰林姜君賞秋蓮醉次愛蓮亭韻

朝鮮 申光漢

秋毫泚露小池蓮，淂句深憑酒有賢。
綠蕚始敷空寄想，清霜未倒已堪憐。
孤芳忌潔餘金韻，一葉通中當玉舡。
物性向來人與近，更囬青眼對華顚。（企齋集卷六）

晚香亭八景，錄奉悅城宋君侯靈老——一池荷香

朝鮮 李好閔

濂溪愛蓮花，幽賞無人續。鑿池種植勞，擬承君子德。（五峯集卷一）

岐陽歸路訪金君尚華（潤圭）用濂溪先生韻共賦

朝鮮 南允肅

艷子窮山恣意遊，迷津一世坐危舟。
朝耕郭外雲生袖，夜讀岩間月滿頭。
投轄親情尤款款，呼樽清趣叟悠悠。
講約何時修往事，爲君遙指舊書樓。（毅窩遺稿卷一）

吳敬涵以余居愛蓮洞天託意寄詩三復感愧次韻却呈

朝鮮 李　塈

江南何處不宜蓮，誰託芳根此地傳。
已是無心筒貯酒，只堪留待藕如船。
月明露冷亭亭曉，魚戲龜巢個個天。
鮮說濂翁曾獨愛，得君詩句一騂然。（朗山文集卷三）

乙未春讀書于龍泉活源齋詠三十聖賢以示諸生—周子

朝鮮 金江玟

五季以來道克瘵，天生先覺闢誠關。
極圖蓮說留清趣，風月無邊好水山。（學泉文集卷一）

余性愛花卉尤癖梅，或以周茂叔庭草不除譏之，以詩荅之

朝鮮 姜始煥

庭草渾生意，胡然又愛蓮。須知古聖道，泛愛而親賢。

（白麓家稿卷一）

中伏前一日會尚友亭蓮花初開，淨然可愛，用朱夫子愛蓮詩韻

朝鮮 權相纘

□□□叢在屋傍，一莖先秀出尋常。
萬山紅紫無顏色，獨取濂溪托意長。（于石遺稿卷二）

題金栢巖東浦書堂十六景—臨池賞蓮

朝鮮 金大賢

我愛濂溪說，嘗稱君子花。淤泥處不染，通直淨無瑕。
雨歇初香動，風吹老葉斜。澹然池上坐，待看月光加。

（悠然堂集卷一）

春日登亭裁剪蓊鬱少通眼界，姪奉以濂溪不除庭草規戒，作一絕以示意

朝鮮 南昌熙

略剪園柯從退老，不除庭草學濂翁。
莫將二者為偏廢，裁正滋培一理中。（夷川集卷一）

閱廬山圖濂溪書堂藏遺像，朱夫子在南康時累
徃瞻謁，不勝感歎成二詩

朝鮮　權相一

廬岳高無極，濂溪淨絕埃。光風吹面在，霽月八裏來。
理氣雙分說，圖書八字開。靜看庭畔草，生意何悠哉。

伊昔南康郡，近瞻蓮花峯。先生一瓣香，敬為無極翁。
真像掛半壁，羹墻在此中。清和悅顏面，灑落宛襟胷。
況又杖履地，遺風吹不窮。（清臺文集卷四）

晦翁先生生朝與諸生拜謁遺真，子明（田愚）
《次先生謁濂溪像詩韻以示》，諸生求和，余亦次之

朝鮮　任憲晦

九月十五日，遺真揭中堂。星斗儼如昨，翠襟列侍傍。
想像先生涕，當日已滂滂。至言諒多侮，小子憂無疆[①]。

（鼓山文集卷一）

惠民局廳事後有小池種蓮，
花方盛開，壁上有周濂溪《愛蓮說》，
乃漁村孔伯拱所書也，悵然有懷，書二絕

朝鮮　權　遇

開窓坐見小池平，風動荷花香益清。

---

① 　底本此處注云：“初末二句仍用子明詩。”

始信濂溪君子說，令人相對絕塵情。

漁村筆法世無倫，瀟灑風儀亦出人。
壁上忽看遺迹在，悵然難禁一傷神。（梅軒集卷五）

偶誦濂溪先生贈費長官詩曰："尋山尋水侶尤難，愛利愛名心少閑。此地逢君吾甚樂，不辭高遠共躋攀。"眞余意也，次韻送敬父入洛

朝鮮　南有容

遊山眞覺友朋難，俗子使人心不閑。
清興未闌君欲去，石門叢桂共誰攀。（雷淵集卷五）

卷之四　日本諸先生

周　子
江戶　木下順庵

斯文千歲，于周有光。無極太極，一陰一陽。

溪月曰霽，池蓮惟香。緜緜道統，地久天長。（恭靖先生遺稿卷三）

周子·友元求之
江戶　林道春

《太極》《通書》聖統傳，一窓春草一池蓮。

元公識得孔顏樂，心在光風霽月天。（林羅山詩集下第 67 卷）

有　感
江戶　山崎嘉

坐憶天公洗世塵，雨過四望更清新。

光風霽月今猶古，只欠胸中灑落人。（山崎闇齋全集第一卷）

蓮　池
江戶　山崎嘉

風渡玉蓮池，天香樸鼻來。葉青無異色，花白不曾緇。
遺愛元公說，長吟晦叟詩。真情竟如奈，今古少人知。

（山崎闇齋全集第一卷）

蓮　花
江戶　林道春

泥裏濯漣周氏詞，盆中聽雨退之詩。
貝多面目如來眼，不及吾儒君子姿。（林羅山詩集下第 54 卷）

又元旦
戰國　西笑承兌

仁者山智者水，美景樂事兼并。暖然春凄然秋，壽域洪鈞云轉。
京師賀正莫如此日，德人應世既得其時。仁如大和尚，藝花聯
芳，詞林刈楚。
見西天二甘露於今日①，宗風再興。
仰東京大相国於昔年②，法社全盛。
居鹿苑而説法，遊龜泉而詠詩。
親炙晨昏③，茂叔光風霽月。

---

① 底本此處注云：“開廿霧門於倭国。”
② 底本此處注云：“創相國寺於宋國。”
③ 底本此處注云：“道統傳家。”

惠澤霶霈，① 陶公慶雲醴泉。

改觀丹霄鳳毛，現瑞濁世烏鉢。

某自稱狂客，人呼漫郎。

牡丹開十三葉之花，默記閏歲。

蟠桃續九千季之實，仰祝遐齡。（南陽稿）

讀《愛蓮説》
江戶　藤原惺窩

至道由来一語無，為蓮作説費工夫。

亭亭净立亦中立，多事先生《太極圖》。（惺窩先生文集卷二）

讀《愛蓮說》
江戶　林道春

三品羽林源君召函三賦讀周子《愛蓮說》，辱枉求其雌黄，余奚以耐之哉，因奉同其韻。

蓮與濂翁德合符，殘膏剩馥久沾濡。

光風緩向弄凡手，葉樣團團《太極圖》。（林羅山詩集上第 32 卷）

題周子書
江戶　山崎嘉

無極乾坤秘，有形天地初。向微周茂叔，争得質圖書。

（山崎闇齋全集第一卷）

---

① 　底本此處注云：“天下布澤。”

讀《近思録》

江戸 山崎嘉

世遠人亡道統空，維天新命濂溪翁。
一心常泰顏淵樂，大志正任伊尹功。
河洛宗誠脩己敬，橫渠先禮律身恭。
六經四子四賢訣，都在近思一帙中。（山崎闇齋全集第一卷）

周子愛蓮

江戸 林道春

愛蓮茂叔意如何，香露珠跳幾涅磨。
側有淤泥焉浼我，花中亦見聖人和。（林羅山詩集下第67卷）

惺窩先生像

江戸 林道春

道學勃興桑海東，高標清節嘯松風。
背山別業似濂水，庭草生生意思中。①（林羅山詩集下第72卷）

題白紙二首②

江戸 山崎嘉

青赤黑黃一點亡，顏書吳畫是尋常。

---

① 底本此處注云："寬永十六年。"
② 底本此處注云："曰月，曰雪，銀河，銀沙，鶴、鷗、鷺、鷥之類人皆賦焉，戲作二絕。"

笥中別有真情在，闕里言詩得卜商。

中立曾過季魯廬。鶩頭把筆早糊塗。
陰陽未分知何物，自是濂溪《太極圖》。（山崎闇齋全集第一卷）

諸友和予·再和

江戶　山崎嘉

先王禮樂未曾空，六籍集成東魯翁。
須識取他参贊意，要全了我進脩功。
威儀有則動時察，誠敬存心居處恭。
軻死千年斯学絶，再興濂洛与關中。

乾坤門裏本非空，啓鑰還他太極翁。
最惜堯夫無與講，更憐程父有餘功。
弟兄受學遂明道，張子同心能致恭。
珍重文公《近思録》，四賢妙旨在其中。

豈若異端坐説空，有無合一在濂翁。
人材成就伯淳德，師道尊嚴正叔功。
曾惜温公非此学，最愁邵子失其恭。
只横渠示訂頑訓，關陝仁風齊洛中。

豈其無極陷於空，伊洛淵源自此翁。
風月胸懷人仰德，圖書心畫孰爭功。
體仁程子終身敬，致孝張公俟命恭。
應是孔門傳授意，慇懃收在近思中。

太極流行實不空，莫迷陰晦憾天翁。

窮神化在致知力，變氣質由克己功。
父子恩全方正義，君臣道合足過恭。
永言虞夏商周後，濂洛關閩執厥中。

四賢倡道欲成空，天運復生朱晦翁。
千古引人經解力，萬年垂法簡編功。
知行次序本倫理，存養工夫主篤恭。
後学休身外尋去，由来仁在近思中。（山崎闇齋全集第一卷）

仲秋主静齋即興①

江戶　山崎嘉

酷憐明月浮庭露，箇箇圓成《太極圖》。
茂叔何人我何者，只輸他主静功夫。（山崎闇齋全集第一卷）

周子愛蓮·春齋家藏

江戶　林道春

愛看花中君子儒，光風終不染泥塗。
團團葉葉以何比，準擬先生《太極圖》。（林羅山詩集下第67卷）

周子愛蓮·函三家藏

江戶　林道春

乾坤在自家，無極豈無耶。
光霽人如玉，露芳君子花。

（林羅山詩集下第67卷）

---

① 底本此處注云："齋小出備前守讀書之所也。"

朱子・脇坂淡路守安元求之

江戶　林道春

遯翁道德大恢恢，濂洛淵源早溯洄。
集義更無求外意，衆論總在折中才。
七篇讀處鵑初叫，通鑑綱成麟欲來。
動靜循環須體認，默然夜半一聲雷。（林羅山詩集下第 67 卷）

周子愛蓮・京極丹後守求之

江戶　林道春

君子德容誰寫生，池蓮遺愛一般情。
香風靜處光風動，不染淤泥濯我纓。（林羅山詩集下第 67 卷）

二程吟風弄月・滿田古文求之

江戶　林道春

伯叔尋師濂水濱，聖賢事蹟繼芳塵。
今宵弄月吟風客，他日坐春門雪人。（林羅山詩集下第 67 卷）

題醉蓮居二首

江戶　室直清

瑤池秋宴集群僊，鶴立中流隔紫烟。
酒上凝脂紅滴滴，舞田輕扇葉田田。
凌波欲學洛神步，奇服還思楚客賢。
千載相知周茂叔，光風霽月自無邊。

芙蓉出水映蘭塘，灼若素娥飄霓裳。
金闕月來分國色，玉盤露下借天香。
不偕衆草競春艶，孤負百花振晚芳。
為問倚欄池上客，幾人心醉自相忘。（鳩巢先生文集卷五）

題濂溪愛蓮圖
江戶 室直清

芙蓉承露玉盤寒，擎出濂溪明月灣。
千載無人花有恨，此心誰向畫中看。（鳩巢先生文集卷三）

曝背雪村
室町 橫川景三

曝背茅簷一事無，趁晴宜辨睡工夫。
盎然春色氷霜底，坐我渾天《太極圖》。（百人一首）

荷花称意
室町 東山崇忍

尚友難逢太極翁，芙蕖称意為誰紅。
平生解道花君子，後五百年和不同。（冷泉集）

光風霽月
江戶 林道春

《太極》《通書》記聖誠，窗前天地草生生。
無邊風月賁無色，道德形容畫不成。（林羅山詩集下第 67 卷）

盆池白蓮
室町 一休宗純

昔日濂溪題賦情，風流宿鷺埋芳盟。
西湖十里花如雪，詩客吟中膓亦清。（續狂雲詩集）

四愛堂（其一）
戰國 策彥周良

蓮屬濂溪君子愛，蘭関山谷弟兄情。
風流不遠晋兼宋，梅有清香菊有英。（策彥和尚詩集）

惺窩先生贊
江戶 木下順庵

孔孟道熄，經千餘年。春陵風月，繼得其傳。關閩地隔大瀛海，市原文章同其天。濂溪之門，曰程曰楊，曰羅曰李，至於考亭，道學大明。惺窩之徒，為林維杏，為菅為祐，由于崛川，講習最精。冷泉一派，餘潤遺澤，起東方太平之□流，丹桂五枝，殘芳剩馥，託南豐辨香於神州，如聽不言教，難報罔極恩，孟意勞筆墨，于以代蘋蘩。（恭靖先生遺稿）

讀濂溪《愛蓮説》
戰國 景徐周麟

世間草木盡春容，独愛紅蓮出水濃。
歳晚半池霜倒後，與僧結社倚青松。（宜竹残藁）

讀周濂溪《愛蓮説》
戰國　月舟寿桂

牡丹李氏匃陶家，蓮到濂溪蔑以加。
太極窻前草荒後，春風吹入一池花。（幻雲詩藁〔新補〕）

懷古・讀周濂溪《愛蓮説》
戰國　春沢永恩

茂叔愛蓮溪水涯，牡丹雖貴太浮夸。
出泥不染聖清者，合把夷齐比此花。（枯木稿）

又代人・讀周濂溪《愛蓮説》
戰國　春沢永恩

茂叔愛蓮成一家，胸中洒落思无邪。
菊元隠逸牡丹富，皓潔争如君子花。（枯木稿）

讀圓悟禅師梅花詩[1]
室町　万里集九

宋末江湖梅亦孤，吟香白髪老浮屠。
横斜月瘦一枝影，分作文公《太極圖》。（梅花無尽蔵）

---

① 底本此處注云："枯崖圓悟而非佛果，見圖絵寶鑑並玉屑等。往往爲佛果不可也。"

己卯仲秋丁日賦濂溪霽月以獻大成殿二首

江戶　林道春

聖人正統屬濂翁，秋月明明瞀宇中。
雲路光風開不闉，春陵門是廣寒宮。

興繼千年逢掖家，懷中抱月照窗紗。
一團遺愛素蓮玉，影入秋天作桂花。（林羅山詩集上第 32 卷）

甲戌八月二十一日赴東山長嘯子即席有詩歌會

江戶　林道春

草花露滋

花草欣欣悦可人，東山風露自無塵。
滿庭滴玉疑分月，茂叔窗前秋似春。（林羅山詩集下第 54 卷）

《二程全书》余所嘗目擊也，頃者守勝亦校之，程子者，朱子所敬畏也，況后學乎？為賦之以示守勝

江戶　林道春

幼歲受學周濂谿，吟風弄月自怡悦。
千古洩密《太極圖》，窮理永繼聖派絕。
和氣溫溫座上春，威嚴凜凜門前雪。
傍花隨柳雖快看，救蟻折枝猶諫說。
定性鏡明無將迎，《易傳》藁脫不磨涅。
道在遺書教後人，何待文玉為豪傑。（林羅山詩集上第 32 卷）

守勝校《近思錄》想其慕前脩而不已，
絕句一章以規祝之云爾
江戶　林道春

濂洛嘉言味不窮，盎然惻隱滿腔中。
東萊肩與南軒袂，左右折衷朱晦翁。（林羅山詩集上第 32 卷）

向陽函三連床夜語其誾誾怡怡可以觀焉，
世無濂溪，然不可望夫二程之道乎
江戶　林道春

孝友一家兄弟情，猶期才德育豪英。
連枝桂樹下弦後，待得同臺兩鏡明。①（林羅山詩集上第 34 卷）

五月赴于宗牧倭漢之會，會過有詩歌矣，以夏草為題
戰國　策彥周良

園林方夏草先涼，今日偶忘炎日長。
太極窗前一叢露，池塘春夢覚猶香。（策彥和尚詩集）

芸陽書林雅蔵，壯年之先，夢菊英之兩字
者一再，爾来因循無由紀焉，頃日价于人，
而需予措一言以原之，聊綴小詩而塞其請云
戰國　策彥周良

黃菊黃金兩色加，輝前富貴屬君家。
秋香自有壯丹種，茂叔何言隱逸花。（策彥和尚詩集）

---

①　底本此處注云：“十月念六。”

卷之五　越南諸先生

題周夫子祠

後黎　阮宗窒

渾然太極契精真，揭出乾坤示我人。

千古道心溪有月，四辰生意草嘗春。

斗山峻望新華袞，領袖斯文舊角巾。

儼若清規欽敬止，江川愈遠愈精神。（使華叢詠集·前集）

謁濂溪周先生祠

後黎　黎貴惇

大道彰彰垂宇宙，舉世茫然迷步武。

高人翻卻事文詞，下士僅知守章句。

先生之生莫非天，立志便欲希聖賢。

著圖述書發秘奧，妙悟神解無師傳。

吐辭直與六經似，治法從來寧過此。

明通公溥其庶乎，仁義中正而已矣。

區區小試著民庸，何豐依抱嗇遭逢。

後人幸沐君子澤，斯世亦睹真儒功。

豈將用捨關輕重，已自一身傳道統。

千年而下獨聞知，因此見知遂益眾。

孔顏樂處每令尋，言下提撕趣自深。

寸心萬物有內外，實理真機無古今。

嗚呼聖言猶可驗，道味芳腴殙不厭。

簞食瓢飲賢哉回，浴沂風雩吾與點。

先生氣象誠一般，出處常泰居常安。

窗梅庭竹觀造化，軒冕金玉都等閑。

要知契合渾無異，此心此理同乎耳。

蓮峰千仞對龜蒙，溢江一派浴洙泗。

餘韻風流百世師，紹前啟後功巍巍。

道學闡發無餘蘊，迄今天下知指歸。

學宮從祀列俎豆，紳衿濟濟仰山斗。

此間應是近湖南，崇祠亦復新結構。

鯫生夙昔習詩書，儒林有幸齒簪裾。

遺編大訓研磨處，霽月光風想像餘。

遠來徒望瞻儀表，相與肅容拜清廟。

願言嘉惠及南邦，萬古景星垂照耀。（桂堂詩匯選卷一）

題濂溪祠

後黎　阮輝僙

一簇崇祠浸碧潭，星星爣炭瑞煙含。

海毬戲水相拋盪，江鏡涵天共蔚藍。

不盡圖書留正派，無邊風月助高談。

神情自可徵遺像，青眼常如日角參。（奉使燕京總歌並日記）

過興安望濂溪先生祠

後黎　潘輝注

千載淵源孰闡明，圖書剖析仰先生。

道宗已揭中天日，毖祀長貽此地城。

霽色無邊芳草翠，流光不盡綠溪清。

儼然氣象猶如見，遠價貼依誦景行。（華軺吟錄卷七）

恭題周子廟留刻

阮　阮　燸

大宋闡文日，濂溪唱道初。淵微探造化，秘奧發圖書。

三古心源溯，千秋理藪疏。草庭風範在，遺廟仰靈渠。

（星軺隨筆・中集）

興安謁周濂溪祠^①先生祠

阮　裴文禩

末學迷其趨，卓爾蓮花峰。圖書獨妙悟，秘奧開鴻蒙。

樂處尋孔顏，靜趣觀月風。遺廟一庭草，依然交翠蔥。

（萬里行吟卷二）

---

① “祠”：衍文，当删。

後　　記

　　本書選錄的底本文獻大致有 300 多种，其中，中國地方志和文集 110 多種，韓國的文集 190 多種，日本的文集 15 種，越南文獻 6 種，當然累計翻閱的書稿基數遠大於此。這些資料基本來源於多年來我在美國康奈爾大學圖書館的借閱文獻。值得一提的是，韓國的兩套叢書，我最早是在中國台灣台北大學圖書館見到的，那裏有一整層樓用來放這兩套書。有幾個月，我每天獨自呆在那裏激動的一本本翻過去。當然沒有翻完這四千多冊書，我就結束了台北大學的訪學。之後在多年多次赴美後，利用康奈爾大學的借閱條件，將這兩套書基本查閱了一遍。後來又翻閱了相關地方詩歌總集，比如江西的《歷代廬山詩詞》一萬頁左右；廣東的《全粵詩》兩萬頁左右；四川的《全蜀藝文志》及其續補等。

　　感謝我的博士導師、文獻學家陳慶元先生多年來對我的持續關心和指導！陳老師多年來陸續做了很多文獻，對推進福建地方文獻學發展，居功至偉，老師嚴謹、勤奮、耐心、溫和的治學精神永遠引領鼓舞我。感謝我在台北大學的合作導師、文獻學家王國良先生，鼓勵我加入越南諸先生的濂溪學詩歌，為我拍攝其底本圖片，並指導了極好的學術研究規劃，慚愧距離王老師的期待還有很大距離。兩位先生是我欽慕不已高山仰止的榜樣，終生學習的賢雅君子。感謝中國社會科學出版社宋燕鵬博士，爲本書出版付出的辛勞！最要感謝的是我團隊成員李紹麗，與她相識至今已有十二三年了，時光飛逝，紹麗很漂亮，畢業後這幾年，學識能力進步很快，光霽人如玉，露芳君子花，她負責了本書部分文字錄入工作，為我節省了許多時間。

感謝我的先生郭曉賢博士，讓我有赴康奈爾大學進行科學研究的機會，並無數次為我解決資料獲取和數據採集的關鍵技術難題，尤其是他十幾年如一日對我的愛護包容。初次寫下這些文字時，正值女兒小學畢業，畢業照上她爛漫天真的笑容，歡鬧著卷走了頑皮搗蛋、四處求學的童年，回顧這些年，她歷經七所學校，輾轉五個城市，兩個國家，在紐約也曾孤獨，在台北也曾精進，永州的成長，泉州的期盼，天津的獨立，真不容易，終於迎來她同學少年、風華正茂的時代。感謝我親愛的家人！

王晚霞於湖南科技學院

2020 年 5 月 6 日